CHINESE
AUTHORS

CHINESE AUTHORS · BY INTERNATIONALLY INFLUENTIAL · A SERIES OF LITERAR WORKS

最后的情人

残雪◎著

湖南文艺出版社
HUNAN LITERATURE AND ART PUBLISHING HOUSE

残雪

　　代表作有《黄泥街》《五香街》《最后的情人》等。作品被翻译为英、法、德、意、日、韩等多种文字在海外出版。获得英国独立报外国小说奖提名，入围美国纽斯塔特国际文学奖短名单，被美国和日本文学界认为是20世纪中叶以来中国文学最具创造性的作家之一，《最后的情人》获得美国2015年度最佳翻译图书奖。

安娜莉丝

  编辑和文学翻译。翻译过王蒙、蒋韵和残雪等作家的作品。其中翻译的《最后的情人》获得美国最佳翻译图书奖，同时，此书入围2015年美国翻译家协会的国家翻译奖。

近藤直子

  毕业于东京外国语大学英文系。翻译过史铁生、刘索拉、残雪、张承志、李晓、琼瑶等人的小说。主要译著为残雪作品《苍老的浮云》《黄泥街》《突围表演》《最后的情人》等，主要评论有《残雪——黑夜的讲述者》等。

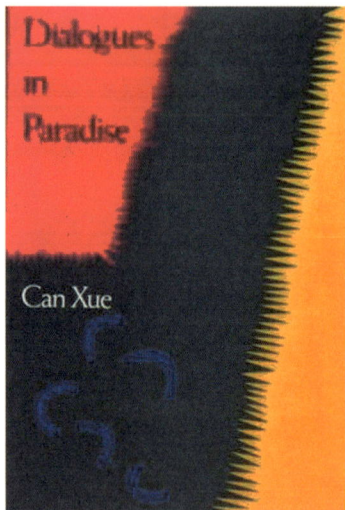

《天堂里的对话》英文版

残雪
ファン シュエ Can Xue

近藤直子 訳

最後の恋人

最后的情人

残雪
コレクション

平凡社

《最后的情人》 日文版

《最后的情人》英文版

出 版 说 明

新时期以来，越来越多的中国作家赢得了国际社会的关注。中国文学与世界的对话正在更广泛的领域和更深层面展开，这从侧面反映了中华文化在世界范围内的苏醒和复兴。

据不完全统计，迄今为止已有2000余部中国当代文学作品被翻译介绍到国外，涉及作家230位以上，其中一部分喜获热评与奖项，构成了中国文学"走出去"的强大势头。为了展示这一可贵的成果，探讨国际文学交流经验，比较中外不同读者群体、批评家、出版家、翻译家的兴趣视角，中南传媒集团决定选编一套"走向世界的中国作家丛书"，暂以小说为入选对象，由集团下的湖南文艺出版社隆重出版。

这一套丛书的入选作品，既要体现作家的创作实绩和风格面貌，又要反映作品在国外市场的影响力和关注度，因此入选作品是在境外翻译出版较多的版本。深厚的人文主义精神将始终贯穿这套丛书。

为了体现这一编辑特色，有别于入选者的其他作品版本，我们在推出小说文本的同时，也编入了外文译本封面影印图片等，努力使之成为一套具有品读价值、研究价值和收藏价值的精美丛书。

"走向世界的中国作家丛书"
编辑委员会

目录 CONTENTS

关于《最后的情人》
——写给读者的话

残 雪

对于一般读者来说，也许这是一部有些奇异的小说——无视常规，放荡不羁而又过分空灵。就连作者我，在刚写完这部小说之后，心里也是充满了重重迷雾的。然而有一件事却是肯定的：这部小说在开辟空间方面是比较成功的。写作之际是多么充实啊！每一天，我从近似虚无的世俗中走进我的工作间，同我已经有些熟悉起来的那些人物，那些另外空间里的景物遭遇。我是那么爱他们，也爱那些不属于人间的景物。这种爱，完全不同于世俗之爱，当我写他们或读它们时，也不会像青年时代读某些古典小说那样热血沸腾。那种境界，是一种源源不断的冥思，一种受到黑暗处所强大动力推动的、另外的空间里的演出——背景完全不给人以熟悉感，人物的动作则有点像太空舞。

如果不站出来表演，我们永远不会知道自己的肉体变成的盔甲有多么的坚固，自由的运动又是多么的不可能。也许可以说，此书企图描写的，是来自深渊的那些痛苦和人为了对抗它们所做出的努力。我记得刚刚完成作品的那些日子里，树叶已经枯黄，我在小道上跑动着，多次好奇似的问自己："你尽力了吗？"答案在我心中，那里头既有某种缓解、宽慰，又有新的迷惘与焦虑。

人为什么要有另外的空间与时间呢？那是因为他不自由，他的欲望得不到释放，他的精神没有发展的场所。在我努力创造的这个世界里，太阳像大火一样燃烧，人的动作总是出人意料，他们中的每一个都在用奇特的表演来逼退死亡，他们都在奔向自己理想中的极地的途中。纯精神的爱因为摒除了外部条件的干扰而分外强烈、集中与执着，这是这部小说给我的启示。

也许在有些读者看来，这种小说就像做实验，是某些人的特殊癖好。在某种意义上来说，人的精神活动就是由接连不断的实验构成的。即，试一试自己这僵硬的肉体还有多大的能动性，是否还有希望成功地摆脱引力，开始空灵的舞蹈。我在我的小说创作中一贯极力排斥表层的事物的入侵，我所追求的境界逼迫我必须保持这种高姿态——你也可以称之为低姿态，因为描写的是原始欲望，动物性的渴求，唯一的区别只在于这种渴求里头隐藏着意识。排除了世俗之后，人的联想找不到水平方向的对应物，创作当然就像一个封闭的空间里的实验了。在这样的空间里连呼吸都是困难的。我的创作所企图达到的，是突破限制，将封闭的空间变成开放的空间，让人的可能性在那里头变成逼真的"现实"。而要做到这一点，就必须从事交合的实验，否则空间就会崩溃。所以又可以说，小说中的每一股情绪都来自于世俗，只不过转了几个弯，早已面目全非了而已。我的工作就是暧昧的交合，对于那些酷爱精神事物，要探讨生命之谜的读者来说，我的小说的陌生感将会吸引他们，因为这种陌生感指向的，正好是他们应该最最熟悉，天天与他们相伴的东西。

有的读者也许要问，在这部小说中，这些游移不定的男男女女为什么总向往同一种难以言传的事情，而不是别的事情；为什么他或她的举动总像梦中人，总显得高度的亢奋。我一时回答不了这样的问题。但是我知道，我所开辟的小说的空间里有一种隐秘的机制，大概所有的人或物都受到那种机制的操纵。因为那种机制，人人都要离开本地往外跑（要么是身体往外跑，要么是思绪往外跑）；动物、植物和无机物全都带电；夫妻或情人绝对不能离得太近；死亡的征兆则充满了每一寸空间……也因为那种机制，人和人之间的对话永远是猜谜，有时并不是相互猜谜，而是共同猜一个不解之谜，猜到死。然而，我的人物和事物是多么的积极啊。他们永远在策划、在积攒力量，在探索，绝对没有颓废的时候，宿命论也同他们无缘。他们忙些什么呢？简言之，是在研究自己那水中的倒影，是去沙漠中寻找祖先的足迹，是将梦里的"长征"进行到底。似乎他们只为这种说不出的事情活着，每个人都将这类事看作生死攸关的大事情，因而忧心忡忡，因而生出无穷无尽的冲动。

可以说，我所追求的，是一种"元小说"的境界，我要将文学的本质准确地表达出来，最好是丝毫不偏离。那么文学的本质是什么样的呢？在我的观念中，她表现为上面提到的那种机制。我的空间里的人们在某些方面看似外星人，实际上他们只不过是将那些最具普遍性的人类欲望赤裸裸地加以发挥罢了。然而无论何时何地，欲望总是受到那么严厉的制约，好像人人都在绝境里挣扎。在一个充斥着毒蛇、乌鸦和地震的空间里，在虚幻感逼得人要发狂的异地，人怎能不挣扎呢？再说他们又是如此地沸腾着野性活力的人们。认识永远是一场探险，踏上征途的主人公往往是弄得遍体鳞伤；这种没有退路的行军又往往因为目的地的不明确而陷入阴森境地，难以找到出口；并且无论何时，人所能确确实实地依仗的，只有他体内的热血。我的主人公们在小说中的表现还算让我满意。我也希望读者能透过表面的字谜，看到底层的"元"境界。语言的世纪沉渣逼迫着写作者，他们不得不采取这种方法来描写本质。好的读者当能理解这种表达所包含的必然性。

读者大概注意到了，这部小说排斥任何水平面的描写，以及通常那种情节逻辑的操纵。在同类小说中，它在这方面或许是最为走极端的。虽然我写的小说都可称之为垂直的小说，但是作为短篇来说，这种写法可能更容易为读者接受。一个这么长的作品，却要将每一处的描述都扎进地心深处，确实显得过于离奇。我当然不是为了标新立异而这样做的。我就如同小说中的那位乔一样，怀着一种不可能实现的野心——我要将陈腐不堪的表面事物通通消灭，创造一个独立不倚的、全新的世界，一个我随时可以进入的、广阔的场所，那里头几乎人所有的它都具有。这样的野心当然是不可能实现的，但这部小说中应当可以看出这种努力。深入、再深入，这就是我的创作姿态。这样做的结果是一个个人物的行动和遭遇全成了寓言。为什么要这样做，而不是那样做；为什么要去那些古怪的、有着相似特征的地方；每个人物终日里到底在寻觅一些什么事物；冲动的原因到底是什么，这些问题的答案都没有表面的线索。我希望读者在读到这些地方时，将自己摆进去，像一位老人那样来回忆自己一生中的那些情感的死结（哪怕你自己还年轻）。也许在这样做时，你们的时间就会同我的时间交叉，我们将一同重返人类的过去，将自身变成那种开放的可能性。

在我看来，几乎每一位有精神追求的读者，他的内心都会有一个终生解不开的情感死结。我的小说不会给人以任何抚慰，它是一种对痛苦的分析，也是将矛盾层层深入地加以演绎。简言之，就是为认识人的痛苦做出榜样。只要精神上存活一天，认识就是不可避免的。所以马丽亚去了一个叫"北岛"的、隐没在竹林中的村子，在那里看到人们所进行的不三不四的交合的内幕；文森特则跑到丽莎的出生地去"寻根"；而乔，来到位于高山半腰的小屋，经历了可怕的夜晚……我们要有追溯到极限的气魄，只有这样，才不会拘泥于那些非本质的东西，而将我们的眼光转向迷雾中的久远的过去（亦即未来），竭尽全力去辨认，辨认，直到某个事物的轮廓出现。我在小说中讲的是自己的故事，我是一个始终只讲自己的故事的写作者。但是我渴望同读者交流，因为我的特殊的故事只能通过交流而存在。也就是说，我的时间体验必须由读者的时间体验来证实，这样，我的作品才会得到延伸，否则便不存在。

在我的小说里，有一位名叫埃达的女子，她从毁灭她全家的泥石流中逃生，来到人间流浪。也许我的作品同那些有过毁灭性的经历（不是指外部经历）的读者更为亲近，她（他）们会更理解作品中的决绝：那种在吞没一切的虚幻感中的坚持，那种即使是死也要死个明白的气概。今天离我写完小说已经有三个月了，我终于明白了埃达追求、寻觅的到底是什么——她要重返已经消失了的过去，因为那是她的精神支柱。世俗的爱给她带来的是巨大的不安，但她又无法割舍，也不会割舍（否则她的躯体就会消失）。为了两全，她只能时时刻刻重返痛苦，刷新痛苦，在痛苦中去爱。

最后，我要说说这本书的书名——《最后的情人》。书中有好几个情人，这些人既美又深沉。那么，最后的情人是谁呢？我想将这个谜留给读者去猜，我觉得，这是值得一猜的。

2005年2月21日于北京

第一章　乔和他的书籍

　　"古丽"服装公司销售部的经理乔夹着一个公文包，穿过那些窄窄的街道去公司上班。乔是一个小个子老派男人，在中年和老年之间，衣服穿得一丝不苟，鞋子上没有尘土，按时刮脸、理发。他那灰绿色的眼珠时常显得眼神空洞，也许是由于走神，也许是由于性情乖张所致。他心里常有些发狂的念头。他是一个阅读狂，多年来，他一本接一本地读书，各种各样的故事在他脑子里完全被弄混了。他的记忆力是那种极为善于选择、嫁接的记忆力，所以他思路清晰。时常，他坐在他在B城的办公室里，文件下面藏了一本小说，做出一副正在工作的样子，其实在读那些五花八门的故事。由于他的谨慎和老派，这个秘密多年来都没被他的顾客发现过。这种阅读的方法使他练出了一种特殊的将思维连贯起来的方法。每天他无数次地被工作上的事打断，但他却能在一秒钟内重新进入故事的流畅之中。

　　乔的房子在离办公的地方两个街区的小山坡上，从窗口望出去可以看见一块蓝色的海，有海鸥在那里飞翔。天色微明的时候他就走在去上班的路上了。A国的人都起得很晚，寂静的小街上只有黑人清洁工。现在，乔听见自己的脚步在空街上踏响，有种犹疑不定的意味，往右边看，橱窗映出他整洁的头发和领带。看到自己那清晰的形象，他就有些害羞似的掉转了脸，将眼睛转向地下。

　　"早上好！"乔说。

"早上好！您还是这么早啊。"苗条的黑女人拄着扫帚看着乔从她身边擦过去，渐渐地走远。她若有所思地眨了眨大眼睛。

乔进了办公室，开开电灯，到厨房里冲了一杯咖啡，然后就坐在桌前继续前一天的故事了。他面前的书很旧，书页都发黄了，那是他二十多年以前购买的。已经有三十多年了，乔不断地买书，他在海边的这套房子里已经塞满了书。他将每张床都改成那种落地中空的大"箱子"，里面装书。从去年开始，乔在脑子里构想了一个宏伟的计划：将这一生里头读过的小说故事重新再读一遍，让所有的故事全部贯通起来。这样，只要他拿起书，就可以不停地从一个故事走到另一个故事里头去。而他自己，也会被卷入进去，变得丝毫不受外界的干扰。乔这样身体力行地坚持了两个月之后，果然产生了效果。举个例子说吧，他竟然可以在一边同客户谈生意（他是服装公司销售部的经理）的当儿，一边沉浸在那些故事里头，不时地转过脸去偷偷地微笑。

"乔啊乔，缺了你，我的公司便只有垮台了。"老板同他见面时这样说。老板是白头发的刚满六十岁的瘦子，脸上的皱褶如同沟渠。"你是如何懂得那种秘密的呢？能够让客户这么喜欢你？"他说这话时几乎有点伤感的样子，同时又偷偷地打量乔脸上的反应。

"我想，这同我看书有关吧。"乔斟字酌句地慢吞吞地说。

"看书？！"老板眉心的皱纹叠成了人字形。

"对了，我看很多的故事。"他的语速快起来，脸上开始泛红，"我呀，甚至想过辞了工作去看书呢，真的，我正在考虑。"

"那我的公司可就要受损失了。你还没有打定主意吗？！"

老板的口气并不像要挽留他的样子，倒好像只是期望他讲出真相。

"没有。我还要养活妻子和一个小孩呢。"

老板盯住乔的脸看了一会儿，有点失望似的摇了摇头，一摆手示意乔可以离开了。乔一边走出办公室，一边考虑着老板话里头的意思，想着想着思路就进入了一条黑暗的隧道。共事多年的老板显然是一个理解他的人，至于这种理解到了什么层面，他又是怎样看待乔的生活态度，心里对他有些什么样的期望等等，乔从老板的脸上、从他的话里头是猜不出来的。老板行事充满了模棱两可的含糊性，同这个精确运作的、制作牛仔服的公司形成鲜明的对照。在乔的印象中，老板很少过问公司里头的具体事务，他关心的是员工们的心理，以及他们对公司的忠诚的程度。乔想，为什么他并不期望自己在这里永久工作下去呢？这似乎有点伤了乔的自尊心，因为乔是一个对工作兢兢业业的人，而且有一种将事情安排妥帖的本能的才干，乔自己也很看重这种才干。想到这里，乔就记起了老板的妻子。那是一个活泼伶俐的、艳俗的中年女人，乔认为这个丽莎根本配不上老板，但老板却一直情意绵绵地对待她。乔又想到自己家里的朴实能干的主妇和可爱的、上寄宿高中的儿子。这样一对比，他似乎忽然明白了老板和他妻子丽莎之间那种和谐的关系。但是老板究竟对自己有些什么样的看法和期待呢，乔在这个问题上感到一片茫然。经常有这种时候，乔觉得自己甚至可以对老板谈论他上班的时候偷看小说的事，但每次话到嘴边又被他咽回去了。他是个谨慎的人，谨慎得有点迂腐的味道。那一次在饭店里聚会，老板喝醉了，指着乔的鼻子说："不要以为我看不见你的心！"乔当时脸都白了，以为生活要发生大变化，结果却什么都没变，生活一如既往。

乔从老板的办公室回到自己的办公室坐下来之后，感到自己的身体有种漂浮的感觉。他打开书本，追随女主人公走进贫民区的小巷。可是今天，那些小巷并不四通八达，阳光下的巷子里，前方出现一块可怕的黑影，还传来风中布匹飘荡的"啪啪"的响声，但并没有刮风的迹象。乔害怕地收住了脚步。与此同时，电话铃响了，秘书向他报告有个南部的客户要见他。

这位名叫里根的男人长着一张方形的、表情严厉的脸，他想同乔签一个长期合同。乔以为他会按惯例讨价还价，便迅速地在脑子里拟定了好几种方案。但里根并不开口，他将椅子挪到窗前，注视着楼下三三两两的人，用一只左手支着很宽的下巴，似乎在那里盘算，又似乎是在想同买卖完全无关的事。乔感到困惑，他想起了刚才书本中的那条小巷。过了好一会儿，里根突然开口，把乔吓了一大跳，因为他的声音像在尖叫。

"我们南方，到处是橡胶林和椰子树，那些工人要穿多少你们的衣服，你想象得到吗？！你有这种想象力吗？！就在昨天，两名工人淹死在海湾，是因为你们制作的衣服太厚重了，又不便于迅速解脱……这是什么样的白痴设计的衣服啊。两人中的一个是女孩，有人看到她在水中像鱼一样跳起来，然后就沉下去了。傻瓜！傻瓜！！"

他用双手抱住了头，显得烦恼不堪的样子。

乔沉默不语，因为他不知道要说什么才好。他认识这位里根先生好些年了，这是一位很有文化的、温文尔雅的农场主，或者说，他根本就不像农场主，倒像古旧书店的老板，然而今天，他显出了他暴烈的性格。

"您真的还打算同我们做生意吗？"他翻着白眼问乔。

"我们要设计一些轻便的、易于穿脱的上装。"乔机械地回答。

"我并不欣赏您的这种思路。"

当他冷冷地说出这句话时，乔的确有点摸不着头脑。以往当里根来到他的办公室时，他身上总是散发出田野里的油菜花的香味，乔深深地吸进那种味道，不由自主地将这个晒得黑黑的南方人拉进自己的故事的网络之中。他自己

从未感到过里根对他有任何敌意，但他今天感到了。乔怕冷似的缩了缩脖子，这个动作立刻被里根看到了。里根问乔是不是对这桩买卖产生了厌倦情绪，要是那样的话，他们之间完全可以中止讨论。

"像我们这样两个人……"里根说了半句就咽回去了。

乔觉得他要说的是，像他们这样两个人，难以达成共同的意见。今天到底是怎么了？他们合作了多年，乔的故事里头时常有他的身影，他那方形的脸在路边的镜子里晃来晃去的——乔的小路上总是有一面面镜子挂在树干上。就在前不久，他还给乔送来一对野鸡，野鸡身上斑斓耀眼的羽毛弄得乔好一阵想入非非。当时他注视着这张没有表情的脸，感到这个人就如同魔术师一样有种出人意料的本领。

里根在乔的办公室来回走了几趟之后，突然要乔拿出合同来，然后他就飞快地在那几页纸上签了字，快得乔来不及看清。乔的记忆中只留下了那只青筋凸起的、修长的右手。他在心里惊叹：一名农场主怎么会长着这种手呢？

签完合同之后里根就走了，乔将他送出门去时，看见老板的身影闪进了电梯。

"老板怎么到大楼这边来了呢？"他问秘书詹妮，"老板过来有事吗？"詹妮瞪了他一眼，然后慢慢地摇头，似乎不赞成他的神经过敏。

乔已经在这栋楼里工作了十多年，对于工作上、业务上所有的程式都再熟悉不过了。在他的范围内，几乎就不可能有什么出乎意料的安排。但是他看到，就在今天，有些事似乎出轨了。大概一切都是在他不知情中发生的，所以他即使是绞尽了脑汁也捕捉不到那些线索。

那一天，乔走在回家的路上时，有人匆匆地从后面追了上来。是老板的妻子。

"最近文森特天天夜里喝多了，在家门口的草地上撒野。"丽莎红着脸说，有点忸忸怩怩的样子。"他可不年轻了。我在想，你们，你，对他施加过一些什么样的好的影响呢？啊？"女人突然转过脸来怒视着乔，眼里冒出乔从未见过的火花。

乔回答不出。他也认不出眼前这个红头发的女人了。一贯快乐、艳俗的丽莎此刻正怒气冲冲地从他身边挤过去，差点将他挤到了人行道下边。她像一阵风似的走远了，高跟鞋用力踏响着。傍晚的人行道上有很多人，都吃惊地望着样子狼狈的乔。乔看见了人行道前面的深渊，他要走下那个深渊，也许从那个地方，他可以通向他近来建构起来的故事之网。但是那个张开的黑色大口并不是深渊，只不过是一个地下人行通道。现在，当他来到这个地下通道的入口之际，丽莎忽然从阴影里冲了出来。

"文森特疯了！他疯了！该死，怎么会有这种事？！"

她的眼神狂乱，一只强壮的手抓住乔的手臂摇晃着。乔闻到她口中喷出的烈性酒的气味。

"啊，丽莎，请慢慢说。"乔费力地吐出这几个字，有种不知名的怒火在他体内升腾，他对这个小个子女人很厌恶。

但是丽莎像突然出现一样，又突然消失了。乔心里想着这一天发生的奇奇怪怪的事，脑子里乱纷纷的。

乔的妻子马丽亚正在编织机上织挂毯，那是她的爱好，也是她用来补贴家用的技艺，周围的邻居家都挂着她的工艺品。今天她织的是那幅蝎子的图案，深棕色的蝎子藏在奇花异草之中，看上去既新颖，又刺激。马丽亚身体结实、匀称，长着一双擅长各种技艺的手，指头很灵活，指甲剪得很短。虽然她已年近五十岁，眼力还是很好，厚重的棕色头发在脑后挽成一个髻。

两只非洲猫在门外的草地上叫个不停，但又不像是叫春。这是马丽亚买来的猫，平时很少叫，像幽灵一样出没在周围。

"今天公司里头有些问题。"乔心事重重地说。

"我也听说了。"马丽亚看了丈夫一眼。

"你？听谁说？"

"丽莎。她来过了。"

"不要听她乱说。"乔不耐烦地将手里的皮包重重地扔到沙发上。

马丽亚从织机旁起身，穿过饭桌走到乔的身边，帮他把公文包放到架子上去，然后她将自己的一只手搭到乔的肩上。

"你不要急躁，没什么大不了的。你是公司的老职员，文森特那老狐狸怎么离得了你呢？不过丽莎到这里来是为别的事，她的家庭有问题了。"

有一件很奇怪的事，这就是马丽亚一直将文森特称作"老狐狸"。这件事上乔体会不到妻子的感觉，在他看来，老板并不是什么狡猾的人，只不过做事有点犹豫不决罢了。不过妻子喜欢这么称呼他的老板就让她去称呼吧，乔不想追问她。

"什么问题啊？"

"据丽莎说，同一个阿拉伯女人有关。文森特瞒着她同那个戴黑面纱的寡妇同居。"

"同居？他不是天天回家吗？我差不多天天在公司看见他。"

"是这样。但是丽莎说，别人看见她丈夫天天在那阿拉伯女人家里。到底是怎么回事呢？我想应该是用了'分身法'吧。"

乔很不习惯马丽亚说那些奇奇怪怪的事，他知道她一贯有那种嗜好，她的嗜好甚至传染给了家中的这两只非洲猫。前些日子，那只棕色斑纹的母猫咬伤了他们的儿子。

"一个男人，按时上班，按时回家，无不良嗜好，却有人看见他天天在情妇家里。这不是很离奇的一件事吗？难道那是另外一个人？可是他自己都承认了啊。丽莎是绝望了，她遇上的事是最险恶的。"

马丽亚说这些话时又坐回了她的织机旁，说一句又织几下。乔定睛看着那只巨大的蝎子，只觉得一股冷气升上了他的背脊。整个房里都变得冷气森森的，马丽亚在眼前晃动起来，如同浮在薄薄的雾里头一般，而乔自己的脚下，则蹲着那只阴险的猫。他步履踉跄地挣扎着，要上楼到书房里去。马丽亚在那边嘟哝了一句什么，乔回头一看，织机旁空空的，她在哪里讲话呢？

一直到在书桌旁坐下，翻开那本日本人写的故事，乔的脑子里才变得清晰起来。乔一边大声念出故事的情节，一边深深地感到，他的生活最近完全颠倒了，日常生活变成了连环套似的梦境。虽然他念的是发生在东方的故事，但念着念着，那位穿木屐的女郎便款款地走进了他已经经营了两个多月的，被梧桐树所环绕的广场。她藏身于一棵粗大的梧桐树的树干背后，只有和服的下摆被风吹得露出一个三角形。乔看得两眼发了直，念不下去了。

乔和马丽亚一块在厨房吃晚饭的时候，那只猫意外地跑过来缠着乔，在他的裤腿上蹭来蹭去的，还发出"呜呜"的叫声。马丽亚灰色的眼珠镇静地闪着光，正注视着乔。乔弯下身去，拍了拍猫的背脊，突然他手上一阵麻热。难道这只猫身上通了电？马丽亚有这种神通吗？乔不解地看了看妻子。她脸上的表情有种热切，她在等待什么事发生吗？整个白天，除了家务，她在家里到底干些什么呢？看来精力旺盛的妻子已把这个家变成了她一个人的小小王国。

　　乔的儿子丹尼尔已是十七岁的小伙子，他在西部上寄宿学校，一年才回来两次。不知怎么，他们父子之间的关系有点淡漠，大概是他们两人都过于专注于自己的小世界的缘故吧。乔不知道丹尼尔究竟对什么最感兴趣，但从他那空洞的灰色眼珠里，他隐隐约约地认出了那张发黄的照片上的少年。通常，他在他母亲面前更为自在，这从他同那两只猫的关系上头也可以看得出来。那两只幽灵般的猫就仿佛是马丽亚和儿子合谋事件中的主角——乔经常情不自禁地这样想。一次，乔撞上母子俩蹲在屋后的花棚下谈论那两只猫，声音时高时低的。当时猫们正骄傲地蹲在石桌上，前身挺得很直，似乎对人类的谈论不屑一顾。乔一出现，他们的谈论就戛然而止。

　　"舅舅家订走了这幅挂毯，明天晚上来取。现在我心里有点空虚。"

　　马丽亚一边收拾盘子一边对乔说。

　　"为什么你不织一个故事呢？一个将所有的图案都包含进去的、无奇不有的故事？"乔说出脑子里的第一个念头，说了就后悔了，生怕妻子追问他。

　　"我心里没有那样一个故事，怎么织得出？嘿，你看你，踩着猫的尾巴了。"

　　猫儿惨叫着闪开去。乔狼狈地起身，回到楼上的书房。他手里拿着那本日本人写的书上厕所，坐在马桶上继续阅读。书中有一场相扑比赛，从北方来的、体形庞大的小井被摔到台下之后压死了他的幼小的儿子，他那悲怆的身影一会儿就消失在黑压压的观众之中。高音喇叭里头开始播放一种奇怪的哀乐，不像是悲伤，倒像是被什么东西死死压抑着的欢乐。读到此处，乔的两眼又发了直。他回到书房时，便看到他正在读的东方的故事与他所身在的西方在某个另外的空间融为一体。他将书合上，将疲惫的脑袋往后仰，这时另外的故事就在那个另外的空间里繁茂起来了，半空中有天蓝色和服的三角形在飞翔。他听到猫在书房外头抓门，心里头便想，让这只猫也到广场上去吧，广场的边上一动不动地蹲着一排黑狗呢。

乔的卧室很像典型的老单身汉的卧室，墙上没有画，也没有饰物，只有一些莫名其妙的发黄的照片，用铜制的相框框住。照片里头有的是一顶帽子，有的是一根手杖、一个烟斗，有的是放大了的假牙或螺丝钉一类的东西。还有的简直就说不出是什么东西，比如一张长方形的照片里头是棕色的小路上有一摊稀饭不像稀饭、颜料不像颜料的东西在流淌开去，给人茫然的感觉。卧室里的家具都很老派、严谨，从它们上面看不出主人是一个思维复杂的人。乔并不抽烟，可是床头柜上放了一只烟灰缸，烟灰缸里头有几小块骨头，那是一次手术中从他的膝盖里头取出来的。大约五六年了，马丽亚患上了失眠症，他们分室而居了。马丽亚一搬开，乔就悄悄地将卧室改造成单身汉居室的模样，后来就连猫呀狗呀都不进他的卧房了。乔知道自己正在一天天变得古怪。书房的那边是马丽亚的卧室，那里头本来宽敞且明亮，但是她用深色窗帘遮住了两个窗户，即使白天也开着一盏淡紫色的小灯。有一天乔想念起她来，就走进她房里去。屋里弥漫着乔所熟悉的香水味，马丽亚正在起床穿衣。她头也不回地对乔说：

"你来晚了，乔。你怎么还念念不忘那些事呢？你看看这盏灯，它日日夜夜燃在我的心里，把那些黑咕隆咚的地方照得透亮。"

他们还是上了床，乔对妻子的激情感到诧异，有种他不熟悉的东西在她的欲望里头，她在最兴奋的时候身体向上挺了起来，乔看见她那茫然的灰眼珠里头亮着两盏紫色的灯。从那以后乔就没有进过妻子的卧室了，他对于那种欲望的深渊感到害怕，一想起背脊骨就发冷。"马丽亚到底是怎么回事呢？她并不爱我。"乔偶尔会忧心忡忡地这样想，"再说她多么孤独啊，虽然有丹尼尔，可是丹尼尔在学校里从不打电话回来，也不写信。"

乔的小天地是他的卧室和书房。书房里的书一直堆到了天花板上头，隔一段时间，他就要攀上楼梯用吸尘器吸灰尘，在吸尘器"嗡嗡"的声音里，乔的故事像太阳下的渔网一样在风中飘荡。最近一段时间他老是同日本人相遇，这些长着细长眼睛的东方人在他的广场边缘行踪不定，如果烈日当空的话，他们就像水分一样蒸发了。"像水分一样蒸发，美丽的比喻。"乔自语道。大约一个月一次，乔清理他的书籍，他将它们一一挪到地板上，然后又按新的秩序重新放上木架。他没有书柜，所有的书都放在敞开的架子上头，摆得一点也不整齐。有时他也将某本书带到卧房里去，放在枕头下面。那往往是些引起恐怖联想的小说，他觉得将它放在枕头下面可以平息文字间的暴力与骚动。在那样的夜晚，乔的梦里往往充满了暴风雨，就像世界的末日来了一样。性情平和的乔并不喜欢这种感觉，但他还是一本接一本地读这些引起恐怖的小说，有时在办公室里头也读，以至于让客户看到了他那因恐怖而变形的脸。

马丽亚热衷于神秘事物，是不是受了他的感染呢？或者反过来，居然是乔受了她的感染？乔一静下来就回想起她眼里的那两盏灯。后面园子里的玫瑰花也曾让乔产生过带电的感觉，当他的手飞快地从花瓣上缩回来时，他甚至听到了电火花发出的轻微响声。那是马丽亚种下的一大片玫瑰花，她和丹尼尔曾在春天里坐在花丛中喝茶。当乔从阳台上朝下看他们时，他们俩谈话的声音就浮在半空。丹尼尔说："妈妈，您过了那口井就会看见采石场。"马丽亚干巴巴的声音回答道："坐在家里什么都会有。"乔就在心里感叹，这真是心心相印的一对母子啊。然而有一天夜里，乔看见丹尼尔在摧毁那些玫瑰花。那是他回学校的前一天。月光下的丹尼尔就好像青面獠牙的鬼，动作既犹豫又急促，将泥土弄得满身都是。乔不忍心去叫他，就站在一边观看。最后他发泄完了，用双手蒙着脸坐在地上，莫非他竟在哭？乔知道他从小就是个不会哭的孩子。马丽亚房里的灯黑了又亮，窗帘上映出细长的人影。南方的这个小城总是很早就进入梦乡，也许就因为这，居住在这里的人们总处在疯狂的边缘？

小的时候，父亲总是不眨眼地看着他说："乔啊乔，你将来靠什么来维持你的生活呢？"父亲这样一说，乔就感到无比的羞愧，他也不知道自己要怎样活下去。丹尼尔比他强多了，他从他拔起玫瑰花抛到半空中的动作里看出了这一点，心里还有点羡慕呢。也许儿子更像妈妈。

乔很想画一张图，将心底的那个故事勾出一个轮廓来。他一遍又一遍地构思，又一遍又一遍地推翻。有一天，他鼓起勇气下笔了，可最后画出来的不过是蚯蚓似的一条线，完全没有意义。读完日本故事后的一天，他心里一时冲动，想去学校找丹尼尔说说话。当时是星期四，他必须等到星期六再动身，可是到了星期六早上，他的决心已经在等待中磨灭了。虽然没见到儿子，儿子的身影却悄悄地潜入了他的梦中。那是一个没有头的身躯，脖子上头插着玫瑰花。乔将儿子出现在梦里的这个形象清晰地画下来了。他将这张画拿给马丽亚看，马丽亚就说："你画的这个人，我见过，是我娘家的一个舅舅。"

"古丽"服装公司的生意并没有因为老板文森特的家事纠缠而出现萧条，反而显出蒸蒸日上的气象。尽管抱怨，里根的农场仍然需要这个公司的服装，不久前，里根又同乔签了一笔数目不小的合同。乔坐在办公室的窗口，目送里根的身影消失在街的拐角，在心中想象着那个叫作"海角"的最南端的小地方的自然风景。里根当天就要赶回去，他总是这样来去匆匆，乔感到他的生活充满了活力。走廊上不断地有人群来来往往，发出"嗡嗡嗡"的说话声。乔知道老板今天没来上班，楼里的人也知道，但大家都好像要避免谈论这个问题。

将喧闹关在门外头，乔从包里取出了新书。刚刚读了一页，乔就进入了昏昏欲睡的状态。这本小说的开头十分特别，里面写到一座很大的宫殿，门口站着几个卫兵。挑炭的老汉要进去送炭，但总被赶出来。老汉看见模样像总管的男子奔出来，似乎是来接他进去的。不过他跑着跑着就跌倒了，怎么也到不了自己的身旁。卫兵伸出粗大的手臂向他一扫，他便连人带炭跌倒在宫门外的台阶上。他模模糊糊地听到里面有人在叫"皇上驾到"。当乔的思路停留在那阴沉沉的台阶上之际，有人在外面敲了两下门。乔没有搭理，眼睛继续停在书页上，因为书页的左面有一幅小小的插画，画的是一只猫，这只猫不是非洲猫，有点像F国的土猫。多年前乔去那个国家的时候见过，因为这种黄眼睛的猫真是太多了，一群一群地从地缝里钻出来，去那里的旅游者很少有不同它们遭遇的。那么F国的土猫，同故事开头这个送炭的老汉之间是什么关系呢？敲门声更重了，电铃也被拉响了，为什么这个家伙不打电话预约呢？乔无可奈何地将书放进抽屉里，过去开门。

"文森特！出什么事了？"

乔惊骇地看着老板。

"还好，只不过是丽莎患了妄想症，我就是到你这里来躲她的。天哪，你把自己关在这里头想些什么呢？"

他像是问乔，又像是问自己。

"我？我喜欢胡思乱想。这并不影响工作，对吧？"

"对啊，还对工作有帮助呢。你又签了大笔的合同。我们这样的公司，怎么离得了像你这样的人呢？"

他真诚地看着乔，乔觉得他的目光咄咄逼人，但在他的瞳仁的深处，他看到了同刚才书上那只猫眼里发出的、相类似的光芒，一种幽怨的冷光。也许文森特同那个古老的国家有种什么联系？也许他的阿拉伯女人并不是阿拉伯女人，却是F国的更为神秘的女人？乔垂下眼不敢看老板了，刚刚在书中读到的那名烧炭翁变成了他自己，他跌倒在台阶上，他的耳朵在紧张地倾听宫门内那一拨又一拨人跑动的脚步声。

"那么，上次的事考虑得怎么样了呢？我去过那种地方，我说的是荒野里的一间茅屋，站在门口，就可以看见附近的山上烧起的野火。这种事你得好好考虑到底，不要因为公司少不了你就放弃考虑。"

老板明明在乔面前说话，但乔老觉得他的声音是从另一个屋里传来。

"你可以像我一样。"他又说。

乔于心神恍惚中看见老板在笑，心中大吃一惊。

"丽莎去过我家里了。"他挣扎着说出这句话。

文森特松了一口气似的站起来，在屋里走了一圈，在窗前停下了。

"今天好像有雨，丽莎是带着雨伞出门的，她不论干什么都有先见之明。家里有个这样的妻子的人会如何生活呢？我简直想象不出我怎么离得了她，那就像公司离不了你一样。"

"所以您才会躲避她吗？"

"是啊，你什么都知道。我现在要过去看看了，因为她找不到我的话，就会把我的文件全扔到楼下去，我要派工人去抢救我的文件。"

文森特离开时悄无声息，乔有点怀疑刚才屋里这个人是不是一个真人。为了寻找关于这一点的依据，他又打开那本书，往下读了一页。故事陷入了混乱，这时跌倒在台阶上的已经不是烧炭翁了，是五个宫女。宫女们乱成一团，一次次爬上台阶，又一次次被那两个凶神恶煞的卫兵抹下去。乔的眼睛被宫门内的风景所吸引，那里面竟然是一个荒芜的花园，满是枯死的竹子。"宫女们决不会放弃。"乔读到这个句子。他记起来老板文森特刚才也说了类似的话。再又翻回来看第一页上面的那只猫,他发觉猫失去了魅力,黄黄的眼睛也没了光彩。再往下便写到花园里的喷泉喷水了,那不是人工的喷泉,地下水是自动地从一些裂缝喷上来的,有的水柱有十几米高。宫女们又一次往上冲去,卫兵们用力关上了宫门。刮风了,宫女们被风吹乱的长发迷住了她们的眼睛。乔的脑子里出现了四月里的一天,就在他屋前的那条小街上发生的一件事。那一天他下班回家,看见邻居们三三两两地站在路边,脸上的神情都很不自在。随着他们的视线望过去,乔看见了衣衫褴褛的一男一女缓缓地走过来,他们一前一后,目不斜视。让乔感到不自在的反而是邻居,这些人的目光就像要穿透乔的背脊,进入他的体内似的。那两个人走过去了,但一会儿他们又回来了,乔能感到空气中的紧张,他听到拳头被捏得咯咯作响。早春的气息从潮湿的地上升腾起来。"什么事啊?"乔忍不住问身旁的老女人。"是地震。你还没感到吗?所有的人都出来了。""但是那两个人……""他们是外地的,嘘,别说话了。"那一天并没发生地震,但为什么这些人全都面如死灰呢?乔所居住的这条安静的小街充满了秘密,即使是马丽亚也对那里面的氛围感到困惑。马丽亚最喜欢的口头禅是:"一不做,二不休。"这句话的意思是,在疯狂中制造疯狂。所以在家里,凡她接触过的东西都在某种程度上带电,有时还爆出火花。一条在地震中沉浮的小街会是什么样子呢?

"乔!乔……"有人在呼唤他。

他打开门,看见了丽莎,丽莎灰头土脸的,虽然失去了往日的艳丽,倒显出一种楚楚可怜的风韵来。

"文森特来找过你了吗?乔?我追不上他。你看看我的样子,你就会知道,他要完蛋了。"

“不会的，丽莎，不会的。您只要多一点耐心，他爱您。”

“我不说这个，谁要他来爱我？我是说他，他这样躲躲藏藏的，到底怕些什么呢？还有草地上的撒野……他居然穿着礼服在草地上打滚。他的灵魂成了碎片，我想帮他恢复，现在已经晚了。”

丽莎纵身一跃，坐到了乔的办公桌上，晃动着两条腿子，显得有点淫荡。不过她脸上的表情极为严肃，这是很少有的。她聚精会神地倾听了一会儿，对乔说道：“你的办公室里头有个磁场。这件事文森特早就知道了，他也同我提过几次。所以我就去找马丽亚了。马丽亚是个不简单的女人，我一进你们的家门，就感到自己如履薄冰。马丽亚，马丽亚，真是个杰出的女人！”她那沙哑的女中音像在唱歌一样。

由于这个女人坐在办公桌上不下来，乔感到特别尴尬。虽然他和她年龄悬殊不很大，但她是他上司的妻子，乔对她这种轻浮的样子束手无策，心里暗暗盼着外面有人进来。但是却没有。丽莎稳坐在高处，已经忘掉了乔的存在，她的目光在窗外那些房屋群落上扫来扫去，也许她是在搜寻她的丈夫。乔偷偷溜到门边，将门拉开一点，一侧身就到了走廊上。秘书同情地看着他说：

“那可是个要人性命的女人。”

乔在楼下走了一圈之后回到办公室，丽莎已经不见了。她是从哪个门出去的呢？看来是乘电梯下去的。乔放在一叠合同下面的那本书已经被她抽出来了，书的第五十页和第五十一页之间夹了一个特殊的书签，是一只压得瘪瘪的螳螂的尸体。乔将这只很大的螳螂放到眼前细瞧时，那黄黄的、玉石一般的眼睛就发出他所熟悉的光来。他甚至感到那刺人的腿子在他手指间动了一下。再看第五十页上面的字，好像被什么东西咬成了一些洞，难道是这只螳螂咬的？可它已经死了好久了啊。那么就是丽莎用尖尖的指甲抠去了书上的那些字了，

她这样做的时候肯定是聚精会神的、贪婪的样子吧。这个文森特，到底娶了一个什么样的女人呢？乔放下书，仍旧让螳螂夹在书里头。此刻，他脑子里那个庞大的故事的结构显得有点模糊，有点晦暗，仿佛要乱成一团了似的。而边缘地区，则伸展到了北极的上空，那种地方，有一团一团的冻硬了的白云。刚才他读的是一个F国的故事吗？还是一个尼泊尔故事呢？乔没有读内容介绍的习惯，总是从第一页看起，然后慢慢地进入那张网。通常，故事发生的背景是自己展现出来的。也许那只是乔的想象。每每读到中间，他就怀疑那些句子是从他脑子里跳到书里头去的。要不然，为什么当他把故事的背景设想成蒙古国时，故事开端的那些穿短衫的猎人就全都穿起了长袍呢？

　　一直到下班的时候，文森特和丽莎两个人都无影无踪。乔想道，他们一定到了城里的某个地方，两人不停地呼唤着，但相距十分遥远。如果他们要相遇的话，就得过一条河，天色已黑，河水很深，岸边没有船。乔走到拐弯的酒店那里，他往里一瞧，看见里根正坐在桌前喝酒。原来他没有回去？乔就像被钉住了一样站在那里看。只见他一杯接一杯，就像喝凉水一样。那圆桌上摊开的，似乎是乔早上同他签的那份合同。乔记得他当时说了一句："悲剧的重演有时是必要的。"然后就在合同上签了字。现在他将合同在酒店的桌上摊开来看，是在审查吗？还是他想起了农场里淹死的那两个工人呢？他的外衣上似乎有一团污渍，也许是他自己吐的。酒店老板居然还不过来赶他走，也许他需要顾客，店里太冷清了。老板在那边的柜台后面，显然注视着这个酒鬼的一举一动，以便随时出来干涉。乔不想进去，因为在他和里根的关系中，里根总是占主导地位的。乔一想到他那个火辣辣、亮晶晶的农场，头就发昏，自惭形秽。长年累月待在那种地方的他，却还总是周期性地跑到阴暗的城市里来，表面是来签合同，实际呢，谁知道他来干什么。每次他都声称当天就要赶回去，或许每次他都像今天一样，并没回去，在这种低矮的房子里，把自己泡在酒精里头。他抬起血红的眼睛，朝着乔站的方向瞪了一眼。乔知道他并没发现玻璃窗外的他，因为他醉得厉害。

"南边橡胶园农场的里根，你还记得吗？"他对马丽亚说。

"那个人可是个男子汉。"

马丽亚正在将一张织好的小挂毯收到箱子里去。乔发现她近来卖得少了，她好像起了收藏的念头。这一来，她就不可能像以前那样随便花钱了。眼见她省去了一些奢侈的嗜好，乔不由得有点心疼她。

"这个人啊，被太阳晒坏了脑子呢。"乔又说。

"胡说，我看他天生是个强盗。他哪里有什么脑子。"

马丽亚锁上小木箱，将钥匙抽出来，乔又一次看到电火花，这一次是从钥匙孔里爆发出来的。马丽亚朝乔做了个手势，然后起身往花园那边走。乔紧跟着她。

玫瑰花丛中摆好了小桌子，桌子上有一大壶茶。

马丽亚喝了一口茶，说道："我和丹尼尔从这个方向看过去，将你书房里所有的东西看得一清二楚，你还不知道吧？"

乔很吃惊，伸长脖子朝前面张望，可是他什么都看不到，只看见暗红色的墙面砖和乳白色的小阳台。

"旁观者清嘛。"马丽亚笑起来。

住在这样一个带花园的房子里头的马丽亚，并不安于平静的中产阶级的生活，却迷上了一种神秘的实验。乔觉得她无时无刻不在进行那种实验，而且那种实验威胁着乔自己。这大概是他要躲到自己的故事里头去的最初的原因吧。

还有一点让乔不理解的就是，自从她开始她那种实验之后（挂毯啦，玫瑰花啦，猫儿啦，全成了她的道具），她就变得独立性很强了。即使乔现在就离开她，到别处去生活，大概她也会无所谓吧。她同儿子丹尼尔倒是联系得比较紧的，乔认为他们即使不见面，信息的交流也十分频繁。就说这些玫瑰花吧，也许对他俩是个磁场，对乔却不发生作用。那一天她同丹尼尔坐在这里，他从书房的阳台上探出头来，听见他们两人的声音在半空流动，他是多么惊奇啊。而现在，乔听得到马丽亚说话，但她的声音被什么东西蒙着似的，她那裏在蓝色格子裙里头的身体也好像有点虚假。乔又听见自己在说话，他的声音被挡了回来，是被一块金属板挡回来的，发出"嚓嚓"的余响。马丽亚从桌子对面伸出手来握住乔的手，她看见乔在发抖。

"乔啊，那件事过去多少年了呢？"她眯缝着有点狭长的眼睛，显出在竭力回忆的神态。

乔暗想，也许她寻求的答案正好在他未完成的故事里头吧。不论在哪个年代，马丽亚心底总是有一件事，每过去几年，她就要问这个问题。也许那件事没有时间，只能靠她自己去划分阶段。

"我不知道啊。我想要我的声音升上去，可它们只能在我耳边吵闹。"乔苦笑了一下说。他仍然在发抖。他想不起他的故事了。

吃过晚饭不久，马丽亚就消失在她的卧房里头了，乔看见她连灯都熄了。乔知道她没有睡，她有在黑暗里想心事的习惯。乔以前有一次将马丽亚的思维比喻成盛开的夜来香。乔在书房里坐下，继续读那本书的第三页，一边用手轻轻拨弄着那只螳螂。那些字句从他眼前溜过去，他觉得自己被从书里的故事隔开了。乔也关了灯，寂寞地坐在黑暗里想着里根的橡胶园农场。他突然产生了一种直觉，他觉得里根还没走。酒店已经关门了，这个醉汉会到哪里去呢？

乔出现在街上，他没找到里根，却碰见了天天早上见面的黑女人。

"先生您是要找人吗？"黑女人停住脚步问道，皱起两道弯眉。

"是啊。一个外地人，喝醉了酒。"

"您到人行通道里头去吧，他在那里哭呢。"

黑女人匆匆地走过去了。

但是人行通道里头空空的，看来里根已经走了。通道里在夜间很阴森，让人联想到凶杀。从灿烂的南方的天空下走到这种地方来，是里根内心的强烈的需要。马丽亚说他是"男子汉"，就是在这个意义上说的吧。乔还记得他多年前来他办公室的那种样子，当时乔认为他是个乐天派。

从通道里出来，乔深深地呼吸了几口略微潮湿的夜气，他觉得自己又可以进入刚才放弃的那个故事了。

第二章　里根先生

在南方的橡胶园农场里，在夏天太阳的曝晒下，里根感到自己正在渐渐地丧失理智。里根是一个孤儿，早年和舅舅一道做烟草生意，挣了些钱，买下了这个农场。他几乎没怎么上过学，一切知识都靠顽强的自学来获得。他无师自通地变成了一个有教养的人，一个严厉的，却又很通人情的农场主。他喜欢劳动，有时也亲自去割胶，去湖里采莲之类。虽然女人们都很宠爱他，这位农场主已经五十岁了仍旧还是孑然一身。他觉得他身上有某种将他裹住的硬壳，他的世俗的感情突不破这层壳，因为这层壳又是同他的身体长在一起的，他甚至怀疑他的心脏上都长有这种硬壳。

埃达是一位棕色皮肤，长着黑色卷发的亚洲女子。她也是一个孤儿，从东南亚的岛国飞到这里来投奔从未见过面的姑妈，然后就定居在里根的农场里了。一开始里根觉得她很不漂亮，有点像猩猩，并且她的手臂也太长了。不过她却是一名非常尽职的工人，对技术活也掌握得很好，她使用起农具来就好像身体和它们连成了一体似的。很快里根就从心里对她产生一种父女似的感情，总想照顾一下这个"猩猩"。但是埃达不愿接受他的照顾，她一点都不畏惧她的老板，有时还讽刺他。里根只好悻悻地收起施恩的念头，站得远远地观察她。

大约在埃达来农场的第二年，她的唯一的亲属，那位姑妈去世了。据里根的观察，那位姑妈是个冷酷的女人，因为她从未到农场来看过埃达一次。

听埃达说姑妈很有钱，还有三个儿子，为了避免那些儿子"误会"她，她也不去看姑妈。埃达请了两天假去姑妈家帮助料理后事，她是于第三天的深夜才回到农场的。当时里根正在湖边钓鱼，他听到对岸有人在呼救，说什么人落水了。他丢下钓竿就往对岸跑，大约五分钟后才跑到那个地方。

是埃达，但是她并没有真的"落水"，而是在水里走了一遭又上来了。里根到她面前时，她已换好衣服，正在拧掉头发里的水。在朦胧的月光下，她翻着很大的眼白看了里根几下，似乎在谴责他似的。

"姑妈的事处理好了吗？"他憋了半天才憋出这句话来。

"她那么痛，您是想不出她有多么痛的，我也想不出。所以我刚才到湖里去体验。但是我是不能体验到她的痛的，不是吗？"

她一反平时的高傲，急促地说完了这些话。她站在那里，没有要走的意思，只是伸出手在空中抓了几下，像是捕蝴蝶的动作。

"埃达，姑妈没有了啊。"

"是啊。每一个死去的人，总会有另一个把他记在心里，那他不就像活着一样吗？"

"埃达真聪明啊。"

"有人自以为自己才是无所不知的呢。"

里根感到自己的脸在发烧，他总是不能习惯这个姑娘说话的方式。莫非自己太有教养了？还是他在用隐蔽的方式同她调情呢？这个从热带雨林跑来的小母猩猩，脑子里装着一些什么样的古怪念头呢？

因为她站在那里不说话，里根没有老待下去的理由，就向她告别，告诉她自己要去继续钓鱼了。埃达听了他的话后冷笑一声，转过背去。

往回走时，里根看见月光下的橡胶树全变了样，那么矮小，就像一队队矮

人一样，树的下面都很光亮，没有任何投影。橡胶园的边上有几棵椰树，此时它们的树梢全都到了云端里。里根只要望一眼那里脚下就站不稳了。他想，自己就像那些杂乱的阴影，没有实体。倒是埃达很像眼前这些个橡胶树，稳稳实实地立在大地之上，既清晰又无法破解其内部的谜语。

那一回他去城里办事，万万没想到会在酒店里遇见埃达。酒店里的埃达完全变了个样，俏丽而又充满了热带风情，就像一颗柠檬。里根隐藏得很深的欲望一下子被她唤出来了。

"埃达，你在这里干什么？"

"您没看到吗？我在做招待，帮朋友的忙。今天是我的休息日。"

她在桌子间穿来穿去的，长长的手臂灵活地运送着那些酒杯和盘子，所有的顾客都伸长了脖子在欣赏她那舞蹈似的动作。里根尴尬地坐在那里，内心就像发生了一场地震似的。

他没有喝酒就离开了酒店，他拐进一条狭长阴暗的街道，回想着服装公司的那位销售经理。那是一个十分笃定的、内心深不可测的男子，灰绿色的眼珠目光炯炯。每次坐在他的办公室里，里根就觉得自己成了他的猎物。忽然，他被一名黑女人挡住了路。这是一位年轻女人，弯弯的长眉，很大的眼白在眼眶里转动。她坦然地站在他面前，在狭窄的人行道上挡住他。里根的脸红了，似乎要转背走开。

"站住！"她说，声音很清脆，"像您这样的人，我见过好几个了。"

"那又怎么样？"

里根好奇地看了她一眼，可是她仅仅朝他翻白眼。

"南方佬都像您一样，拼命往阴暗角落里钻。我才不想同您这样的做生意呢。我是有工作的，是这条街的清洁工。白天我守在这里，看看有没有生意可做，不过我不要您这样的南方佬。见鬼。"

她跺了跺脚，撇下他缩进了一家鲜花店里头，她的凹凸有致的背影显得很懊恼。

里根看着那些盆花，眼前的景象变得模糊起来，这究竟是真花还是纸花呢？然后他赫然看见三双大眼睛在屋内的黑暗处瞪着他。他的心狂跳起来，拔腿就走。他不想再在城里逗留了。

他身心疲惫地踏进火车车厢，在后排没人的角落坐了下来。他手里举着一张报纸，为的是遮住自己那张神色慌乱的脸。有人在前面大声说笑，声音很耳熟。

"他就这样溜了吗？"

"我一点都不担心。这里范围这么小，没几天他又会出现的。"

"真是个诡计多端的家伙。"

是一男一女在右边窗口那里讲话，他们无所顾忌地接吻，大概还有更大胆的动作。他们对自己弄出的喧哗毫不在意。

躲在报纸后面的里根，一身开始燥热起来。他转过脸去看窗玻璃上头自己那呆板的影像，看着看着，就从那上头看出死人的气息来，尤其是左边的鼻孔，似乎已经垂到了嘴角，很可怕。他想要不看，可又忍不住不看，玻璃板上的那个人表情十分急切，好像还有点痛苦。

"你确信他就藏在这附近？"男的说。

"有很明显的征兆嘛。"女的回答，似乎在拼命忍住暗笑。

过山洞的时候，里根感到有人在抚摸他的脸。他在黑暗中伸手去触那个人，却怎么也触不到。并且那人的手给他的脸带来的感觉也不太像手，而像是什么更柔软的东西，比如皮毛之类。那皮毛一样柔软的手竟然捂住了他的鼻孔，里根在窒息中喊叫了一声。他听到前面那年轻女人在说：

"这种人不会是人群里头的一员，很可能是什么古老村子里的寄居者。"

山洞过完了。里根朝玻璃里头看，发现自己脸上有一块块的出血点，再看地上，便看见了几根白色的鸟毛。刚才难道是一只鸟？他明明觉得是一个人，甚至听到了那个男人粗重的呼吸。

他回到园子里时，遇上了雷阵雨，他的车子穿过密密的雨帘，停在他的灰色小楼下面，厨师阿丽迎了出来。

"回来了啊。刚才有一个炸雷，烧坏了家里的电器，我还以为我要进地狱了呢。怎么会有这种事啊。"

她显得很反常，也不过来帮他提东西，扭着臃肿的身躯一下子就躲进里面房里去了。看来她真的吓坏了。里根也感到吃惊，怎么回事呢，他的屋顶上不是明明装了避雷针吗？

上楼时，他觉得头重脚轻，又觉得似乎是在深海底下游走。

那一夜，有各式各样发狂的声音在黑色的暴风雨里头呼喊，里根还听到有人在议论说涨水了。

早晨，园子里已是阳光灿烂，可是里根却在沉睡不醒。

阿丽在门口慌慌张张地忙着什么，司机正在洗车。

"主人没起来吗？这可是破天荒第一回啊。"司机笑呵呵地说。

阿丽严厉地看了小伙子一眼，没和他搭腔。

在楼上，里根的梦沉入到了一个他从未抵达过的层次。深深的黑土下面，无数疯狂的树根纠缠在一起，使他彻底放弃了保持头脑清醒的企图。他很幼稚地认为，只要自己像蚯蚓一样在土里掘出通道来，总会有出头之日。头盖骨顶着土，口里也塞满了泥土，他可以缓缓地动起来了。周围到处有东西在"喳、喳、喳"地响，也许是那些淫荡的树根。根与根之间有隙缝，尽管时常被塞住，但终究还是可以穿过去。里根决定在一根最粗的上头休息，他将塞满泥土的招风耳同它贴在一起，听到树汁在里头像滚滚洪水一样咆哮着，使得它颤动不休。这一刻，他记起了埃达，她那灵活的身躯同这些树根是多么相似啊！但是他自己却在很大程度上感到呼吸不畅，他还没能适应这类梦境。

"要是里根先生长睡不醒，你我可就解放了！"司机毫不介意阿丽的态度，大喊大叫的，"昨天夜里我和他回家时啊，就像穿过死亡的绝壁！"

阿丽厌恶地避开这个吵吵闹闹的年轻人，进屋到厨房里去了。她从厨房敞开的门向远方看去，看见在阳光下面劳作的那些工人，他们都穿着工作服，戴着草帽，身体被裹得严严实实的。阿丽注意到两年前来到这里的小姑娘埃达，脸膛已被晒得黑黑的了。阿丽知道里根对埃达的心思，她就如河里的老鳄鱼，对这农场里的动静了解得一清二楚。阿丽对主人的态度是矛盾的，既维护他，又不满意他。有的时候不满意到了这种程度，她几乎都要撇下他不干了。去年椰子成熟的季节，里根家里来过一位不太年轻的，穿着怪怪的女人。里根同这位全身着黑的，影子似的女人寸步不离地在一起厮守了一个星期，后来她忽然消失了。里根是趁着夜半无人之际将她送走的，阿丽听见了车响，是里根自己开车。黑衣女人走了之后，里根的情绪显得积极了好多。他迷上了夜间的钓鱼活动，偶尔竟会钓个通宵，到早上才回家。阿丽估计到那黑衣女人不会再来了，她也估计到埃达是主人的心病，因为整个农场里只有她是个异乡人，她的一举一动主人都无法预料，正因为这样才牵动主人的心啊。他为什么去钓鱼呢？还不是因为那女孩爱在夜里钻来钻去吗？阿丽一般夜间睡不着就在附近走动，她已碰见埃达几次了，有时和女伴一起，有时一个人。每次埃达都含含糊糊昏头昏脑地同她打招呼，将她称为"姆妈"。她走得很慢，磕磕绊绊的，好像在那些小路上找一样什么东西，口里还念念有词。如果女伴同她在一起的话，也会帮她找。有时，在那么黑的夜里，只有动物才看得见东西，埃达却可以看见。她的双眼居然发出绿色的荧光，阿丽看到过两次，吃惊得嘴都合不拢了。她将这事藏在心里，从未告诉过里根。

"埃达在外面找什么东西呢？"阿丽在路上拦住她问道。

"找白天丢失的钻戒呢，姆妈。"

"埃达有钻戒吗？"

"有啊，我记得清清楚楚的。一定是从手指头上滑下去了。"

阿丽想这个姑娘一定是闻到了某种气息，她那猎狗般的嗅觉带领她在暗夜里追踪。阿丽脑子里浮出自己那游魂般的青年时代，不由得暗笑了一下。她叹道：

"时代在发展啊。"

埃达的动作像蛇一样快，只见她闪进灌木丛里消失了。她的女伴站在路当中轻轻地喊："埃达！埃达！"她的声音竟有些凄惨。

楼上的房里，里根还在沉睡，窗帘遮得严严实实的，卧室里就像永远是夜晚似的。

躺在单身公寓里的床上，埃达吐词不清地对女伴说道：

"在我的家乡，暴雨冲垮了几百栋土砖房屋……那些个芭蕉叶都被雨打得匍匐在地。那不是雨……就像，就像洪水从天上冲下来。没人躲得开，你明白吗？"

"我想我明白。你是怎么逃出来的？"女伴问。

"我？我本来就不想活，所以反倒死不了。我们那里年年都要经受这种考验……我不会在这里干一辈子，我还是要回去的，这里的太阳，会把我晒得完全化掉……"

女伴继续对埃达说话的时候，忽然发现埃达已经入梦了。椰子的香味一阵阵从窗口那里涌进卧室，女伴却看见埃达睡梦中的表情显出厌恶。

"里根先生睡了两天了。"司机说，"我们要不要去叫医生呢？"

"胡说八道。他还让我服侍他在床上吃了两顿饭，他只不过是不愿意醒来。谁都有权利这么干。"阿丽说话时在沉思。

阿丽是在进城去的路上遇见文森特的。她看见他在孤零零地走，太阳晒得他头昏眼花，他好像要中暑的样子，走几步又停下来喘气。

"先生您需要帮助吗？"

"我的名字是文森特，我是你们老板的朋友。请问你们老板，里根，他怎么样了呢？"

他似乎拿不定主意要不要再往前走，他的目光游移，阿丽觉得他在找一个地方坐下来。

"里根先生并没有生病。"

"当然没有。他怎么会生病呢？他的事都是由他自己决定的。"

"我回去叫车来接您好吗？您看起来很累。"

"不不不。您看，太阳快落山了。我就在这旁边的芭蕉树下坐一坐，我要看这里的夜晚。我早就听说了这里的夜空是绿色的，我想这一定是真的。啊，太阳真的落山了，谢天谢地。"

阿丽离开后，太阳就落山了。文森特在芭蕉叶的阴影中闭目默想。他是追

随梦中的女人来到这里的。那人摘下头上的说不出名目的红花，放到他鼻子底下让他嗅，然后告诉他说，这是从"最南端一个叫'海角'的地方采来的"。文森特醒来后思来想去的，终于确定梦里的黑衣女人来自客户里根所经营的农场。他曾经出于好奇在地图上查过里根农场的地理位置。文森特在城里的一个三流旅馆与那女人度过了"销魂"的一夜。在那张简陋的木床上，他一次又一次在半清醒的状态下从女人那里获得高潮。奇怪的是女人只有形象，没有属于她的实体。当文森特急切地将她抱着，他从下面进入到她身体里头时，她便动了起来，但是她的躯体完全没有重量。她最终给文森特带来的高潮既饱满又极度空虚，每一次都如此。文森特几乎要发疯了，因为这种奇怪的高潮并不能给他带来释放，欲望无法平息，反而更加高涨，整整一夜他都处在"高潮"的平台上。东方女人是沉默的，既驯服，又挑逗。文森特看出了这个说不出年龄的女人在他们性活动中的主宰地位。黎明的时候，文森特精疲力竭地倒在木床上头，那女人轻轻地掩上门出去了。后来丽莎就看见他躺在自家门前的草地上"撒野"，丑态百出。一直到现在，他都不能确定自己是否在一个三流旅店里头有过那种令他一回想就骨头酥软的性体验。女人后来又找过他几次，穿着黑色衣裙，面目模糊。文森特握了她的手，却像握着一把空气。并且她默默地来，默默地离去，再没有同他度过销魂的时光。所以文森特怀疑，就连那仅有的一次也是不真实的。明天就是他六十岁的生日了，文森特对自己躯体里头的欲望暗暗感到吃惊，他多年来第一次体会到他的欲望是一只潜伏的兽。

　　天渐渐黑下来了，风中有了一丝凉爽。文森特听到了谈话声，是两个姑娘从小路那边过来了。其中一个是本地的，另一个是棕色皮肤，东南亚那边的，个子小巧，手臂却很长。而这个东南亚来的姑娘的身后，紧跟着黑衣的女人。文森特心中一惊。但是两个女孩似乎对于身后的女人毫无觉察，她们在弯着腰看着地上找东西。

文森特站起来向姑娘们问好，姑娘们含含糊糊地回答了一声，没有注意他，她们太专注于自己的活动了。就在这一问一答之间，黑衣女人像影子一样消失了。文森特曾朝她所站的地方伸过手臂去，但什么也没搂到。

文森特走进里根的房子时，里根已经神清气爽地从楼上下来了。他俩在客厅里相互问好，拥抱。文森特在拥抱当中领略了老朋友那过人的精力。实际上，文森特仅仅见过这个老朋友两面。那是在十年前，公园里的一条长凳上。也不知怎么回事，两个陌生男子毫无理由地相互问候，谈论起他们前方那个墨绿色的深湖来。第二天他俩又去了公园，继续谈论，然后，就再也没见过面了。虽然文森特知道里根同他的公司签了合同，后来又成了他的老主顾，但他从未主动去与他晤面，也未向乔谈起自己认识里根的事。多年里头，这个老朋友在他记忆里头成了一个影子。直到黑衣女人在梦中给他带来里根农场的气息，往事才忽然之间全部复活了。

文森特在里根家里吃了饭，洗了澡，坐在那张宽大的沙发上同他聊了会天。里根说起农场里常见的一种有毒的青花蛇，并拿来照片给他看，要他在外边行走时多加小心。文森特没去注意草丛里的那条蛇，倒是注意到了蛇的旁边那个黑衣女人的背影，那个背影令他心中一悸，差点将照片都掉到地上。

"她是你认得的人。我听她说起过你。"里根注意地看了他一眼。

文森特不好意思地收回目光，茫然地看着贴了灰色墙纸的墙壁。

在客房里那张宽大的床上，文森特滚来滚去地睡不着。虽然屋里开着凉爽的空调，他的心却随着屋外那黑暗的热浪一同翻腾。是一个欲望高涨的长夜，有点类似于那一次三流旅馆里的艳遇。然而却没有对象。

里根刚才说"她已经不在了",这是什么意思呢?是死了还是离开了这里?听他的口气,一点悲伤都没有。也许"不在"对她来说是家常便饭,她总是来来往往于这些热带地区,只是偶然停留在他所居住的城市?他也猜测过她的国籍,有时他觉得她是阿拉伯人,有时又觉得她是印度人,没法确定下来。而此刻,他感到国籍对她来说毫无意义。睡觉之前,帮他铺床的阿丽告诉他说,他的妻子丽莎已经在白天来过农场了。此刻他一遍遍地幻想着丽莎的身体,但欲望始终无法发泄。丽莎和那女人到底谁更善于神出鬼没地活动?

那面老钟敲过一点之后,文森特看见卧房的墙在往后移。他记得他住的是一楼,那么,现在他有可能已经睡在橡胶林里头了。他打定主意,如果那些青花蛇爬到床上来,他就要上演一场同它们交媾的好戏,那一定会彻底地改变自己的性情。他张开自己的两腿迎接那些淫荡的小东西,他甚至哼出了声。

"客人需要什么东西吗?"阿丽苍老的嗓音在门外响起。

文森特听见她打开了走道里的电灯,她一定停留在门外面。文森特想,他是怎么突发奇想跑到这里来过夜的呢?仅仅是由于梦里的女人吗?他不是那种喜欢拈花惹草的人,阿拉伯女人是偶然闯入他的生活中的,本来他以为过后总会忘记,但就是不能。

他下了床,打开门,看见阿丽坐在过道里的一把椅子上。

"您不睡吗?姆妈?"

"我?我要守夜。我守在这里,你们就不会出来乱跑了。这个地方,谁搞得清啊,里根先生也未必搞得清。"

"您看见了什么吗?"

"在这样炎热的夜里,什么怪事没有啊。您的妻子真是个热情的女人啊。"

“她马上就走了吗？”

“我不知道，也许她到那些橡胶林里头去了，她不怕热。”

“我倒是觉得有点冷啊。”

他真的打了个寒噤。

“我该怎么办呢？姆妈？”

“您这不是已经来了吗？您只要不再害怕就好了。像丽莎一样。”

文森特很想同阿丽说话，但阿丽摇摇晃晃地站起身，说她的主人在楼上叫她了。奇怪，四周静悄悄的，根本没有任何声音，她却听到了主人的呼唤。看来阿丽具有动物的听觉。

他回到房里重新躺下。他还是处在亢奋中，始终想等那些蛇出来。不知什么时候，于迷迷糊糊中，他听见窗外有人在争执。其中之一是里根的声音，他似乎很急躁，很沮丧。文森特听见他反复用带哭腔的声音说：“要死人的。”不知怎么，文森特认定里根谈话的对象是一个女人。

然而他起床后，阿丽告诉他，里根还在睡呢。文森特告诉阿丽说听到里根在夜里说话。阿丽就连连点头：“是啊，他是个不安分的人，总在这周围转悠。”

“为什么说会死人呢？”他不解地问。

“算是预感吧，他一直有这样的预感。这个农场，是从他心里长出来的，您不觉得吗？这里所有的事都反常。”

文森特只觉得她的话令他感到怪怪的。他吃完阿丽为他做的早餐就走到台阶上去。当他低头时，他怀疑自己的眼看花了，因为紧挨着大理石台阶的草丛里，居然潜伏着六七条青花蛇，一看就是那种剧毒的小蛇。

“这是里根先生的宠物。”阿丽在背后对他说。

文森特腿一软，坐到了台阶上，他的目光离不开那几条蛇了，奇异的欲望在体内升腾。里根昨夜的声音在他耳边回响："要死人的。"一会儿蛇就隐匿在草里头看不见了。文森特知道它们没跑远，在这个热带的农场里，什么事不会发生呢？里根先生那严厉的外表，居然掩盖着如此吓人的风景，这是他怎么也料不到的。原来他以为自己在追寻那阿拉伯女人，可是现在却进入了里根的中了魔的领地。他常听人说起梦境交叉的事，他公司里的乔好像也在搞这种勾当，他是通过阅读在做实验。

文森特走的时候，太阳晒在吉普车的顶篷上，他在车内的后座上打瞌睡。朦胧中，他看见自己正裸体穿过一片黑暗地带，所有的一切全失去了形状，他的视力则急剧退化了。

与此同时，肥胖的阿丽同里根一道站在屋前的台阶上，一人手里拿一根短棍，正在指挥草丛里的那些青花蛇跳舞。阿丽穿的是十分鲜艳的热带图案的长袍，里根则穿着黑色的、丧服一般的套装。

"他走了，该死的。"阿丽放下棍子，坐在台阶上喘气。

"他同我就像双胞胎兄弟。"里根皱着眉头说。

"你想过离开的事吗？"

"当然。不过这里的一砖一瓦都是我制作出来的啊。"

"你被围困在里头了，里根先生。"

阿丽费力地站起身，到厨房里去了。一会儿就传来水果馅饼的香味。里根的食欲忽然苏醒过来，他觉得全身都在颤抖。

第三章 橡胶园里发生的事

丽莎是在橡胶林里头看见穿黑衣的阿拉伯女人的，她看见那个高个子的黑影像一名怨女一样在林中游荡，而那些工人都没有注意到她，也许他们竟然没看见她。当时丽莎脑子里就出现这个念头：文森特完蛋了。

橡胶园的原始之力令丽莎害怕，她心里对自己一点把握都没有了，她立刻打定主意回家。返回的路上她碰见了橄榄色皮肤的埃达。埃达被毒蛇咬了，正抱着渐渐肿起来的小腿在呻吟。姑娘的脸发红，似乎就要晕过去。丽莎刚要伸手去扶她，就被她挡开了。她的手劲特别大，差点将丽莎推倒在滚烫的泥地上。后来她居然挣扎着站了起来，一步一瘸地离开了。丽莎深深地感到自己刚才的举动违反了此地的什么原则。什么原则呢？她凝视着那姑娘孤零零的背影，想不出到底是什么原则。

她从远处看见文森特朝马路上的吉普车走去。文森特衰老的体态让她吃了一惊，她差点就要喊出声了。但是车子发动了，一会儿就消失在酷热的气浪里头。昨天夜里的事情是如此的离奇、不可思议，并且，她只记得一些残缺不全的片段了。那些事似乎同文森特有关，又似乎没有关系，只是她一个人的秘密。当时天快黑了，司机布克从芭蕉林那边匆匆跑过来，要带她去附近一家餐馆。他说这里的餐馆和旅店很早就关门，得赶紧走。待他们赶到那家茅草屋顶的农家餐馆时，果然餐馆已经关门了。布克用力捶门，睡眼惺忪的中年女人才慢慢开了门，她听了三遍才听清布克的要求，于是将他们让进厅堂里面。丽莎刚一坐下就感到脚踝那里被什么咬了一下。过了一会儿，她就变得晕晕乎乎的了。她似乎看见司机布克在昏暗的灯光下同那中年女人调情，然后这两个人又在她面前放了几碟食品。她吃得很多，只是说不出吃的是什么，觉得也许是羊腿之类的。她还喝了本地酒，一种很甜的酒。布克和那女的什么都不吃，只是都目不转睛地看着她，看得她心里疑云重重。她想到手提包里头找钱包，但是钱包不见了。她低头看餐桌下面，看见了那条盘在桌子腿上头的蛇，于是惊叫了一声。布克和那女人若无其事地说着话，然后，仿佛是无意地问她，要不要到外面去欣赏夜景。她抱怨了几句自己被蛇咬了，然后就不由自主地站起来出了门。她连手提包都忘了拿，还是女人追上来还给她的。布克肯定是同那女人鬼混去了，刚才他们就显出迫不及待的样子。芭蕉林里头依然酷热，蚊子隔着长裙袭击她。她走了一会儿就觉得不行了，她担心蚊子要把她体内的血都吸干。这时她偶然一抬头，看见了她梦想了好久的、绿色的天空，连月亮和银河都是绿的。她想，是不是毒蛇的汁液在体内使她的视觉发生了变化呢？然后她听到有人在叫她做姑娘时的小名，那人是一个女的，声音仿佛从高而又高的椰子树梢上传来。再后来她就发现自己迷路了，整整一夜，她走了又停，停了又走。她绕湖走了一圈，还过了一个山包，她还在椰树林里转了好久，最后又来到了橡胶林。她虽然脑子里昏昏沉沉，不过一点都感觉不到累。她是被那些割胶的工人吵醒的。她睁眼看见的第一样东西就是那个黑衣女人的裙子，那条纱裙几乎是从她脸上扫过去的。她扶着橡胶树站起来后，脑子就清醒了。然而那女人走得太快了，一会儿就到了林子的边缘。

丽莎愣在原地。看见满天的红光，她心里有什么东西被唤醒了。"文森特这只老狐狸。"她微笑着自言自语道。随即她便起了那个念头：文森特完蛋了。他高兴自己完蛋。我可要享受生活。她穿过橡胶林走到那个湖边，她将自己脱得光光的，欣赏了一回自己那不算太老的裸体，然后就扑进了水里。水的浮力特别大，微波好像在一下一下将她的身体往上托似的，她简直兴奋得要疯了，于是开始游蝶泳。这是最耗费体力的游法，她年轻的时候经常这样游。她跃出水面往前扑，很快就扑到了湖中心。她回过身来看岸上，看见有三个工人站在湖边抽烟。他们所站的地方正好是她那一堆鲜艳的衣服所在的地方，但显然，这些人对她的裸体不在意，因为他们并不朝她看。

她往回游的时候，心里有一点忐忑不安，这些人会怎样面对她呢？

她上岸的时候弄出很大的响声，那三个人有点吃惊地朝她回过头来。丽莎挑衅似的叉着腰，让身体的前面向着太阳。可是他们并不走拢来，只是口里发出"啧啧"的赞美声。丽莎瞥了他们一眼，发现这三个人都是英俊的小伙子，即使是身着粗布工作服也能看出里面肌肉的起伏，像那些健美运动员似的。站了一会儿，丽莎感到难受，就弯下腰去捡自己的衣服。待她穿好衣服时，那三个人已经走远了。丽莎感到这是她一生中的奇耻大辱，她还感到深深的悲哀，也许自己老了？但他们又为什么要称赞自己呢？

丽莎找不到答案，她滞留在农场里，就是为了得到那个答案。她欲火中烧，母兽一般在太阳下走来走去。就是在这时她见到了埃达。当时她那么想接近这个姑娘，可是她把她推开了。

阿丽站在台阶上瞭望，从昨天到现在，她已经看见丽莎从那片芭蕉林穿过去三次了。是她的司机告诉阿丽她是谁的。这个火红头发的女人显得很落魄，色彩鲜艳的衣裙上已布满了灰尘，脸上也弄得脏兮兮的。

"她留下来，她丈夫又走了。"里根干巴巴地说。

"这两个人一定是被心里的火烧得很痛，丢下家里的生意不做，跑到我们这种地方来寻梦。"阿丽回应道。

"当然，他们不是突发奇想跑来的。"

阿丽回头一看，里根已进去了。他在那里摆弄他的渔具。阿丽看见他那冷冰冰的眼球深处有火花在闪烁，于是在心里想，他已经醒来了，五十岁的男人，应该有各种各样的欲望，他总是在昏睡中完成他的策划的。

"你要去钓鱼吗？"

"是啊。我昨天夜里钓了整整一夜。我是坐在窗台上将钓竿伸出去的，高空作业真可怕。"

"悬空的感觉总是那样。那么运输的问题怎样解决呢？"

"我已经不管这种事了。让它去乱套吧。其实，农场一开始不就是乱套的吗？"

里根站起来，将红色的钓竿高高地挂在墙壁的一个钩子上。阿丽想，他怎么会把钓竿漆成红色的呢？也许他成心想吓跑那些鱼吧。阿丽的眼神有点恍惚，她看见那根钓竿成了从墙上流下的一股血水。她慌乱地走开了。当她走到客厅时，看见司机马丁正从里根的卧室里溜出来，身上披着里根那件猎装。他总是偷里根的衣服穿，这差不多已成了公开的秘密了。

马丁"咚咚咚"地跑下楼，挡开阿丽阻拦他的手臂，向外跑去。阿丽听见狗在凶猛地吼叫，也许它把马丁当作小偷或杀人犯了。阿丽想不通马丁为什么会有这种嗜好。她曾看见马丁穿了里根的黑色西装去一个草地野餐会，他在那里显得落落寡合，不仅没有里根的冷峻风度，就连他自己平时那点机灵活泼都消失了。他像个人形木偶一样在野餐会上晃来晃去，开着猥亵的玩笑，惹得人人都讨厌他。是不是他穿上里根的衣服，便认为自己变成了另外一个里根呢？

"里根先生的心思其实是很下流的。"一次他忽然说出这样的话。

"你是他的工人,怎么可以对主人的人品胡说八道。"

阿丽口里这么说,心里倒希望这个马丁提供一点什么信息。但是马丁不往下说了,他严肃地皱着眉头,做出一副考虑问题的模样。

当阿丽提醒里根有人拿走了他的外衣时,里根说他早就知道了。

"我倒要看看别人如何扮演我的角色,要不然我简直没法安排生活了。文森特先生倒是很会安排呢,你看他妻子表演得多么出色!"

他接连去了好几次湖边,每次都是坐一通夜。守林人总是在凌晨两点钟来同他聊天。守林人原来不是守林人,是这一带的一个"野人",住在湖边自己搭的茅草棚里头。那时这里还没有农场。他的头发雪白,说话牙齿漏风。他一坐下来就说些厌世的话,说他已经活够了。也怪,当他"嗡嗡"地发声之际,就有小鱼儿来上钩了,一般可以钓满一桶。里根的目光越过那根红色的鱼竿落到湖对面那些黑黝黝的芦苇丛里,但是埃达一次都没出现过,她躲起来了。

"先前这个地方啊,可以说是要什么有什么。那些个女孩子,全都同梅花鹿混在一起分不清。她们一大群一大群从那边山里跑下来。到底是人还是鹿在那边窝棚里同我搞世纪大战?"

里根感到老头已经看穿了他。他希望他往下说,说到埃达,但他坚持只说上个世纪的事。

埃达是有意地踩到那条小蛇身上的,上星期她就被咬过一次了。以前她亲眼看见过一名外地的青年被蛇咬死,当时她多么害怕啊。渐渐地她就发现,农场里面的人并不怕蛇。住在她隔壁的米娜,小腿和手臂上总是伤痕累累的,却并不因此而休息一天。被蛇咬了之后,红一阵,肿一阵,然后就一点事也没有了。

埃达离开那个脏兮兮的、穿着艳俗长裙的女人之后，脚踝那里的疼痛就减轻了。她经过芭蕉林时，小木屋里的守林人在那边招呼她。埃达同这个老头子很熟，她随他进去了。

她坐在板凳上，将右腿伸出来给他看，他便弄了一些湿漉漉的茶叶替她敷在伤处。

"埃达已经渐渐地同蛇要好了啊。"他口齿不清地说，"这里，就是你的家乡，对吧？你和那、那什么里根先生，你们夜夜在那种地方交合，我全都看见了。那一回，你穿着黑衣钻进他家，同他鬼混了一星期，后来……我说到哪里了？对，你们是一个地方的人。"

埃达对老头的记忆力感到震惊，她想不出话来反驳他。也许他说的那种事是发生过了，谁知道呢？守林人如此对事情不加区分，令埃达诧异，也令她着迷。她刚来不久就认识了守林人。他告诉她说，他是看见过她的。原来她和鹿生活在一起，常来他的窝棚。每次他都将里根先生说成是她的情人。一开始埃达不习惯，可是因为老头说起这事的方式太特别了，她不知不觉也被吸引过去。他常说，里根把这里的一切都改变了，里根剥夺了他的故乡，他怨恨里根。这些个咬不死人的蛇，这些个连影子都没有的橡胶树，对他来说是完全陌生的。而里根自己游来游去的，如鱼得水。"你是不同的，"他转向埃达说，"你同这个男人是一路货色，你们从同一个地方来，你们的家乡同此地连成一片，到处有水车轱辘。我告诉你，里根来了之后，这湖里就再没来过野鸭子了。"

埃达总是弄不清老头是否对环境的改变真的怨恨，他用迷醉的语气说起过去的事，在埃达听来却是在赞美现在。他反复说这个农场是里根的农场，可是埃达认定他是里根身后一道浓黑的影子。当里根从房子里走出来时，埃达看见他身后拖着好几条影子，这些影子使他那张脸变得像死人一样苍白。埃达觉得只有在这种时候，里根才会吸引她。

敷在脚上的茶叶反而刺激了伤口，埃达感到了阵痛。她想伸手抹掉它们，老头挡住了她的手。

"要的就是这个效果，你这个傻姑娘啊，想想那些水洼里的老蟾蜍吧，想一想你就会好了。"

埃达在疼痛中感到性的欲望在体内升腾，就像刚刚被蛇咬了那会儿的感觉一样。她红着脸费力地站起来，挣扎着向外走。

"这就对了，姑娘，可不能倒下啊。"老头在她身后说。

那天夜里，她又一次测试了湖的深度。她是个潜水的好手，她毫不费力地就走到了湖心，然后浮出水面，这样反复了几次。绿色的天空里有各式各样的呼叫声，她全听到了，她知道在岸边钓鱼的那个人也听到了，要不，芦苇为什么被他压得响个不停呢？接着，她又听到她姑姑在水下对她说话。从前姑姑常开玩笑对人说，埃达太精明了，算得出自己的死期。"一个才二十岁的人就算得出自己的死期，这是不是太反常？我可不想留遗产给她，那等于是谋杀。"姑姑说这话时，两个表兄都在旁边捂着嘴笑。埃达往水下一伸手，感到自己触到了姑姑那些硬得扎手的头发，她的心因为爱和怜悯而发痛。

"你确实到了湖底吗？"过了好久，里根才吞吞吐吐地问她。

这突如其来的交合令他措手不及，事后他都找不到自己扔在岸边的那一大堆衣服了。幸亏他没有埃达那么好的眼力，他几乎什么都看不清。他的脑子里不断出现那个不恰当的比喻："人蛇大战。"有时他觉得自己便是蛇，有时又觉得对方是蛇。一开始做爱埃达的身体就迅速地消失了，到处是蛇所发出的"咝咝"的声音，里根被悬在性高潮的平台上挣扎，从头至尾都没能得到缓解。他记得自己仿佛说了一句："埃达，你太可怕了。"然后就喘不过气来。不过他也许说的是："埃达，你太美妙了。"

埃达赤着脚跑开了，那双鞋提在她的手里。

里根在地上摸索了好久才找到他的衣服。

他对着卧房里的那面大镜子，镜子里头一片模糊的雾气，无论怎么擦也擦不干净。他无法照见自己的脸。昨天夜里，他的衣服弄得湿乎乎的，上面尽是泥浆，阿丽说他成了一个泥人。可是他不想换衣服，他的全身像火在烧，他在卧房里像疯子一样踱步。阿丽在门外持续地、不屈不挠地敲门。

"你帮我去弄一面镜子来。"他将门开开一点露出半边脸。

阿丽一会儿就回来了，在外面高举着一面古旧的圆镜，那是几十年前她的陪嫁品。里根看了又看，那幽幽的镜子深处始终是空荡荡的。后来阿丽就将镜子藏在身后去了。"你用不着看这个。"她说，"所有的东西都在这块土地下面藏着，一到夜间就会有些东西出来，有时中午，太阳当头时，它们也出来。"

阿丽笨重的身躯像老鸭一样摇摆着走开了，里根听见她下楼，同时也就听见自己体内欲望退潮的声音，那就像数不清的气泡在水中同时破灭。镜子里最先出现的是他那双绿眼睛，然后整个苍老的面孔逐渐现出来了，只是在那深处，还有若隐若现的雾气。"埃达，埃达……"里根的声音带着哭腔。窗外万里无云，酷烈的阳光晒得地上开了裂，那些戴草帽的工人三三两两地躲在芭蕉林里头。有一刻，他觉得自己看见了埃达，她就在那些工人里头。他想出门，到烈日底下去，可他的身子颤抖得这么厉害，站都站不住，他只能留在房里，"我成这副样子了。"他想道，"为什么不回到梦里去呢？"

他就这样穿着脏衣服，蜷缩着在地板上睡着了。

"里根先生苦心经营这个农场有二十多年了吧？"马丁故作老练地问。

阿丽白了他一眼，她一下就听出他的话外之音。

"这里的一切都蒸蒸日上，我看他可以退休了。像这样整日昏睡，什么事都不放在心上，也和退休差不多。他太苦着自己了。"

"如果他让位给你呢？"阿丽反问道。

"我？对不起，我不感兴趣。这可是要命的事。我一次都没被蛇咬过，我也不想被蛇咬，你看看那个窗口，那不是主人站在那里吗？有时他并没睡，他想观察事物，他最近老得很快，快要白发苍苍了。"

"里根先生在恋爱。"

"天啊，太可怕了。我感到农场里要乱套了。"

"最近我老担心火灾。我把消防队的电话号码贴在墙上了。"

马丁走到水井边上，打了一桶水上来，朝自己兜头冲下去，弄得一身湿淋淋的。昨天他穿着里根的那件猎装在外面游荡的时候，那件上衣忽然箍得他透不过气来。当他解开扣子将衣服扔到地上时，透不过气的感觉更厉害了。他跌跌撞撞地就冲到了湖里，一旦湖水没过颈脖他就缓解了。原来水还有这种功能。刚才他同阿丽谈话时，又有了气喘发作，冷水又帮了他的忙。这是怎么回事呢？他以前并没有气喘病啊。马丁在里根这里工作五年了，对于主人的某些怪癖，他早就习惯。他总结出一条原则：见怪不怪。他认为不应该用对待一般人的方式来对待主人。所以他总是满不在乎地干些出格的事，包括偷走他的衣服之类。他的行为遭到阿丽的申斥时，他反而有点高兴，因为总不至于无声无息了。可是却有了气喘。马丁回忆起一件事。有一回，他同里根跑长途回来，一进农场里根就说要下车去看看，于是他将车停在树底下，自己靠树干坐着打瞌睡。忽然，树干里头伸出一双强壮的手，锁住了他的喉咙，他两眼翻白，双腿乱蹬，他感到末日来临了，眼前什么都看不见。不知挣扎了多久，耳边响起里根先生的说话声，睁眼一看，什么都没发生，自己好好地坐在老杨树下。"你又做了不好的梦了啊。"里根边上车边阴险地看了他一眼说。他发动汽车时，居然闻到主人身上散发出麻醉药的浓烈气味，熏得他头发晕。一路上他晕乎乎地想道，里根先生这种人，牢牢地控制着他的地盘，这个地盘就是他的农场，这里什么事都是由他决定的啊。

马丁也曾想过要把自己变成阿丽那种人，这样就能在农场里适应了。但是不行，他天性太邪门，所以总是受到惩罚。他知道自己一直在违犯这里的规矩，这给他带来快乐，更多的却是死的恐惧。谁算得到呢？说不定哪天里根农场里的巫术就会要了他的命的，想想那些令人肉麻的小蛇吧。有次夜里开车，他一下就压死了二十多条！压死了它们之后，便老是产生幻觉，看见前窗玻璃上爬满了它们，弄得他路标也看不见了。当初到农场来应聘的时候，里根曾问他有没有花粉过敏症，他还记得他问话时阴沉沉地盯着他看的样子。他当时将里根看作一个有心理障碍的老单身汉，一个性情冷淡的人。但事实很快就证明他弄错了，他的主人的能量令他目瞪口呆。他虽然说不清那是一种什么样的能量，但感到自己总是被那种东西牢牢吸住，然后又被压榨。马丁想，或许是自己莽撞又反叛的性格害了自己？要不怎么老不自在呢？

"你看他，他就像贴在玻璃上不动了似的。"他提醒阿丽道。

阿丽将手里的编织活放在凉亭的凳子上，站起来，气愤地指责他说：

"你胡说些什么，你看，里根先生不是在楼下吃饭吗？"

马丁眨了眨眼，真的，里根先生正坐在餐厅里就餐，但是透过玻璃门，马丁看见那两条蛇正在往他背上爬，而他，似乎很惬意似的伸了伸腰。马丁想进屋去，却被阿丽喝住了。

"站住！你最好站在这里不动。你能看见什么呢，孩子，你只能看见那些过时的事。去换掉你的湿衣服吧，你一身臭烘烘的。"

马丁没有去换衣服，他走到了外面，在他先前靠着休息过的那棵老杨树的树干旁，他遇到了埃达。

"埃达，你在找我的主人吗？"他涎着脸凑上去。

"我在找我的钻戒呢。"

"你有钻戒吗？"

"我不记得了。如果找出来了就是有吧。"

埃达用一把尖刀去挑树上的一个疤，挑得木屑四溅。马丁没想到女孩的臂力有这么大，赶紧让开一点。

"埃达，那天我靠着树干打瞌睡，是你扼住我的脖子吗？！"

马丁朝她喊道。

可是埃达像没听见似的。一会儿，她就在树干上挑出一个酒杯大的洞。马丁看见树枝猛烈地抖动起来，树叶沙沙响。

"埃达，埃达！你住手！"

他也不知道自己为什么要喊出这种话。

"你要再不住手，我就去叫里根先生了！"

埃达似乎颤抖了一下，她鄙夷地将刀子往地下一扔，双手叉腰站在那里看着马丁。然后，她从牙缝里挤出一个字：

"滚！！"

马丁吓得拔腿就跑，因为他看见了埃达肩头那条银环蛇。

他跑了好远，还听见埃达的声音在伴随他，那似乎是一连串淫荡的调笑声，夹杂着几个污秽的字眼。那是马丁难以理解的声音。他跑了又跑，湿衣服贴在身上，他觉得自己成了落水狗。

"你的钻戒啊，在蛇的肚子里，我向你保证。"

女友是于睡梦中向埃达说出这句话的，当时她还紧紧地握住了埃达的手，就好像很清醒似的。埃达知道她在说梦话，她轻轻地抽回自己的手，溜到纱窗那里向外看。下午的太阳正是最毒的时候，蚊蝇在纱窗外掀起疯狂的大合唱。马路上，蛇的大军正顶着烈日向这座公寓楼开过来，有些已经进了大门。埃达心里想，楼里一定已经有了大批的蛇了，所以她现在绝对不能回到自己的房里去，因为一开门就可能受到围攻。其他的人也一定在睡午觉，这个时候，农场里的一切都在昏睡，只除了蛇。

埃达隐约地记得同里根在一起的那一夜那种乱蛇狂舞的情景。性交的回忆有点恐怖，因为弄不清是人还是蛇，身体下面的土地变得热烘烘的，不断膨胀起伏……后来似乎是她先跑掉了，因为欲壑难填，或者说因为欲擒故纵。当时她听到里根在她上面咕噜了一句："发情的母猩猩。"他说完这句后，头颅一下子就消失了，没有头的身体在痉挛颤抖。这个男人无所不在，但又没有实体，埃达感到她那敞开大口的子宫已变得无比的疯狂……

她不愿意旧梦重温，她知道旧梦满足不了她，从山洪吞噬她的小屋那一刻起她就知道了这一点，所以那天夜里的事，她是没法弄清了。除非再造新的梦境，像门外这些花招百出的毒蛇一样。来农场的第一天，她舒展着年轻的身体站在那棵最高的椰子树下面时，便看见了草丛里那些忽隐忽现的蛇，那时她的直觉便告诉她：这里就是家乡，也是葬身之地。当时她还不知道是谁主宰了这一切，她觉得一切都会自明。阿丽曾问她："你怎么会从那样一个地方逃出来的呢？真难以想象啊。"起先她并没有有意识地去注意生着一双阴险的绿眼睛的里根，她认为他是一个沉闷的老单身汉。直到有一回她发现他在湖边钓鱼，他那一动不动的背影在暮霭里变得斑驳陆离，她才恍然大悟：原来这里的一切都属于这个阴沉的家伙。于是就有了酒吧里的那一幕。里根以为是邂逅，其实是深思熟虑的导演。看着落荒而逃的男人，埃达知道她的计谋已经成功了。然而向目标的逼近并不令她感到胜利的喜悦。那些个不眠之夜，那些个土地深处的淫荡之声，还有发自湖心的狂暴的咒语，有时差点要将埃达整个地摧垮了。钻戒的事是她梦到的，她梦到后就开始外出寻找了。她找到过好多枚，有时是在水沟里，有时是在别人扔下的椰子壳旁边，有时在剑兰的花瓣里头，有时则嵌在树干的疤上。天一亮，将它们放到阳光里头一照，埃达就认出了那些人造宝石。是谁这样不厌其烦地同她兜圈子玩呢？然而埃达还是摆不脱发现异物的诱惑。再说也许在夜里，那些钻石就成了真正的钻石也是可能的。这个农场里，真是无奇不有啊。

里根的确是在餐厅里就餐，但是他同时也在楼上的卧室里。他同黑衣的中东女人（这回是中东的了）站在窗前观察楼下草丛里的动静。女人走动时，衣裙发出沙沙的声音，像下小雨一样。他们不说话。在里根看来，是因为他一直听见女人在不停地说，他什么都听见了，又什么都没听懂。

里根坐在桌旁进餐时看见了它们，它们是刚才听见了召唤潜入餐厅的，一共五条。有一条特别放肆，居然想锁里根的喉，它身上的黑色花纹同女人裙子上的图案是一致的，难怪女人一召唤，它就来了。里根嘴里的鸡蛋难以下咽，因为它锁得太紧。楼上沉重的脚步声传到下面，那人似乎在腾空离去。他从桌旁站起身，然后就跌倒了，他跌倒时发出"砰"的一声闷响，那条缠在脖子上的蛇松开他，向墙角飞去，一会儿就不见了。

杂乱的脚步声从楼梯那里下去了。

"里根先生跌倒了。"马丁伸长脖子往餐厅里探视。

"不要去管他。"阿丽一个字一个字地说。

她看着黑衣女人远去的身影若有所思地点点头。

"你认识那女人啊？"

"我怎么会认识，她根本就不是农场里的。"

他们俩都看见草丛里的蛇在相互咬啮。马丁咕噜着："乱套了，乱套了。"他心里想的却是："阿丽怎么可以让主人躺在地上呢？她真是一个冷血的老家伙啊。她是有可能下毒的。"

就是在这个时候，阿丽和马丁同时听到了呼救的叫声。后来才知道是两个女工在海湾那边被淹，其中一个马上就死了，厚重的、浸透了海水的工作服要了她的命。死去的女工鼻孔那里有一摊血的泡沫。

躺在餐厅地板上的里根是在梦里听到女工的死讯的。当时他站在阴暗的阁楼上，有人进来向他报告了这件事。他听见那个头部像蘑菇一样的人说，死者是埃达，从东南亚的岛屿上来的姑娘。这时里根听见外面在打雷，然后是雨打在芭蕉叶子上。他想，在农场这种没有高山的地方，山洪暴发是可能的吗？蘑菇头的男人下去了，居然没有听到脚步声。阁楼上有些旧书，里根随手抓起一本彩色封面的小册子，翻开第一页，他看见那上面印着阁楼的主人——一位小业主的肖像，那人深陷的灰眼珠里透出深深的厌世情绪，两只手臂像动物一样

覆盖着密密的长毛。阁楼的主人同里根有笔交易，所以他才能在里根的农场里盖房子。里根记得那笔交易也是在梦中完成的。当时他模模糊糊地感到，这个人的房子有可能成为自己的避难所，于是就同意让他将小房子盖在靠海湾的山包上。

里根醒来时，阿丽已将餐厅收拾得干干净净的了。里根问她关于埃达的事，阿丽有点惊讶地扬了扬眉，说："埃达刚刚来过了，来找我借一把镰刀。"

"农场里有人落水了吗？"

"是误传，这些日子流言满天飞。"

里根脑海里浮出埃达手执镰刀的形象，心里悸动了一下。

"阿丽，我有没有和人签过一种那样的合同，我是说，让人在农场里盖房子的合同？我为这事很烦恼。"

"有这事，你后悔了？"

"啊，并不，这种生活，不是需要一种外来的力量来打破吗？"

他看了一眼窗外，外面仍然是阳光灿烂。有一些鹰在天空里盘旋，那是不是因为发现了死尸呢？生平第一次，他感到他的农场真是太大了，要让他面面俱到简直就不可能。前些年他买下了相邻的农场，让它与自己的橡胶园农场连成一片。那里原先是一个多种经济作物的农场，刚一买下他就后悔了。从那以后，他一次也没去那边视察过，而是全盘交给经理去管理。他觉得自己已经老了，做不了这么多事了。那么为什么还要买呢？看来他买下的是一个终生之谜。这些鹰就是从原来那边的农场飞过来的，就好像它们也得知了主人更换的消息似的，在这之前它们从不飞到他的领空来。他知道，与他表面扩张领土的同时，还有一种扩张是在地下进行的，不为人所知的。那种看不见的扩张，他可以感觉得到，却很难形容。当他为了生意上的事去城里面时，扩张的感觉就变得强烈起来。他在那阴暗狭长的街道上走着，便走到另一个世界里去了。比如那个非洲女人，清洁工，就是属于另一个世界的，里根无论如何不能理解她那种欲望和她对自己的鄙视。

"埃达借镰刀干什么？"

"她说割草。她总是有些奇怪的举动。"阿丽叹了口气。

"阿丽干吗叹气啊？"

"一想起这孩子能从那种地方跑出来，就觉得不可思议啊。你能想象山洪暴发的情景吗？"

"不能。我在梦里说，落吧，落吧，让山洪暴发啊，可是这种地方只有小山包，如何暴发呢？总要问问埃达才好。"

"埃达早忘记了，那种事没法回忆啊。"

丽莎在前方的柏油马路上飞跑而过，她身上的裙子已经脏得看不出颜色了。里根觉得那是一种没有目的的奔跑。愁云浮上阿丽的脸，她闷闷地走进厨房，想起那个女人的悲哀的故事。

他们两个人同时听见楼上的脚步声，但是楼上并没有人。他们凝神细听，一个站在台阶上，一个站在厨房里。那不像是人的脚步声，有点像大鸟，也许是鹰。里根想，难道尸体的味道是从楼上散发出去的？有人从楼上飞跑而下，这回是人，是马丁。

"马丁！！"

"什么事，里根先生？"他红了脸，将手里的一大包东西藏在背后。

"你就不怕鹰吗？"

"当然怕。"他笑了起来，"但是没地方躲啊。它像铡刀一样落下，铡到你身上，你立刻就身首分离，根本不会有时间思考的。"他说到最后一句的时候提高了嗓门，好像在嘲弄。

这回轮到里根脸红了。在空旷的平原上，他有过被鹰追赶的经验。他又一次想起了埃达借去的大镰刀。在那个昏沉的夜里，地底响起的闷雷震得他的脑子里成了一片漆黑。他对自己说："高潮便是地狱，因为没有得到缓解的快感正在消灭肉体。"

"好呀好呀。"马丁又笑了笑，他似乎看见了里根的思想。

丽莎在烈日下疾走，她的脚上都走起泡了，还是停不下来。农场的土地下面到处都有人在讲话，各式各样的人，各式各样的声音。她想，要不了多少天，她就会对地下的这些声音熟悉起来的。夜里她有时候睡在橡胶林里，有时睡在湖边。那些蛇已经不来侵犯她了，它们离她远远的，然而她还是清晰地听见它们潜行的声音，它们一群群潜向地心深处。她想起了文森特。文森特是什么呢？他是她的梦，她的长年不醒的梦。而文森特自己又是生活在梦里的。她记得他对她说，他要去他梦见的农场。于是他就这样来了，然后他又走了。而她，追随他梦中的景物，就迷失在这些景物里头了。现在她变得多么强壮了啊，文森特一定认不出她了。凌晨的时候，她同埃达进行了一次谈话。

两个女人没有谈论各自的家乡，却谈起了非洲的大沙漠，和沙漠边上的帐篷里的生活。对于那种从未有过的生活，两个人都怀着出奇强烈的愿望。埃达用手里那把大镰刀在芦苇丛里挥来挥去的，丽莎问她砍什么。

"有什么砍什么，反正要斩断一些东西。"

丽莎低头一看，看见自己那只鞋被她几乎斩成了两半。

"过不多久你就会不要这只鞋了。"埃达冷漠地说。

她的话令丽莎震惊。她坐在那里发呆，没注意到姑娘的离去。

远方有一辆车向她开过来，像一只深蓝色的甲壳虫，在这金色的大地上十分惹眼。丽莎无缘无故地有些紧张。她站着不动，因为她的鞋已没法走路了。车子缓缓挨着她停下，窗口伸出司机布克戴凉帽的头。这不是她的车，她的车是奶黄色的。但她还是上了车。

"我们的车到哪里去了？"

"这就是我们的车。"布克说。

"怎么会是这种颜色呢？"

"那是您的眼睛患色盲了，在这里待久了的人都这样。"

"你以前来过这里？"她吃了一惊。

"是啊。这里差不多就同我的家乡一样。对您来说也是这样吧？他们都说农场主十年前就疯了。"

丽莎回忆起销售办公室里那位神情冷淡的绅士，不由得苦笑了一下。

车子驶过里根家门口时，布克朝外探了一下头。他满脸迷惑，若有所思地吹着口哨。丽莎看见里根从屋子里走出来，他的背影像被拦腰斩成了两段似的，中间有一截空白。他手里拿着渔具。

"我们大家都往这里钻，是因为这里的泥土会燃烧。"布克又说。

"你怎么知道？"丽莎好奇地问。

"我昨天试过了。这里这些金黄色的土就和煤一样。神奇的土地啊。"

他突然显出瞌睡沉沉的样子，丽莎担心他会将车翻到沟里去。

车速果然加快了，车子就像子弹一样在燃烧的土地上狂奔。而布克，满不在乎地伏在方向盘上打起鼾来。丽莎身上汗如雨下，她知道车子已不在马路上了，这从轮子的颠簸就可以感觉得到。她用力推布克，布克还是继续睡。再看车速标示，那根指针却已失灵了。"也许会冲进海湾里头去吧？"她脑子里冒出这个念头。她看不清外头的景物，她眼里一片火海，车内酷热得不行。

"布克！布克！"她声嘶力竭地发出尖叫。

布克动了动，咕噜了一句：

"不要那么冲动，很快就完了……"

丽莎想，原来他在自杀啊。情急之下她想跳车，车门却怎么也打不开。

正在她手忙脚乱之际，车子"咚"的一声停下了。布克还是没有醒，她一下子打开了车门。一阵热浪扑面而来，太阳还是那么厉害，他们的车停在一片桃树林里，那些树都在燃烧，火光冲天。丽莎连忙躲进车内。

"每隔一段时间就会烧起来。"布克说这话时脸上有种歉疚的表情，"我们快出农场了。都在传说死了一个女工，一定是身上着火跳进海里的吧。"

回家的路上丽莎睡着了。她做了很多梦，但是梦里的背景太黑，什么都看不清楚。醒来时布克告诉她，她一直在喊一个叫埃达的姑娘。他问她，那姑娘是谁？名字听起来很耳熟。她告诉他说是里根的女朋友。布克听了后惊奇得合不拢嘴了。"谁都知道，那个女人是没有实体的。只要问问农场里的人就知道。"丽莎平心静气地想，没有实体又怎么样呢？布克仿佛听到了她心里的话，接下去说："没有实体，就可以在火海里穿行。"

丽莎叹了口气，说道："埃达是什么样的女人呢？"

她和布克回到了家里，但是文森特并不在家。屋里保持着她离去时的样子，没有显出有人来过的迹象。丽莎觉得，也许文森特已从这个家里消失，成了一个居无定所的人了。虽然文森特不在家，丽莎还是嗅到了他的气味，那是一种以前没有闻到过的，类似麻醉药的气味。笼罩在这种气味当中，她和丈夫离得更近了。也许文森特就待在贫民区的某个地道里头，那种地道像井一样斜着向地底延伸，沿途有一些蜡烛头在燃烧。

丽莎进入梦中了。在梦里，她用不着去找文森特，因为他像猎狗追随猎物一样追随她。有文森特的地方就有乞丐，乞丐虎视眈眈，却并不向丽莎要求什么。丽莎在那种小巷纵横交错的地方尽量乱钻，她在同文森特进行智力比赛。但是文森特以不变应万变，他总是从地下冒出，如同一朵蘑菇云升起，云一散，他就站在那里了，被一大群乞丐围着。中途丽莎也醒来，望着抖动不休的、印着棕榈树的窗帘一阵阵高潮涌动，然后重又跌入光线幽暗的虚幻之中。

"文森特！文森特！你不寂寞吗？！"她用力喊，但并没有声音。

她想，真空是不传递声音的。她几乎要绝望了。

然而远处的文森特向她耸了耸眉毛，做了一个意义含糊的手势，那些乞丐就朝她发出猥亵的大笑。这时丽莎就怀疑自己是否没穿衣服。她没法确定，因为看不见自己的身体。她记起在农场里的那次裸体，那次的感觉是截然不同的。文森特为什么非要同乞丐在一起不可呢？当他走近时，丽莎看见他的脸上也有乞丐那种猥亵的表情，她不由得脸红了。文森特停住脚步，似乎不想和她靠得太近，他在想什么呢？他，庞大的、井然有序的服装公司的老板，竟然隐身于黑洞洞的地道里头，与乞丐为伍了！丽莎为最近滚滚而来的订货单感到担忧……

窗外有水鸟在叫。他们这栋房子在市中心，哪来的水鸟呢？

"夫人，那不是鸟，是我在你窗外练口技呢。"

布克满面笑容地坐在她面前，他显然已从昨天的疲劳中恢复过来了。他的样子有点古怪，额头上粘着一个很大的蜘蛛标本。

"农场的礼品。我现在日日夜夜都在蛛网之中。我在饭店门口抓到它的，我一抓到它，它就死了。我和我的情人一块将它做成了标本。它那个巨大的蛛网啊，真像一床蚊帐！"

文森特其实仍旧在公司的总部上班，从农场回来之后，他形容自己的心态是"心静如水"。中国女人（这回是中国了）到他的办公室来过一次。她并不穿缎子旗袍，她穿得像清扫街道的工人，上衣口袋里还插着一支笔。她进来之后就熟练地绕过桌子，坐到了文森特的膝头上。她从口袋里抽出笔，在桌子上写字。她写出的字像那种四四方方的房子，稳稳地钉在纸上，单个却又相对独立。当文森特凑近去看时，看见纸上什么都没有。文森特感到女人的身体轻得异常，她扭过身来盯着他时，他看到她的黑眼睛里头也有四四方方的房子。

他的欲望又被这奇特的女人激发起来了，但是他坐在那里不动。他觉得只要自己一动，这女人就会消失。他想，这也是另一种形式的"心静如水"吧。有乌鸦落在街对面的屋顶上，弄出一阵响动。女人吃惊地站起身，向外走去，文森特也跟着她走。后来他们就到了她的家里。文森特认为那是她的家，否则会是什么地方呢？那是二十四层楼上一间阴暗的房子，墙角有一只巨大的蜘蛛在结网，文森特觉得那只灰绿色的蜘蛛很面熟。他们俩躺在那张双人床上头，但是他们的身体并没有接触。

后来，他就天天下班后到二十四层楼上去，他忘了自己应该回家的事了。白天的工作是很繁忙的，公司日益壮大，厂房内机器轰鸣，厂房外车水马龙。文森特并不想扩大业务，形势的发展却由不得他，他看见自己的事业正在向四面八方扩展，就如同乔所透露的他的那个故事的背景一样。这些日子，当他在公司里看见乔时，总觉得迷惑：他的公司里怎么会有像乔这样的员工呢？他一直在心里将乔称作"双面人"。在里根的农场里，当欲望在虚幻之中令他痛苦不堪时，他不止一次地想到乔，以及乔藏在办公室的那些书籍。也许，乔不是偶然到他公司来任职的？可是关于二十年前的那件事，他实在是记不清了。唯一留下的印象是当时的乔不爱说话，一开口就变得忧虑重重。

中国女人从来不说话，文森特猜测她拥有的是另一套语言系统。她的房门总是虚掩的，他一推就进去了。有时她坐在床上，有时她坐在窗前，坐在窗前时，文森特站在她身后就看见外面的空中有许多方形字块，那些字块移动着，很繁忙似的。女人是匀称的中等个子，同以前那位黑衣女郎一样看不出年龄，文森特将她看作自己的情人，可是他一点都不急于要同她有身体上的接触，他无端地觉得那一来就会坠入无底的虚空。他虽然每天看见她坐在二十四层高的老建筑物里，还是禁不住猜想，她是不是从南边里根的农场里来的呢？里根的农场的地理位置虽然在西方，那里的风景却有浓浓的东方味，所以他才会去那里追寻他梦里的东方女人吧。她看起来是如此的寂寞，清心寡欲，如同一个梦。也许她真是另外一个女人（比如说阿拉伯女人）的梦？文森特觉得，这个阴沉沉的城市里一定隐藏了好多这类女人，他不是已经有过好几个了吗？她们有的寄住在三流旅馆里，有的在偏僻的小街上巡游，还有的就像这位中国女人一样在某栋高楼里拥有一间房子……文森特有点神思恍惚，有点头晕，他扶着大柜站稳，便看见那女人露出牙齿冲他笑。她的牙齿有点发黄，好像是抽烟所致，但房里并没有香烟。女人做了个手势，让他坐在床边。

他刚一坐下，女人就过来搂住他坐在他膝头上，文森特立刻冲动起来。他们赤身裸体贴在一起时，他听到她体内有水波流动的响声，然后他就迷失在那跃动不息的深水之中。这一次，文森特体内的欲望终于得到了释放，这种释放并不是随高潮的来临而获得，而是在中途转了向。对于文森特来说，这是一次完全失去判断力的性活动。以往同丽莎在一起时，他习惯于把自己想象成斑马这种热带动物，他在那样的想象中变得风情万种。可是同这个女人却是另外一回事，他放弃了对自身的想象，追随她在水的世界里游荡。他们两人一道钻入

那些阴暗的沟壑里，在那种地方进行交媾。他的耳边老是响着那同一个声音："这是海还是湖？这是海还是湖……"他觉得应该是女人在说话，但女人在晃动的深水中紧闭嘴唇和双眼，完全不打算说话。文森特激情高涨，他觉得自己正在用头脑做爱。他竭力要恢复从前那种风情万种的样子，但他失败了。水的波动促成了他和女人交媾的节奏，他的肉体表现变得完全不重要了。有一刻，从遥远的处所传来里根先生有节奏的呻吟，文森特一听便明白了那种呻吟的含义。难道这就是农场里的那个湖？中国女人身体灵活，不断变换体位，文森特自己的身体也在这种奇特的运动中变得年轻了。然而并没有肉体的高潮到来。他忽然明白了一件事：之所以没有明显的高潮，是为了绕开高潮过后的萎靡啊。

他不愿意离开那张床，他伸手捏住女人的乳房。但他立刻感到手下一滑，女人消失了。空空的大床上只剩下他自己。

他走出那栋大楼时仍然激动不已，无法思考。但这种激情并不完全是性。那么这种冲动是什么呢？

文森特抬起头时看见了乌鸦，令他吃惊的是那些乌鸦身上全是湿淋淋的，它们排成长长的一排站在阳台的栏杆上，正在用嘴梳理羽毛。难道它们刚才也去了爱情的河流中游泳？阳台上出现一个穿白裙的女人，鸟们"呼"地一下全飞走了。女人朝下探出头，便看见了文森特，她朝他做了个鬼脸，转过背去用一把喷壶浇阳台上的几盆花。显然，她没注意到湿淋淋的乌鸦。那个女人脸上红彤彤的，充满了朝气，文森特注意到她的胸脯很丰满，令人想入非非。然而文森特的想入非非却是冲另一个女人的，那是一个外表上看不出性感的异类，只有到了水中，才是另外一番模样。用文森特的贫乏的字眼来形容是："既淫荡又缥缈，既欲壑难填又清心寡欲……"他忽然又想起了南方的里根，想起了他在水中发出的痛苦而又渴望的呻吟。南方的骄阳是否正在治愈他心灵的创伤呢？那是什么样的创伤？

　　他到达办公室时，里根已经坐在接待室里头了。他大大地变了样，憔悴的脸上尽是日光斑，一只受伤的眼睛不停地抽搐。

　　"里根先生，您的眼睛……"文森特担忧地看着这位朋友。

　　"是我的宠物留下的纪念。"他回答说。

　　他站在圆形办公室那巨大的窗前，原先高大的身材好像突然萎缩了好多，皮鞋上面尽是尘土。

　　"我不是为业务来的。"

　　"当然不是。"文森特理解地说，目不转睛地看着他。

　　"整个农场全着火了，我有种失控的感觉。"

　　"我早上看到湿淋淋的乌鸦……"文森特犹豫不决地提起这事。

　　"当然，我也看到了！"里根激动起来，"黑压压的像乌云，从半空往湖里扎下去，是集体自杀，真是壮观啊。然而并没有死，对不对？"

　　文森特心里想，怀着惊人的念头的人和动物，是不会那么容易死去的。

　　他突然开口邀文森特去酒吧。文森特迟疑着，因为他从未去过那种地方。但他马上又为自己的迟疑感到了羞愧。

　　他俩在高脚凳上坐下时，店堂里有年轻人在争吵。里根用那只浮肿的眼睛锐利地看了文森特一眼，文森特的脸颊上立刻像被蛇咬了一口似的，他忍不住"哎哟"一声叫了出来。

　　但是里根并不喝酒，文森特喝完两杯啤酒了，他面前的白兰地却没动。文森特想，他不喝酒，到这里来干什么呢？文森特又看见他那多毛的手掌在台面上游来游去的，似乎因为焦急而抖得厉害。忽然，他想起了什么，就头也不回地往外走。文森特连忙付完账追了出去。当文森特同他并排前行时，里根问他：

"你认识这条街上的清洁工吗？她是个黑美人。"

"乔伊娜？你去找她啊？"

"不，不找她，只是问一下有关她的故乡的事。你们离得这么近，你就从来没有梦见过她？"

"为什么要梦见她呢？"文森特好奇地反问。

"因为——因为她脸上写着那么多的记忆，没人逃得脱她。你迟早会和她打交道的。你看她会不会躲在这个花店里头？"

他们俩一齐走进黑黝黝的铺子里，听见房子后面一阵慌乱的响动，然后就无声无息了。

"天哪，这屋里发生过可怕的事！"里根小声地、惊恐地说。

文森特并不紧张，他在想他的中国女人。她会不会同这个"黑美人"有什么瓜葛呢？她们离得并不远，很可能相互认识。街上的人都认识热情的、性情有点古怪的乔伊娜，文森特的公司经常从她这里订花。但是里根还是在空气中嗅来嗅去的，全身抖得像筛糠一样。

文森特只闻得到那些盆花的香味，幽暗中看不清是什么花。里根穿过这些盆花，走到屋后去了，待文森特打定主意跟上去时，里根已经不见了。屋后是一个窄窄的天井，有一个楼梯可以上楼。文森特站在天井里，点上一根烟，抽了一口，陷入了沉思。

毫无疑问，他到过这个地方，就在昨天。这个又陡又窄的楼梯是通到一个平台上面去的。当时他站在平台边缘的跳板上闭眼往下一跳，就到了深水之中。也就是那个时候，他发现自己可以像鱼一样呼吸。他怎么把这事忘得干干净净了呢？原来"入口"在这个地方，里根早就知道。那么有可能他的中国女人也是从这个入口进入水的世界的。他又想到丽莎，想到阿拉伯女人，他觉得她们有可能全来过这个地方。乔伊娜的花房，是世界的真正的入口啊。那么"黑美人"是成了世界的看门人了，而在这条小街上，文森特曾看见她那么急切地揪住一个嫖客的上衣，两个人都几乎要打起来了。

文森特在胡思乱想中听到了楼梯上的脚步声——不止一个人，有好几个人的脚步声。脚步声越来越近，下来的人却只有一个。

"你同谁一起下来的啊，她们呢？"

"她们？没有人，她们是一些影子。"里根沮丧地说。

"那上面有些什么？"

"上面？上面什么都有。可是我回忆不起来了。告诉我，这是什么地方？"

他变得烦躁起来，他头也不回地出了花店。跟在他后面的文森特听见身后的黑暗中一片大乱，花盆一个接一个地翻倒了。文森特忍不住一回头，这时他猛然看见一排湿淋淋的乌鸦停在花店楼上宽大的窗台上，有一只黑手从窗户里头伸出来，从容地放好鸟食。"原来乌鸦是从这里飞出来的啊！"文森特在心里感叹道，背脊骨随即有点发冷。

"汇明夏！"乔伊娜清脆的声音从窗口飞出，她叫的是一个中国名字。

文森特死死盯住窗口，他认为乔伊娜在叫他的中国女人。然而没人回应。

里根走远了，文森特急跑着追上他。

"我是去车站，回南方。"里根的声音里头有嘲弄的意味。

"那么我就去送送你。"

"你要多多注意乔伊娜这样的人，你们离得这么近。其实呢，我同她也离得很近，每次我一进城就发现了这一点。"

里根在火车站登上了开往北边的火车。那之前他对文森特说："我总是随便坐车。随便哪趟车都会到家。"

回办公室的一路上，文森特口里都在念叨着："汇明夏，汇明夏……"他在办公大楼门前看见了乔，他问乔到哪里去，乔说去接他的客户里根，里根乘坐的火车下午三点到城里。

"从那种地方过来的人很喜欢搞突然袭击。"乔说这话时显得很苦恼。

文森特看见乔正将一本相当厚的书放进皮包里面去。

第四章　牧场主金

　　"古丽"服装公司的规模越来越大了，乔的客户也越来越多，而且都是大宗买卖。现在他几乎没有时间读书了，出差变得很经常。

　　有一次，他到了北方的一个大牧场，主人的房子在半山腰。虽然是盛夏，到了夜里山里就变得冷起来了。乔裹在主人给他拿来的厚睡衣里头，还是有点冷。主人金先生是朝鲜人，早年随父母移民来这里的。

　　"我有一万只羊，还有奶牛和鹿。"金说，"我不管农场的业务，像一个退休的国王一样住在这山上。听说你要来，我就感到我的机会来了。现在我们来干一杯吧，这种酒是好东西，它会使你今天夜里实现你的愿望。"

　　外面已经天黑了，乔看见屋里有很多高大的人影走来走去的，但金似乎并没有看见。乔心里很害怕，表面还得故作镇定。金告诉他，他的妻子和儿子前些年相继得肺炎死去了，他们受不了这地方酷烈的气候。但他舍不得离开，他就像中了魔一样，这地方太美了。如果现在是早晨，他就要带他爬到山顶的冰冻处所去看风景。

　　"这屋里还住了别的人吗？"乔忍不住发问。他想起了自己带来的那部恐怖小说。

　　"啊，有的。我有两个客人，他们多年前来我家拜访，然后就失踪了。我觉得他们就在这屋子里，我已经习惯了。"

　　乔发现他说这话时脸上有种残忍的表情，一头黑发在灯光下闪闪发亮，令乔想起黑狼。因为害怕，乔就不再追问他了。他看见一个黑影停在金的背后一动不动，而金的眼镜的镜片在阴险地发出反光。乔说自己刚才喝多了，先去睡。

乔把满身的酒气带进了客房。在迷迷糊糊中，他感到这是一间很奢华的卧室。但是床上为什么有那么多的黑猫呢？一共有五只，都趴在摊开的丝绸缎面被子上。卧房里开着几盏绿色的小灯，似乎比客厅里更冷。乔打了一个寒噤，连忙钻进被子里头，那几只猫顺势也钻进来了，毛茸茸的，倒也很舒服。一躺下，乔就醒了酒。有人在轻轻地敲门，他不敢去开，他打算让电灯一直亮着。刚才在客厅里时，金说起了乔所在的公司，他说"古丽"服装公司是一头怪兽，乔只有逃到东方国家去才能挣脱这头怪兽的魔爪。金说这话时始终从镜片后面冷冷地看着乔，看得他心里发怵。在心底，乔对他的话是不以为然的。现阶段他虽然很少有时间读书，但这并不妨碍他经营自己的故事世界。在来这里的路上，他已经将自己的旅行纳入了他的故事网络。所以虽然心里恐惧，他还是很兴奋的。

这个被称为"丹古蓝"的巨大牧场是多么美啊。乔从出租车里头一钻出，就站在原地发起呆来了。那是一种拒人于千里之外的、冷峻的美。那沉默的连绵的草地，那傲慢的、戴着冰帽、看上去渺无人迹的高山，还有这建在半山腰的、独一无二的房屋，它们全都在无言地挤压着乔的心灵。乔不由得想退缩，但出租车早就不见踪影了。穿着睡衣，口里衔着烟斗的金从大房子的台阶上走下来，随随便便地同乔握了握手。乔感觉到他的手非常有力，甚至有种磁性，似乎在暗示乔，告诉他已经进入了金的地盘。

金的家里只有一个上了年纪的女厨师，没有仆人——也许仆人都没出场。吃饭时，厨师也坐在一旁，但她从头至尾没说一句话。从她严厉地闭着嘴的表情来看，她似乎是看不起乔的。乔心里很沮丧，只想快点到客房里去，然后关上门，读那本带来的恐怖小说。但是金忽然对他谈起了他的家乡朝鲜，声音又尖又急，就仿佛是要向这个第一次见面的客人敞开他的内心。在乔的印象里，他的家乡似乎是浮动在空气中的一幢幢平房，平房里的男男女女既不耕作也不外出做买卖，但这些人的内心却具有惊人的情欲，能够在梦里长久地交媾，昏睡不醒……"黄色的玫瑰在冰山脚下怒放。"金含糊地说出这个句子的时候，乔看见他露了露血红的牙龈，整张脸变得有点像老虎。但他忽然在屋当中站住，声音又变成了刺耳的尖叫："这么多年都过去了，太阳总是悬挂在东方吗？"

听着听着，乔就进入了金的故事。到后来，乔已不太分得清金的故事和自己的故事的界限了。金的那些像火柴盒一样的平房总是忽然炸开，里面飞出种种的异物，这些异物从半空散落人间，让人们生活在危机之中。"朝鲜，其实是茫茫大海里的一个气球。"他用肯定的语气告诉乔。乔低头看了看身上这件绣了很多狐狸的睡袍，只觉得欲望从两腿之间升腾起来。越听下去，他越觉得金的有趣，他在心里将这个小个子的男人称作"鹰"，他也不知道自己为什么要这样称呼他。

外面起风了，狂风怒吼，整栋房子都摇晃起来，像要被彻底摧毁一样。乔吓得缩成一团，准备钻桌子。金稳稳地立在地板上，也许他将这所房子看成了巨浪中的大船吧。这时他凑近乔的耳朵，告诉了他这个秘密："我的房子是没打地基的，这种房子是我们家乡的风格。"一会儿之后，房子就平稳下来了，而暴风刮得更猛了，似乎还有雹子打在铁皮屋顶上。金伸出手臂搭在乔的肩膀上，乔又一次感叹他体内的磁力。"谁会到这里来啊？除了你。"金说。

屋外的暴风与冰雹只是加剧了乔体内欲望的沸腾，在黑猫们交配的呻吟声中，乔想到的性伴侣既不是马丽亚，也不是这个屋子里的金，那似乎是一个性别不明的人，浑身长满了长长的黑毛。乔不由得对自己这种陌生而又强烈的欲望有点畏惧。他想，也许是黑猫们诱发了他的性幻想吧。中途，他从被子下面爬出来，站到了屋当中。黑猫也随他下了地，其中一只在他小腿上咬了一口，那种新鲜的痛感又更刺激了欲望，乔觉得自己快发狂了。密集的冰雹打在铁皮屋顶上，震耳欲聋，房子像要坍塌似的。敲门声在冰雹的间歇中响了又响。他看见自己睡过的孔雀缎面被隆起老高，莫非里头还有一只猫，那只猫迅速地长成这么大了？他走过去掀开被子，里面什么也没有。乔重新躺下。黑猫们躲在屋角，更为淫荡的呻吟从那地方升起。金在门外喊道：

"开门！我是金，我早年到过你的故乡，你全忘了吗？！"

他一遍又一遍地喊，乔终于不耐烦了，起身去开了门。然而门外站着的却是那个肥胖的女厨师。女厨师的蒜苞眼并不看乔，她正顺眼望着自己怀里的一只小白鼠，那只小白鼠奄奄一息。乔不知道她是否听得懂自己的话，就用手势比画着对她说：

"金……金，金！"

女人立刻显出焦虑的样子，将小白鼠朝地上一扔就走开去了。

金直到早晨阳光灿烂的时候才出现。乔看见他脸色蜡黄，举手投足都没个定准。他另外换了一件上面印着黄金元宝的缎子睡袍，这副打扮使他显得有些油滑。

"你在夜间实现你的愿望了吗？"他用手抹着油光可鉴的黑发问道。

乔回想起欲望高涨的古怪夜晚，不知道如何回答他。

"合同已经签好了，可是你还没打定主意呢！"他又说。

他从外头唤了狼狗进来，用手轻轻抚摸着差不多同他一样高的狗。他告诉乔，这条狗的母亲前年死了，死在山顶。"我将它封在一个冰洞里头了。当我回转身来朝远处张望时，你知道我看见了什么？"

"什么呢？"

"东方！我看得清清楚楚，啊，那是太阳升起的地方，那里什么都有！"

"但是像我这样的人，是看不了那么远的。"乔泄气地说。

"啊，不！你完全错了。比如昨夜，你就到过了那里，你像皇帝……"

"我并没有到达你说的地方，我一直在房子里头，遭受那些黑猫的袭击。"

"你对那些猫不满啊？"

金说话时又露出了血红的牙龈，令乔心里很不快，他觉得这个男人身上有种猛兽的习性，好像随时会发作似的。他慢条斯理地点燃烟斗，抽了几口之后，脸上浮出一层薄薄的红晕，黑眼珠在镜片后面贼一样转动着。乔鼓起勇气问他能不能带他去山顶看一看。

"不能。"他干脆地说，"所有的路都不通了。从前啊，日本人也来过这山上，女人们换上和服和木屐，一会儿就消失在雪地里了。"

乔喝着咖啡，心里想着金的生活该有多么寂寞，除了那浮在云中的故乡之外，他几乎是过着与世隔绝的生活。金看出了乔的思想，回答说，不，他一点都不寂寞，因为全世界的人都有可能经过他的住所，他的房子就像是进入天堂的入口。比如同他素不相识的乔，不就是从那么远赶了来，成了他的客人吗？他以前虽然不认识乔，但其实他们之间也是有信息相通的。

"我并没有……"乔想申辩。

"啊，不，不，不！"金摆了摆手，"你是做了的。你发出信息，可是自己并不知道，我却知道你。你刚动身我就听到了你的脚步声。"

乔被他弄得很窘，只好沉默。他看见客厅的天花板上垂下来一只吊篮，吊篮里堆满了马蜂，都从边缘溢出来了，有几只还掉到了地上。乔又一次感到房子里面的形势的险恶。同这些枣子一般大的马蜂比起来，昨夜那些黑猫实在算不了什么了。金的这种嗜好真令人胆寒，可他自己为什么一到这里就欲望汹涌呢？有一段时间，乔认为自己差不多是一个绝望的人了，幸亏后来迷上了阅读，是那些虚构的故事救了他，使他的生活变了样。但故事只是乔生活中的一部分，具有意义的那一部分，乔没想到世上还有金这种人，完全生活在虚构之中的人。乔同他握手时就感到了他精力过人。一只马蜂爬到乔的脚边了，乔连忙换了个位置坐下，他看到了金的眼镜边上那一丝嘲弄的光。

"你的厨师，她很少说话。"

"她是能说的，她只是不愿说罢了。她年轻时因为多嘴被她的家庭抛弃了，她是前些年在我这里定居的。"

金邀请乔去他屋后的温室看他培植的"奇花"。

"你可要做好思想准备啊，要有信心。"他说。

所谓的温室是一间很大的空房，房间的窗户很小，所以房里光线阴暗。乔在屋当中站了一会儿之后，才看清地上摆着的瓦钵。但是并没有花，钵里一色地装着粗沙。金蹲下身，从瓦钵里翻出一粒杏仁状的、褐色的种子，举到亮光里去观察。

"你瞧，它已经炸开了，但里面的芽出不来。这里所有的种子都是这种情况。花朵是开在梦里的，你一定明白我说的是什么吧？已经有十多年了，这些种子还保持这种样子，既不发芽，也不腐败。想想看，这有多么惊人。"

金不断地挖出各种形状的种子让乔观察，他的声音在空空的房间里发出回响。乔产生了自己正在进入一个巨大的墓穴的感觉，既好奇，又不习惯。他反复地想这个问题：这里有没有通道通往山顶呢？有个人影在窗玻璃上晃了一下，是厨师，她在外面观察房里的动静，看来她时时刻刻都在监视自己，为了什么呢？乔不由得皱了皱眉头。金看在眼里。

"这些花不喜欢光线。它们是我从家乡带来的，我们家乡的房子都没有窗户，不过家家都养着这些种类的花。在那种黑暗的处所养花，有点邪恶的味道。你家养花吗？"

"我们养玫瑰花。"乔想起马丽亚那些着了魔的花，突然伤感起来。

"玫瑰花，好，那是自命不凡的人养的花。有一个来这里的人告诉我，他的玫瑰花疯了，不停地怒放，结果他院子里一年四季都是红通通的。"

"你不是在说我吧？"

"我不知道。那个人是不是你，你今天夜里就会知道。有的花香可以让人窒息，那种瞬间也是令人神往的。"

金拍干净手上的沙站起来，他那张脸在朦胧的光线里显得有点像一块岩石，他的身子也变得僵硬了。他一动不动。

"一旦抓住某种东西，其他的就全成了虚幻之物。"乔说。

但金对他的话没有任何反应，就像真的变成了石头一样。他身上那件金元宝的睡衣则变幻着莫测的光。

门"吱呀"一响，女厨师进来了。她抓住乔的手臂，将乔带出那间房。她还是不说话，但她的动作非常自信。乔隐隐约约地明白了：她要让金一个人待在里面。他记起金先前说的关于信心的事，心里头似乎有所领悟。

他走进客厅便看见，马蜂们全都掉到了地上。它们在地上爬着，黑压压的一大片，让人十分肉麻。乔回转身走进了厨房，可是女厨师发怒地轰他出来，脸涨得通红。她轰他的时候口里发出的声音有点像狼嗥。

乔只好躲进他夜里睡过的卧房。他一进门就看见那些猫占据了那张大床，在床上睡得香。乔悄悄地从房里退出，溜到屋外。

下面那绿色海洋一般的草场的尽头有一个穿深红色衣服的人影朝他奔来，那人时隐时现，也许是骑在马背上。当他越来越近时，乔赫然发现这个人原来骑着一头豹子，豹子腾空而起时，人的长发就在空中飞扬。乔看得眼睛都发直了。他焦急地等那红衣骑手跑上山来。然而就在他要上山之际，乔听到震耳欲聋的一声枪响，骑手立刻滚到草丛里去了，豹子也不见了。刚刚看见的情景就如同幻觉一样消失了。乔判断出子弹是从他所在的处所射出的，难道是金？回转身一看，厨师正从门里走出，一双眼睛恶狠狠地望着他。

他又绕到屋后的"温室"，看见屋里一个人也没有。乔坐在屋外的石凳上，心中涌出对家庭的思念。马丽亚在家里干什么呢？他觉得马丽亚才应该到这个地方来，她和这个金有很多相同的地方。有人沿着石头阶梯上山来了，好像是穿红衣的骑手，乔心里激动起来。"喂！喂！"他喊道，自己也不明白为什么要喊。

然而穿红衣的人却是金。金头发凌乱，镜片打碎了一块，左腿受了伤。

他一瘸一拐走进屋，拒绝乔的搀扶。没有人为他处理伤口，血已将红裤子浸出了一大块黑色，就好像金的血是黑血一样。

"谁开的枪？"

"谁开的枪？"金重复乔的话，"是我自己，我让厨娘开的枪。"

金苦笑了一下，一咬牙，露出血红的牙龈。乔又开始胆寒。

金睡在躺椅上闭上眼睛，他的拳头握得紧紧的，乔觉得他好像在打寒战。

"你的牧场真美。我很想看你的羊。"

"除了我，谁会住到这种可怕的地方来呢？你说我的羊啊，那只是个幌子罢了。为了让听的人产生误解。"

"也许伤口要包扎一下，上药。"

"不用。我身上已经有了七颗子弹，这种事，算不了什么。那些穿木屐的日本女人被冻结在冰洞里头了，没人再能看到这些美艳绝伦的女子。"

乔现在特别想开始读他带来的那本恐怖小说，他撇下金，到卧房里从挂在衣架上的皮包里取出那本书，然后拉开窗帘，坐在沙发上读了起来。

书的红色的封面上写着这是一部恐怖小说，但封面的正中却是一位少女的照片。这位少女正坐在她那静谧的闺房里绣花，从她的窗口望出去是蓝天白云。书的开头是介绍这位名叫海林的少女的童年生活的。她似乎在一个孤独的环境中长大，虽然有父母，父母却撇下她去远方做生意去了，据说是去了东方。好在女孩性情安静，甚至有点冷淡，所以她也不怎么想念她的父母。她一个人住在老房子里，自己照顾自己。乔读了这几段之后，便对这本书产生了兴趣，因为他从这些乏味的文字后面，又隐隐约约地看见了他所熟悉的背景。他想，海林家里一定有夹墙，夹墙里头则有地下通道。这样的女孩不会没有秘密生活的。接下去就是描写流水账似的日常生活，似乎她那些邻居全是些记不住的名字，到后来，似乎就连"海林"这个名字都变得模糊斑驳起来，描述成了一头雾水。也不知书的作者是什么用意，忽然就用俗不可耐的语气赞美起自由来，就像这样一连出现六七行相同的句子：

"啊！自由的飞翔！不可企及的高度！"

"啊！自由的飞翔！不可企及的高度！"

"……"

乔看到此处忍不住笑出了声。这一笑就将那些猫吵醒了，猫们一醒就开始了疯狂的交媾，在床上发出怪叫，闹个不休。乔害怕被它们咬，就坐到窗台上去。在宽大的窗台上，乔继续阅读。到了第二章，少女海林忽然不知去向了，空空的闺房里变得热闹起来。因为她不锁门，就有各式各样的人进来聊天，做小买卖的啦，修伞的啦，制鞋的啦，饲养家禽的啦等等，他们带进来各种各样的气味，闺房原来的那种氛围荡然无存了。然而有一天，少女又回家。她失去了一条右腿，样子也变得粗俗不堪，脸上有种凶狠的表情。她赶走了她的邻居，关上老屋的大门，开始了她的沉思默想的生活。此处又出现了几个俗不可耐的重复的句子：

"在遥远的过去发生了什么？我们永远不知道！"

"在遥远的过去发生了什么？我们永远不知道！"

"……"

乔现在笑不出来了。某种类似性欲的欲望又开始在他体内高涨，他跳过障碍，来到了他的故事王国，在广场上那几棵榕树的气根下面，他看到了五颜六色的和服在随风飘荡。"海林！海林！"他连着喊了好几声。他听到他手里的书掉到了地上，"啪"的一声响。

金从地上捡起书来时，乔看见他在暗笑，他的长发抖动着。他换了一件图案奇怪的睡袍。当他直起腰来时，乔看见一只黑猫从他的睡袍里探出来。

"只有它懂得我的心思。"金说，"你的这本书里头的女主角，我见过。"

"难道实有其人吗？"

"因为写的就是作者自己的生活。她在我的屋子里休息了一夜，第二天就到山顶去了，她就是在那种地方失去了一条腿。她拖着残腿，怒吼着下山的样子我至今历历在目。这样的书，你一定不敢看完，看到后面，你自己就会被拖

进去，再也出不来。那可是真正的冰洞，比山顶上的深得多。"

乔眼前的和服消失了，变成白茫茫的一片。他想同金探讨一下这个故事，可又觉得自己没什么可说的，书里面几乎没有情节，也没有形象。然而金却向他证实了海林是实有其人。"腿是如何断掉的呢？"乔又陷入无边无际的遐想之中，他听见金的声音仿佛是从夹墙里面传出来，很含糊，不知道他在说什么。

房间里一下子变得很阴暗，猫们不见了，金也不见了，窗帘自动地合上了，窗外有女人在哭。乔摸索着上了床，他在黑暗中很快就爬上了宫殿的台阶，进入了那个荒芜的花园。到了那里，他才知道，花园并不荒芜，各类动物在里头吵吵嚷嚷的，人也不少。那些沉默的人都站在一棵棵大树下面，表情莫测，就仿佛不是来自于这个世界。乔认为他们也许是生活在上几个世纪的古人。有一个站在一棵雪松下的小伙子显得特别苦恼，乔问他从什么地方来，他说从家里来。他的口音有点奇怪，他是个外国人。乔又问他他的家在哪里，他说是东方。

"但是此地难道不是东方吗？"乔打量着土红色的宫墙，大声发问。

小伙子面无表情地望着他，并不回答他的问题。这时乔才注意到小伙子穿的是囚服，居然还戴着脚镣。再看其他那些人，似乎也穿着囚服。乔突然无缘无故地感到非常惭愧。松鼠从他的两腿之间蹿过，松鼠是属于这个花园的，乔不属于这里。

"我的妻子马丽亚，在家里种了很多玫瑰花。"乔如同争辩似的说出这句话。

小伙子的脸上立即出现了表情，他似乎很好奇。可他还是不开口，只是将脚镣弄出一阵一阵的响声，将耳朵偏向乔发出声音的地方。他听到的究竟是什么呢？乔对这一点感到很没把握。这时乔的耳边响起的，却是金的说话声。

"整个花园都在我的房子里。西边的宫墙下埋着一本书。"

乔根据太阳的方位判断出西边的位置。西边的那一段宫墙就像火一样燃烧，乔望了一下眼睛就被刺痛了。他想，既然花园是在金的房子里，他也就不必瞎走了。他在草地上坐下来。在他的右边，雪松下面的小伙子将一本书贴在自己的胸口上，乔觉得那红色的封面很眼熟。于是他又站起身，向小伙子走过去。

"这是你的书。这里头有一个残忍的谋杀故事，可是我已经决定了不把它看完。谁会将这样的书看完呢？"

他说话时又将脚镣弄出一连串的响声。

"我的书是关于一位名叫海林的少女的。我想，她的外貌大概不丑，她父母是做生意的，不在家……"乔说。

"啊，你只读了一个开头吧？那是个假象，真正的故事在后面。这样的故事里头没有主角。你把你的书拿走吧。"

他将书递给乔。乔感到手里的书轻飘飘的，翻开一看，原来只是一个封套，少女海林在封面上咧着嘴笑得很难看。

乔沿着宫墙一直走，耳边金的声音就越来越响亮了。这使他明白，自己不过是在绕着金的屋子转。到后来，金的声音沉寂了，凄厉的猫叫声震得他脑子发昏。"马丽亚，马丽亚，宽恕我，宽恕我，我到了哪里？"乔语无伦次地自语道。草地和雪松都消失了，宫墙也在昏暗中变得断断续续，然而前方有日本女人身着笨重的和服的背影，好像是三个人。

"你在这屋里整整转了一天，你竟然可以一边走一边读书了，这可是硬功夫。"

金说话时脸上又显出那种残忍的微笑，乔尽量不看他的脸。

"我对恐怖小说向来敬而远之。"金又说。

乔将手中的书翻到中间，走到窗前去读了一段。还是说的海林的故事。中年的海林坐在她的绣房里绣一只红蜘蛛，楼上响起她父母焦躁的脚步声。那是两个失去记忆的老人，他们从远方归来的第三天，海林就毫不手软地将他们囚禁在楼上的一个大房间里头了。"毫不手软"四个字下面加了着重号，乔将这句话读了又读，从多方面去领悟它的意思。

"乔，你回家以后会不会致力于种玫瑰花呢？"金这样问他。

他靠近乔时，乔就看清了他身上那件深色睡衣的图案。那是一些模样狰狞的脸谱，没有任何一张脸是舒展的，有的嘴里还有长长的尖牙，牙齿上有血。乔还听到了婴孩的啼哭。

由于乔没有回答，金又追问道：

"如果反复地阅读，能不能将故事变成现实？"

当金凑近他，露出他从未见过的奇怪的长牙，还将右手朝他脸上伸过来之际，乔终于忍不住大叫了一声，眼前一黑。

过了一阵，乔慢慢恢复知觉了，这才记起自己一直在读那本恐怖小说，一直坐在窗台上。在房子的正当中，金和厨师正在观看一只很大的花钵里头的种子。厨师的胖手掌心里头躺着一粒蚕豆那么大的种子，不知道是什么花，她将手掌举到窗前的亮光里。乔这下看清了，褐色的、饱满的种子里头有一条蛆虫正探出头来。金"嘿嘿"地笑着，让乔看他从花盆里掘出的另外两粒种子，那里头也有两条同样的蛆虫。

"这是我们在温室里头培养出来的，这些小东西并不影响花朵的开放，说不定花儿还因此受益呢！你家里的那些玫瑰花，实际上是开在我们的梦里头的，你看见它们怒放，那只是假象罢了。你读的这本小说里写得清清楚楚。"

"我太胆怯了。"乔说，"只好站在宫墙外，台阶下。"

他们谈话时，厨师弓着腰将花钵搬走了。金看着她肥胖的背影，赞许地点头。他告诉乔说，昨夜家里来了个客人，是女客，这位客人不打算上山，只不过是来看看他的草场的。听了金对客人外貌的描述，乔总觉得来人有可能是马丽亚。可是金说了个另外的名字，还说她有怪癖，是东方女性，绝不会轻易在陌生人面前露脸。

"啊，又是东方！"乔叹道。

可是金盯着他的眼睛一个字一个字地说：

"她恐怕是来找你的？"

"不会，不会。我不认识东方女人。"乔用力摇头。

"你却到过她的国家。"

"不可能。"

乔低下头寻思：金是不是指自己这些年的阅读呢？如果是这样的话，他倒的确去过了东方的国家，可以说，他对东方的故事情有独钟。当他将所有的故事连成一个网络时，中心广场上便出现了和服和牡丹花。那时，在繁忙的销售工作中，他还能轻易地进入到自己的故事里头，似乎大半就因为那些和服和牡丹花。在日常生活里，他从来不认识来自东方的女人，而以他保守的性格，他也不会对陌生的女人产生性妄想。可是到了故事里头就是另外一回事了，他不止一次地对身着和服的少女和妇人产生过强烈的冲动。

但是金是如何知道这个的呢？或许金同他以前真的见过面？乔以前不可能料到在国内会有人在同他虚构同一个故事。据他观察，文森特和里根是知道世

界的双重性的，但他们好像无法完全进入他的故事。他同他们的日常接触太多了，不可能完全敞开内心。除了工作上的朋友，乔并没有别的类型的朋友。这时乔又想到了马丽亚。近些年来，马丽亚也在虚构自己的世界，马丽亚和乔是平行发展的。但偶尔，乔感到自己在她的掌握之中，那种瞬间会令他产生沮丧感。这个金，这个乔的长期的客户，他过的是一种很难解释的生活，他无羁无绊，早就构造了自己那错综复杂的世界。乔一来到这里，就感到自己在自投罗网。然而他心甘情愿。这才是他自己的故事啊，难道不是吗？

厨房里传来窃窃私语，金说是那女人在对厨师说话，已经说了好久了，她们之间有交流的愿望。那么厨师也说话？乔问道。不，厨师不说，就那女人一个人说，她有说的欲望，厨师有听的欲望。金说这句话时，他俩走进了餐室。他们吃饭时金告诉乔说，女人们在厨房里吃。乔感到很遗憾，他希望那女人露一下面，他就可以知道她是否穿和服。而现在，他不好意思向金打听。

"落冰雹的时候，她正在路上，她的吉普车抛锚了。后来她自己设法修好了车。真是个了不起的女人！东方女人是不达目的不罢休的女人。"

"她的目的是什么呢？"

"来看看我的草场。说不定还想骑那只豹子呢。我从未见过她，这次也没有，因为她蒙在黑布里头。你没想到吧？"

金说这话时显得有点心神不定，整个表情呆板起来。这时厨房里发出一阵大响，他惊跳起来，脸变得惨白。

厨师探了探头，然后进来了。她是来收拾餐具的，她走起路来有点摇摇晃晃的。乔以为她要来收碗碟，可是她站在桌旁不动，两眼发直。过了一会儿，她就挨着桌子慢慢倒下去了。乔想过去扶她起来，金拉住了他，说："不要动她，她的精神受到了很大的冲击。让她自己恢复。"

"实际上，我和她是老乡，我的村子和她的村子只相隔一千米路。每次风暴起来时，我和她都有点伤感，但是我们俩都是那种决计永不回头的人。她是丢下她患了绝症的父亲跑到这个国家来的；而我，随父母来这里后就再没有回去看过。我宁愿爬上山顶，站在冰雪里头眺望我的家乡。昨天来的女人对她说，她是她的继母，是根据她父亲的遗愿找到这个牧场来的。一开始我认为她在撒谎，因为厨娘的父亲一定早就去世了，即使没有患绝症也不可能活这么久。而这个裹在黑布里头的女人，从她露出的手和脚来看，年纪并不老，怎么可能是她的继母呢？然后，我没有预计到的事发生了。这个女人站在那里对厨娘说话，她说出了一切，所有的细节，厨娘两眼泪汪汪……啊，世界上怎么会有这样离奇的事呢？总之，昨天到今天，对于这个房子里面的两位长住者都是很奇怪的体验，因为通过这个女子，我们又同我们甩在身后的过去相遇了。这，并不是什么好事。"

金的脸上恢复了血色，双手也不发抖了，他似乎打定了某个主意。

"那么，她到底是来干什么的呢？"乔问道。

"她？她是个索债者。她已经走了。我这个家从此被她带入黑暗。"

他们离开餐厅时，厨师还躺在地上。金说女人带走了厨师的魂魄，真难以想象厨师今后漫长的日子该如何过。不过也不用过于担心，因为他又从外地订了很多盆花种子，现在的温室要扩大，光是这些个花就够她劳作的了，没有多少时间来回忆往事。再说气候也在变化，风暴越刮越频繁了。他这样一说，乔的脑子里就出现那些带蛀虫的盆花种子，立刻就觉得脖子上痒痒的，浑身的皮肤都不舒服。

金终于领乔参观他的草场了。当他们躺在草地上，看着那些鹰在空中滑翔之际，金又露出他血红的牙龈，做出猛兽的表情。

"你的那些羊在哪里？"

"啊！"他如梦初醒似的回答，"你还没明白吗？它们在我的梦里。"

"原来这样。"乔有些失望。

后来他们开着老破车走走停停的，草场可真够大，几乎没有边界，草原也不过如此。从远处看，金的家所在的那座大山显得十分怪异，孤孤单单地从地上突起，周围全是草地。乔看来看去的，始终没发现河流。莫非山顶的那些积雪从来不化？看着这寂寞的独峰，乔的眼神就有些迷离。几十年以前，金的全家移民到这个国家来。究竟是一种什么样的情况呢？金说他没有牛羊，也没有工人，那么他为什么要定做那么多的工作服呢？也许金的父母是很有钱的人，所以他才能把家安在这种怪地方？照金的说法，住在此地"不是为了脱离人民，而是为了更好地融入人民中间去"。这种近似诡辩的说法让乔哑然失笑。

"你的房子真美，建在那种地方，就像一种魔术。"乔赞叹道。

"那并不是我的房子，我只不过是一个房客。"金若有所思地皱紧了眉头，"我告诉过你，房子没有地基。这就是说，它不是盖起来的，它原来就在那里。就比如你，要是愿意的话，也可以成为房客的。"

"可是我有自己的家，我的妻子叫马丽亚，儿子叫丹尼尔。我必须每天去推销服装，维持生活。"乔说这话时觉得自己的声音很虚假。

金看了他一眼，说："这并不妨碍你去做那件事。你不是已经练出了在工作中阅读的本领吗？我原来也是有工作的，我是个园艺专家呢。"

乔想起那些蛀虫，肉麻了一阵，终于忍不住询问他。

"那些个小东西，本来花的种子里头就有，我只不过是用了特殊方法让它们发育起来罢了。我爱温室里的工作，先前我当园艺师的时候，做的都是表面的活计，现在这种工作是越来越有趣了。你看见野兔没有？它在同鹰斗智呢。我寻找过鹰的家，从来也没找到，可见并不是在那座山的悬崖上，而是在任何人都想不到的地方，比如说，东方。"

"花的种子是从哪里买来的呢？"

"我不知道，我是从本地报纸查到那个苗圃的。但是那个地址是假的，根本就不存在那样一个地方。奇怪的是我写信过去，他们就寄来各式各样的种子。这类事都同我的家乡有关，我是这样想的。"

又是一天过去了。此地没有黄昏，夜是突然降临的，一瞬间，乔就什么都看不见了。金一把将他拖进车内。车灯切割着四周的黑暗向前行驶，一会儿就到家了。

金脚步匆匆地走进餐厅，乔也跟了过去。他们看见厨师依然躺在地上。金弯下腰看了看她，对乔说："她受了重创。"然后他自己到酒柜里拿出他们喝过的那种酒来，他给乔倒了一大杯。乔喝了几口，便看见房里的黑影出现了，那都是些极其高大的汉子，他们的头部顶到了天花板。其中一个一伸手就将装着马蜂的吊篮往自己头上一扣，顿时满屋蜂子乱飞。乔连忙脱下外衣，用它紧紧裹住自己的头，靠墙蹲下。他听到汉子在他旁边说：

"真舒服啊，为什么有人要拒绝这种幸福呢？"

乔在心里猜想，屋里的人身上一定爬满了那恶毒的蜂子，因为这些人全在呻吟，似乎很痛苦。有人在喊"妈妈起来了"，那大概说的是厨师。真的是她，乔听到了她的吼声，像一种说不出名字的兽的吼叫，既痛苦，又充满了渴望。乔被深深地感染了，他拿下外衣站了起来。屋里却没有人，只有黑压压的

蜂子在乱飞。一会儿他的脸就肿得很大，头也开始发晕。这时有一双手将他拖出餐厅。他的双眼肿成一条窄缝，他从缝里看见了头发蓬乱的厨师。

他被带到客房里，脸上被涂了一种有香味的药水。

"来这里的人都不害怕马蜂的袭击。"

说话的却是金。真奇怪，刚才是厨师将他领到房里来的呀。

"厨师在哪里？"他问。

"她呀，还睡在餐厅的地上接受马蜂的安抚呢。"

乔摸了摸自己肿得不像样的脸，又听到了那种兽的吼叫，并且叫得同刚才不同，似乎是在撕咬中发出的声音。金也在倾听，金说："厨娘是那种能豁出命去的女人。家乡留给她的是一个噩梦，这几十年她都生活在噩梦里头，她对我说，她永远都不想醒来。"他又说，"她不是不会说话，她不愿意说。一个会这样叫的人难道还会愿意说话吗？所以她才成了这里的房客呀。"

金让他躺到床上去，可是那张床已经被那些黑猫占据了，一共有十多只，全都蹲在被子上面。"生活是没法挑挑拣拣的。"金一边说一边将他往床上一推。他倒下去之后，猫们就都围拢来舔他脸上被蜇伤的地方，那些热辣辣的、有肉刺的舌头令他感到十分恶心。他也想吼，就干吼了两声。

"这就对了嘛。"金在旁边说道。

他听见金悄悄地出去了，掩上了房门，却未离开，在门口同什么人讲话。每当金的声音提高一点，这些猫就在他脸上狂舔，有两只还尝试着咬他的脸颊和手腕。于是他又干吼两声。乔一直不喜欢太接近猫，他在家时觉得这种阴沉的动物隐藏了莫测的意志。可是现在他浑身无力，困得厉害，只好任它们摆布自己了。他自己也得到了好处：被蜇伤的地方疼痛正在减轻。

他不记得是什么时候睡着的。一入梦恶心感就消失了，有一个人在他旁边怂恿他去看雪莲花，他不假思索地同他出了门，两人一道往山上爬。山又陡又滑，许多地方都得手脚并用。金在旁边警告他说："随便见到一个人就同他走，到头来遭殃的是你自己。"他已顾不得遭殃不遭殃了，因为到了陡坡上，退不下来，一退就会掉进万丈深渊。可是他也上不去，有什么东西缠住了他的脚。那个人回过头来告诉他说，缠住他的脚的是两只猫，又说如果他在家里，同妻子马丽亚在一起时，要是摆脱了那两只猫就好了，现在已经太晚了。"那一次你吃火鸡的时候，为什么不考虑猫们的需要呢？"头上包着头巾，看不清脸的汉子开始埋怨乔。乔觉得自己的双脚在往下滑，止也止不住，他干脆闭上眼什么都不管了……

乔坐在出租车的后座上。他躺下来，从皮包里拿出那本恐怖小说，翻到第一页。小说的结局忽然就出现在字里行间了，白发的海林坐在厨房里削土豆皮，有一具僵尸始终在玻璃窗外朝她窥探。海林抬起头来，看见了僵尸，她的眼珠突然不会动了。后来她又发觉，除了眼珠不会动之外，身体的其他部位并无变化。她没有什么不方便，还是削土豆皮，将烤好的鱼放在盘子里，用樱桃做装饰。穿过客厅里，她无意中看了一眼镜子，发现自己的嘴角在流血。后来又有邻居从开着的门那里进来了，发出惊叫，仓皇逃窜。海林想，自己多半成了僵尸了啊。这样一想就有种解放感。

"旅途上看这种书并不是一个好的选择。"司机头也不回地说。

"我怎么觉得这车子转来转去的，老离不开牧场？"乔问道。

"这种地方啊，只要进来一次就再也出不去了。这也不是什么坏事，你闭上眼，总会到家的。你不是给了我你家的地址吗？"

"我给了你吗？"

"是啊。你给的是个错误地址，没有那样一个地方。后来你的客户又给了我一个，写得清清楚楚。你的客户是连做什么梦都计划得好好的那种人。这十几年，我一直在这一带来来回回地跑，把他的脾性也算摸清楚了。你想，一个人为什么要住到半山腰去呢？那个胖厨娘，我听说她是杀死了自己患病的父亲才跑到那里去的。现在她整天摆弄毛毛虫，就是为了赎罪啊。"

乔听了他这一席话后心里很讨厌他，就不再回应。当他再拿起书来读时，里面的内容又读不懂了，连人物的名字都换了。情节似乎说的是一位厨娘报复对自己不忠的情人，厨娘的名字也怪得很，叫"一枝梅"。情人到小饭馆来吃饭了，一枝梅端着一锅滚汤朝他泼去。那锅汤没泼到男人，全泼到她自己身上了。一秒钟之内，她的皮和肉全落到了地上，只剩下一副骨架立在餐厅里，男人死死地盯着面前的白骨……接下去是对"一枝梅"这个名字的解释，书中说这是个东方名字，厨娘是东方某个岛国的人，事情发生在古代，厨娘的身份是在妓女和良家妇女之间，而那个情人，是一个真正的嫖客。那个情人经历了厨娘事件的变故之后就完全疯狂了，他将厨娘的那副骨架弄回家，请人做了个玻璃柜，将它放进去，从外面锁上。从那之后每次他同女人鬼混时，眼睛总看着玻璃柜里头的东西。他的玻璃柜长期放在床边。乔看到这里笑起来，觉得这种小说太夸张了。不过他还是想知道那玻璃柜的下落，想象着那副骨架穿上轻盈的和服夏装会是什么样子。

车子越开越快，乔在后座上坐不稳了，他觉得这个司机在玩车技，又觉得他居心叵测，恐怕要出事。有一刻，乔看见他同窗外的某个人打招呼，乔急忙向外看，看见那人居然是金，金站在齐腰深的草丛中，一身猎装打扮，帽子上插了很多孔雀羽毛。

"你弄得我没法休息了。"乔抱怨道。

他放下车窗的天鹅绒帘子，决心什么都不管不顾，连自己的性命也不管了。他想，司机是没有理由要他的命的，完全没理由。他爱表演的话让他去表演好了，草丛里头装扮成孔雀的那个人也许是他的观众呢。此时，乔对马丽亚的渴望比任何时候都要强烈。他回忆起那天夜里，她房里那些萤火虫一般闪烁的紫色小灯，她那略微衰老松弛，却又沸腾着欲望的躯体。那种场面令他发窘，他尽量不去想那个场面，这些日子，他几乎忘了那天夜里的事。可是此刻，马丽亚的躯体咄咄逼人，乳头竖立的乳房好像要堵住他的鼻孔，将他窒息。乔的身体迅速地萎缩了，他隐藏在后座的黑暗之中，再也感觉不到危险的车速。他听见司机诅咒了一句什么，忽然就停车了。

"你不在家的那天，下过一场冰雹。第二天早晨玫瑰开得更旺了。你能告诉我发生了什么吗，乔？"

"不能，亲爱的。"

马丽亚离开他的床边，默默地到楼下去了。乔从枕头上抬起头来，看着前面的墙壁，赫然发现了墙上的新挂毯，那上面正是穿和服的骷髅，和服上满是春天的花朵。挂毯那么大，差不多占了半面墙，她是从什么时候开始织的呢？乔心里充满感激，但性的冲动彻底消失了。

第五章 马丽亚的爱好

　　乔去北方出差的那天，马丽亚就像春天涨水的小溪一样，欢快地涌动着希望。乔是一大早乘出租车走的。前一天晚上他们已经告了别，所以马丽亚没去送他。她站在二楼自己卧室的窗口，仔细地倾听着出租车发动机的声音，看着乔夹着那只有"古丽服装公司"字样的皮包上了车。车子开走之后好久，马丽亚还站在那里一边抽烟一边思考古丽服装公司的事。她想，这个业务遍布全国，甚至拓展到了几个非洲国家的公司，是靠一些什么样的人物在那里支撑呢？都说她的丈夫乔是公司的顶梁柱、功臣，可是这件事对她来说实在是百思不得其解。她知道乔是有些经商的天分的，可是她也知道他心思不在那上头。乔的心思是全部放在他的书籍上头的，就因为这，他们夫妻之间的精神生活好多年以前就渐渐地分道扬镳了。直到近两年，马丽亚在编织那些古怪的挂毯的过程中变得神经质起来，他们之间才又有了某种微妙的沟通。马丽亚希望乔出差，对他不时地离开家几天感到很惬意。这倒不是因为她自己要搞什么风流艳事，而是一种对于变化的渴望。每次乔短暂地离开时，这个家就变得喧嚣起来，处在要发生什么事的边缘。比如此刻，她就已经听到那两只猫在后院疯狂地发出惨叫，一大群雀子随之落到台阶上，南风中有布匹在发出"啪啪"的响声。就连她织挂毯的织机，也在楼下有节奏地响起来了。

　　有人从通往园子的小路那边过来了，是她的儿子丹尼尔。丹尼尔实际上早就不再上学了，但他们俩都将这事瞒着乔。马丽亚让儿子住在自己的朋友家里，离这里有两个街区远。丹尼尔现在成天什么都不干，乔不在家之际，他就偷偷地溜回来帮马丽亚照料园子。最近他弄了一只体形巨大的丹麦狗养在家里，还亲手做了一个狗屋送来，他干这些事倒是很灵巧的。丹麦狗非常阴郁，这也许同它家乡的气候有关。但是这条狗到了他们家之后显得很自在，虽然它既不理睬人也不理睬那两只猫，但看得出来它很机警，对于这个新的环境颇有感受的。白天的大部分时间，它都伏在玫瑰花当中假寐。丹尼尔给它取名"海盗"。

"妈妈！'海盗'占据了我们的地方，我们还在这里喝茶吗？"丹尼尔朝屋里面大声叫道。

"不了，孩子。"马丽亚双手沾着面粉出来回答说，"它会不高兴的。你没看到它在发抖吗？往事的噩梦依旧萦绕着它。你想想看，它可是从一个半年里头没有白天的地方过来的啊。"

马丽亚将苹果饼放进烤箱里头，坐在椅子上，回忆自己做姑娘时这一带的情景。那时这里是一个小镇，街上只稀稀拉拉地有一些商店，仅有一家酒吧营业到凌晨两点。马丽亚的父母在外地教书。她和祖父在镇上度过了无比寂寞的青年时代。她也读过大学，干过银行职员的工作，然而终于在厌倦中回到了家乡。这时家乡已发展成了一座中等城市，她在这里遇到了乔，乔的古怪吸引了她，她觉得这个男人有点像猫，比较符合她喜欢的类型。他们请人在她家原来的旧址上盖起了现在的房子，她辞去工作，成了家庭妇女。在马丽亚的眼里，乔一直在变化。他们刚在一起的那几年，乔虽然也喜欢沉默，喜欢在谈话的时候"走神"，可她没有料到他会发展成后来这个样子。最近这几年，随着这座城市的大规模扩张，马丽亚感到她的丈夫已是"魂不守舍"了。不爱外出的她

如今已经对她的家乡感到了陌生，有些街道、有些建筑她从来没去过，也不想去。但是有一天，她却在一个她第一次去的新开张的书店里看见了她丈夫站在对面的书架前。马丽亚自己也不知道为什么会脸一红，飞快地溜出了那家书店。回家后她也没向乔提起这事。只是在夜深人静之际，她便设想乔躲在她所不知道的某个地方，那也许是书店的地下室，也许是高层饭店顶上的水箱旁，甚至就在一条新修的马路的人行道上，就着路灯的光亮读书。马丽亚眼看着乔对书籍的爱好吞噬了一切，毁掉了他们的夫妻生活。这几年来，她的丈夫无时无刻不是在"神游"，即使当他兴致勃勃地谈论公司的业务时，马丽亚明察秋毫的目光也知道丈夫究竟为"什么"兴致勃勃。乔的变化给马丽亚带来的不仅仅是沮丧，说到底，她自己在本质上不也是个喜欢"日新月异"的女人吗？乔的变化给马丽亚带来的还有她自身的突变。她的变化不是向外的扩张，而是就限于这个家，以他们的房子为界限。马丽亚对于自己具体做了些什么并不是很清楚，她只是感到现在她也同乔一样，会常常进入一种异常强烈的近似于幻觉的状态。一开始这种状态只是发生在她织挂毯的时候，慢慢地事情就变得复杂起来了。近两年，她怀疑自己也像丈夫一样，陷入了"神游"的圈套，随同她进入这个圈套的还有这个家，以及儿子丹尼尔。有时，她因为这种虚幻感而烦恼得要大喊大叫，有时却又十分惬意。有好几次，当她坐在房子里和坐在花园里时，她清清楚楚地听到了先人谈话的声音，是父母和祖父祖母。他们似乎在对她目前奢华的生活表示异议，对她不节制的花钱心存怨恨。

　　马丽亚是个喜欢奢华的女人，她对各式各样的首饰尤其有种超常的爱好。通常是乔拿多少钱回来，她就用多少，大部分都送进了珠宝店。但是她并不用这些买来的首饰打扮自己，而是锁进一个首饰箱里不闻不问。不过她还为这些贵重的首饰买了保险。乔认为她是个喜欢拥有的女人，他也知道她并不喜欢长期拥有，她只是喜欢购买的那一瞬间产生的拥有的喜悦。但为什么又去买保险呢？乔认为她是在向某种观念妥协。除了买首饰，她还买那种贵重的波斯地毯，买得太多没地方铺时，她就将一些还很新的地毯随手扔在汽车间里。乔无法共享她那种购买的喜悦，因为她每次去商店都是独自一个人去，东西买回来之后也看不到她脸上有任何特别的表情。如果买回的是珠宝，她就锁进那只巨大的首饰箱了事；如果是地毯，当即就铺在地上，将旧的换下。然后那一天里头其余的时间该干什么还干什么，绝不提起买回的东西。乔有时怨恨地想，她真是个自私的女人啊。可回头一想，自己不也是买书吗？并且自己也从不同她讨论自己的阅读嘛。于是气又消了。

丹尼尔十岁左右的时候，马丽亚的购物欲膨胀起来，乔在经济上都差点要支撑不住了。一次她买回一枚昂贵的钻石胸针，几乎花去了乔半年的工资，他们还为此小小地借了一笔债。幸亏马丽亚不是那种坐吃山空的家庭妇女，后来她发展起自己的爱好，买回编织机织起了羊毛挂毯（也许是那些美丽的波斯地毯给她的启发？）。她是那种很有实干才能的人，所以一开始这项工作便有人来同她订货。马丽亚自从开始编织挂毯后，购物欲便有所减退了。她开始专注于一些小事，并且在这个家里发现了一些从前未注意到的古怪迹象。她首先发现的怪事便是家里的两只猫身上带电，尤其到了它们发情的期间更甚，以至于她怀疑如果她将它们捉住，自己便会触电身亡。是不是因为宅基地年代久远，家里才出这些怪事呢？不能解释的事接踵而来，玫瑰花啦，切面片的机器啦，浇园子的水管啦，家里的楼梯啦，全都变得有问题了。楼梯出问题那一回，马丽亚恰好没戴眼镜，她眼中的每一级阶梯一式地向下倾斜，于是她腿一软，往下一坐，一直滑到了楼下。待她定下神来回头去向上看，又发现楼梯还是好好的。家里有这些变故虽然增加了不方便，总的来说她还是怀着一种莫名的惊喜的。当她看到乔接触猫儿触电的情景时，她心里还有种快感。乔从来不同她议论家里的这些怪事，马丽亚自己也不提起。但马丽亚和丹尼尔在一块时，两人对这些事是津津乐道的。有一次乔不在家时，母子俩居然在后院的古井边待了整整一天，连饭都是在井边吃的。因为丹尼尔亲眼看见非洲猫从井口掉下去，后来又从另外一个不为人知的通道出来了。那一天他俩并没有看到什么另外的奇迹，但两人的情绪都是出奇的高昂。

"妈妈，你看'海盗'是不是有点厌世啊？"丹尼尔显得很苦恼。

"并不是这样，孩子。它只是太专注了，那是黑夜的动物特有的性格。谁见过狗笑呢？可'海盗'就会笑。它在黑暗里练出了这种本领。"

"它就是因为会笑才被主人赶出家门的。我觉得它已经看不见多少光了，在它眼里，我们这里同样是黑夜。它没日没夜地遐想。"

丹尼尔又高又瘦，有点像鹭鸶。虽然马丽亚同他无话不谈，她还是感到他性格里头有种模糊的东西，那种东西正是来自于乔。比如现在，他躲在她朋友家里，谨小慎微，很少出门，看上去十分腼腆、平淡，但马丽亚知道他绝不是一个单纯的孩子，他有一些难以实现的计划，他不会放弃那些计划。

丹尼尔将园子整理得井井有条了，他做这些事毫不费力，但是他总是很紧张，不肯放松。这也是他为什么从寄宿学校逃出来的原因。人们说他是非常优秀的、有自制力的学生。但他的心思不在学业上，这一点只有他自己知道。马丽亚想，这个孩子的心思在什么上头呢？有一次，她去学校，远远地看见儿子像鹭鸶一样站在许多人当中，她突然觉得自己看见了少年时代的乔，有历历在目的感觉。怎么回事呢？乔不是矮个子吗？

他俩一起在房里坐下来喝咖啡时，马丽亚让丹尼尔看墙上的新挂毯。那上面织的是一个旋涡，一圈一圈旋进无底的深处。

"这是穿和服的少女，我已经在爹爹书房里看见过一次了。"

马丽亚暗暗吃惊。

"你也和你的爹爹读同样的书吗？"

"不，我只读游记，我喜欢旅游。"

"你喜欢去国外吗？比如东方国家？"

"不，我只喜欢待在家里。"

大概只有她才听得懂男孩的话。

非洲猫在他俩的脚下静静地穿过，皮毛擦在他们的裤腿上，发出"啪啪"的响声。另外那只黄白两色的也过来了，丹尼尔叫它"美女"。"美女"此刻身上不带电，它有点急躁，似乎在找什么东西。马丽亚问丹尼尔听见爷爷在屋里说话没有，丹尼尔回答说，每天都听见了。马丽亚又问他害怕不害怕，他说从小就习惯了，害怕什么呢？再说害怕也没有用。

"爹爹要是不喜欢工作，他回来得了。干吗非要天天上班？你不是还有那么多首饰可以变卖吗？我去珠宝行打听过了，行情不错。"

"正好相反，他就是喜欢他的工作。你看，他又出差了，要是不工作，就接触不到各种各样的客户。他早上出门时很快乐。"

"原来这样啊。"

丹尼尔沉默了，他弯下腰去，将一块巧克力糖放到"美女"的嘴里，"美女"表情阴沉地吃着糖，吃完就高傲地走开了。那另一只棕色斑纹的却还在他们裤腿上擦来擦去的，似乎在告诉他们什么事。

"我明白了。爹爹表面上是出远门，其实是回到你这里，对吗？"

"也许吧。可是爷爷他们会要说什么呢？难道他不应该走得远远的吗？就像我们在草地上喝茶，看见他出现在半空那回一样？"

丹尼尔没有回答。马丽亚也不希望儿子回答。多少年来，她一直在等待那个难以确定的答案，那件算计不到、只能用行动来确证的事。她是在恍恍惚惚的状态中织出这幅旋涡的挂毯的，儿子说出了她的预感，那就是，这个图案的构思来自乔最近阅读的那本日本人写的书。马丽亚没有读过那本书，却捕捉到了乔的幽灵。而丹尼尔，毫不费力地就进入了这个虚幻的世界。

"丹尼尔，你以后不能没有职业吧？"

"我可以帮人做园丁。"

他笃定地往咖啡里加糖，完全不为这种事发愁。做了那种私人的园丁之后，他就可以同乔一样，与各式各样的人接触了。现在马丽亚看出来了，男孩和他爹爹是属于同一种人，根本用不着她操心。马丽亚又想，他其实不必躲着乔。他不上学了，乔大概也不会对这事生气的。但丹尼尔又似乎并不是怕乔生气，而是有意地同乔保持一种疏远的关系。为了什么呢？也许他不想同父亲有太多的日常接触，而更愿意在某个微妙的时刻和地点同他相遇？

马丽亚的卧房里有一幅她父亲的画像，她将画像放在落地大衣柜的后面，只有当她换衣服之际，她才会在幽暗之中同父亲会面。画像上的父亲的那张脸十分傲慢，目光炯炯。马丽亚觉得很难与他对视。开始她是将他挂在墙上的，后来发觉被父亲盯着，她竟然失去了生活的能力，这才将画像请进了衣柜。父亲进衣柜的那一天，就是她开始编织挂毯的日子，发生在幽暗中的交流让她自信心倍增。实际上，童年时关于父亲的记忆在她脑海里差不多消失殆尽了，消失的父亲变成了画像上的精神支撑。马丽亚想，这就是所谓"成年人"的含义吧。父亲是什么呢？父亲是一种否定，他那双严厉的眼睛将马丽亚的生活变成一连串不合常理的奇迹，甚至间接地影响了乔的生活。玫瑰花疯长的那天半夜里，她曾目睹乔像疯了一样冲下楼，似乎要将整个院子左看右看地看个遍。

乔也见过马丽亚父亲的画像，原来画像曾放在客厅的角落里。虽然从未同这位父亲谋面，乔说他同岳父并不陌生，还说他读的所有的故事都同他有关。"你有一个传奇般的父亲。"乔这句话是随口说的，马丽亚听了却大大地震撼了。也许是乔的鼓励使她对这位若有似无的父亲有了些信心，马丽亚近年来沉醉于空想的事物大概就同这位画像上的父亲有关。既然连自己的父亲都可以在虚构中复活，还有什么事情是不可以虚构出来的呢？一位上了年纪的邻居在看了她的挂毯之后，说那上面的图案令他"如同坠入深渊"。但他还是买走了那幅不大的挂毯，他显然愿意体验坠入深渊的情境。在夜深人静的时候，父亲就会说话，父亲的话是听不清的，他似乎是在对母亲说，其间又夹杂了祖父的唠叨，祖父和母亲的话却可以听清。他们通常要对她进行严厉的批评。马丽亚已经习惯了这些批评，她不习惯的是隐藏在背后的父亲的模糊的声音。这时她往往会想，凭什么自己要认为自己是这样一名男子的女儿呢？她也曾对她和乔的关系感到欣慰：她一下就看中了乔，却原来是因为自己有那样一位父亲。世界的结构真是奇妙啊。

马丽亚从镜中看见自己灰白的头发时就想到了自己的老年。她的老年生活竟会如此的活跃，是她从未料到的。多年以前，她已打算好在这古老的宅基地上度过安静的晚年。

"马丽亚啊马丽亚，"她对自己说，"其实啊，你不是父亲的女儿，也不是任何人的女儿，你是这个小镇的女儿。现在这个小镇已经消失了，沉到了地下，所以你的思绪也转到了地下，你成了一个出土文物了。"

她想象着自己满身铜绿，坐在玫瑰花丛里晒太阳的样子。也许丹尼尔是看见了她脸上、脖子上的那些铜绿的。丹尼尔是她的儿子，从他在子宫里被孕育的那天起，小镇的阴风就吹拂着他幼小的脸颊。马丽亚记得丹尼尔三岁时发生的一件事。那天一大早儿子躲过她的看管，走到邻家的花园，钻进了狗屋，蹲在里头一动不动。马丽亚当时疯狂极了，抱着失而复得的儿子号啕大哭。马丽亚知道丹尼尔是爱她的，但那种爱过于灰色，甚至苍老，这令她心疼。她拿不准儿子到底爱不爱他的父亲，她觉得他们之间的父子关系是少有的，这从丹尼尔一眼就能从她的挂毯上的旋涡里看出日本少女的和服来这件事中就可见一斑。这世上有些人，并不是通过语言，也不是通过朝夕相处来交流情感的，他们可以在疏远和沉默中达到更深层次的交流。想到这里，马丽亚仿佛看见自己身上的铜绿在闪闪发光。

马丽亚灰色的短发在镜中一根根地竖了起来，表情也紧张了。这是否是某种觉醒？发生在即将进入老年前的这种骚动，最终会不会将她带入永远的沉静？

乔不在的夜晚，马丽亚关掉了这座房子里所有的灯。这样的夜里，就连她的父母和祖父也不说话了。然而她同儿子在客厅里相撞了，她吓出了一身冷汗。

"我听见你叫我，我就回来了。"丹尼尔说。

"我并没有叫你。"

"可能你不知道你叫了我，夜里真美，我们的家就像一棵月桂树。妈妈，你说说看，我应该顺着通往山顶的小路一直往上爬吗？山顶的积雪那么刺眼。"

马丽亚听见儿子的声音在发抖，她想，真是一个激情洋溢的小伙子啊。

"妈妈，我今天帮教堂街那边的越南人收拾了园子。在雨后，地里的蚯蚓成千上万地涌出来，那一家人不动声色地站在门口喝茶。"

"你找到了工作了啊，孩子。"

"越南是在什么地方？我一边锄地一边想这个问题，总想不清。可是刚才，你叫我的时候，我一路走来，一下子就想起了越南。我看见那一家人在黑洞洞的屋子里避雨。小姑娘赤着脚，脚上爬了蚂蟥……他们对这种事不动声色。"

"丹尼尔，你在恋爱吗？"

"我进入了死胡同。我看见蚯蚓就发狂了。"

"丹尼尔，让我来摸摸你的脸。"

马丽亚朝儿子伸出手去，但什么都摸不到。她认识那家越南人，他们开着洗衣连锁店，大人和小孩脸上都有种笃定的表情，那女孩在公立学校上学，走路很小心的样子，同这里的女孩完全不同。

丹尼尔像猫一样悄无声息地从屋里走掉了，马丽亚沉浸在完全的寂静之中。后半夜，她曾被冰雹吵醒。那场冰雹下得很怪，鸡蛋大的雹子纷纷朝她的窗户射进来，落在地上。后来她用脸盆将它们装起来，足有满满一盆。乔的房间里的窗子关得好好的，玻璃也没有被砸坏。马丽亚在乔的床上躺下，盖上被子，耳边尽是狂风的锐叫。她脑子里一幕一幕地掠过她和乔的共同生活，她清晰地看见了日常生活如何转入地下，表面浮浅的交流又如何转化成目前这种神秘的关系。她记得乔在早年开玩笑地对她说过："以你的精力，恨不得把珠宝店搬到你的保险箱里头来。"然而乔也是精力充沛的，这个小个子的男人无意中和她一道共同筑起了抵御日常生活入侵的堡垒。可是在岁月的流逝中，他们的内部生活也渐渐被侵蚀，变得面目全非了。

她躺在乔的床上，这是自他们分房以来他躺了很多个年头的床。偶尔，乔会到她的房里去，但这些年她还从未上过这张床。她睁大眼睛想看见一点什

么，但是徒劳，只有闭上眼睛，才会感到这屋里有些影子。乔身上的气息仍然可以令她兴奋，但那气息里头有种毒药，可以灭掉她身上沸腾的欲望。近些年那有限的几次做爱都是不堪回首的，当她想象自己是一头母狮之际，乔却化为了气体……

只有在此刻，这个冰雹之夜，马丽亚丰满的身体才搂着乔在这张古旧的大床上翻滚。她发出雄狮的吼叫，从遥远的处所传来隐约的应和。这是马丽亚的地狱之夜，身体的煎熬使得灵魂出窍。

第六章 丽莎的秘密

　　来自赌城的丽莎如同夏日的阳光，晒干了文森特的隐秘生活中那一层层的霉菌。双亲丧生于老虎机的她目光炯炯，声音嘹亮，粗硬的红发向四面张扬，就像爆炸的炸弹。她是一名身怀绝技的管理人员，很少有人能具有她头脑中的那种条理与敏锐，她能够像闪电般迅速地作出决定。多年以前，这个赌徒的女儿流浪到这座小城，同文森特一拍即合，两人一道创办了这个服装公司。

　　她在公司业务蓬勃发展之际退出了管理层，因为害怕在商业社会的激流中搏斗，这种搏斗里回响着她那去世的父母的余音。从那天起，她便生活在文森特内心世界那巨大的阴影之中了。还在年轻的时候，丽莎就认为自己是一个粗俗的女孩，她并不想改变这一点。她穿色彩艳俗的衣服，说粗话，偶尔还醉酒。同文森特结合之后，这些方面稍稍有点收敛，但并没有本质上的改变。她知道文森特对她是很欣赏的。

　　他们的家是橘红色的外墙，坐落在小山坡的树林后面，屋前有巨大的花园和草坪，浅蓝色的游泳池像天空下的一块美玉。这座象征财富的住宅是文森特年轻时在冲动之中设计的。房子一共有四层，装饰虽相对俭朴，挂在墙上的那些油画却颇为名贵。然而他们在这里住了一年之后，两个人都变得疏于管理这座房子。为了隐私的缘故他们辞退了几乎所有的仆人，只留下一个厨师。这个身强力壮的厨师还要兼管游泳池和室内的卫生，幸好主人们不把客人领到家里来。花园很快成了荒芜之地，各种鸟儿都喜欢来到疯长的花草树木之间做巢，这又使得他们的住宅平添一种异样的风味。文森特夫妇究竟有些什么样的隐私呢？在丽莎看来，她和文森特两人的所谓"隐私"其实是一个谜，是一种说不明白，却又始终埋藏心底的渴望。他们俩都想培养这种隐私，尤其在业务繁忙，与外界交流频繁的时期。

当他们对彼此的身体已非常熟悉，疯狂做爱的激情早就消退之后，两人便不约而同地开始了那种黑夜中的搜寻活动。那是一个夏天的夜里，丽莎从焦虑的梦中醒来，开开灯，发现才刚刚凌晨一点钟。为了不影响睡在身边的文森特，她连忙又关了灯，赤脚走到门外。台阶上坐着她儿时的玩伴，一个小名叫"哑巴"的侏儒。见到他，丽莎惊喜异常。

"哑巴，你从哪里来？"她抓住他的手，那手掌像锉刀一样粗糙。

"我走的是一条歧路，从这里通到你的家乡，只要半小时。"他似乎开玩笑地说出这些话。这么多年过去了，他依然声音洪亮，胸腔共鸣很好。

"告诉我，我也想回去。"

丽莎明明知道这就像梦话，可她就是愿意说。

"我是从那里走来的。不过你如果要让我从原路走回去又不可能了，一切都时过境迁了。我又得重新找。你也得找，在你的这个家里，有一条路通往赌城，你看不见那条路，因为那条路一到白天就消失了。我的确只用半小时就从那里走来了，这说明了什么呢？说明了有一条路……"他像绕口令似的还要说下去，丽莎打断了他……

哑巴说他只是路过，现在他要走了。他口里咕噜着什么走下台阶，丽莎看见他小小的身体消失在那一丛桃树的黑影里。

不知什么时候文森特也坐在台阶上了。文森特说：

"丽莎，你不去找一找吗？我可要去了。"

他也走下台阶，消失在那些桃树的黑影里。开始丽莎还听见碰响树枝的声音，后来就什么都听不到了。

他到上午才回来。丽莎问他去了什么地方，他说不上来，只说越走越没有把握，只好回家了。

白天里，丽莎在树丛里转来转去的，却什么都没有发现。那段时间是她最为迷惑的时候，因为她发现文森特业务上越忙，夜里越不睡觉了。他总是翻滚一阵就下了床，然后就钻进密不透风的、荒芜了的花园里不出来了。而丽莎自己，则在花园的外围走来走去。直到有一次，她得知丈夫半夜出现在街心花园里，她才生出了疑心。

"我走累了，就去花园里歇歇。"他含糊地又说，"在我看来，她就是你，这种地方啊，无奇不有。"

"你找到新伴侣了啊。"

"胡说，我找的是你。丽莎，要是没有你，我夜里就会睡得像死人。"

他们在葡萄藤下喝酒，两人都喝得醉了过去，倒在地上。

"文森特，文森特，你是从草丛里长出来的吗？"丽莎醉眼蒙眬地问，她看到天上的火球正在往下坠，而自己这条深红色的裙子已经着火了。

"丽莎，我看见你在深渊里放火呢。"文森特四肢摊得很开，绿眼睛失去了光芒，视线固定在某一串葡萄上面，"啊，多么热啊，你的赌城里尽是石头山吗？我知道你是不怕火的，亲爱的……"

丽莎醒酒后，看见文森特躺在小小的水沟里，山泉冲洗着他的短发，全身的衣服都湿透了。她叫了又叫，文森特还是睡得死死的。后来还是厨师出来了，将昏睡不醒的主人扛回了家。

丽莎厌倦了工作回到家中之后，便开始了她的冥想的生活。或者说，将从前的冥想生活继续下去。

丽莎年轻的时候，没有人料到这个双颊绯红、冲劲十足的姑娘还会冥想。她在流浪期间什么工作都干过：保姆、女招待、洗车员、导游、公司秘书、打字员、百货店的会计、仓库的保管、广播员，甚至还做了一段时间的气象员。她多才多艺，无忧无虑，性情随和，看上去是个相貌出色，有点俗气的普通女子。然而她真的有属于自己的冥想，那是每天半夜定时发生的，无人知晓的秘密。

每到午夜过后，万籁俱寂之时，便会有一些怪人聚集在她卧房的墙角那里讨论关于长征的事。她从床上稍稍抬起身子便可以看到那几个黑影，他们谈话的声音也总是传到她的耳朵里。长征是他们的永久性的话题，这项活动里头所包含的焦虑、艰苦、绝望，以及那种挫败感和拼死的反弹，都不是常人所能理解的。在窒息人的沉默之中，丽莎往往会在黑暗中喊话，于是就有细高个的人影蹿过来扼住她的喉咙，使她一动也不能动，并且真切地感到死亡的降临。这样反复几次之后，丽莎就因为害怕而放弃了。她宁愿忍受那种沉默的窒息，那种尚未达到极限的悲哀。那些年头，她辗转了多少地方，但每到一地，夜半时分关于长征的讨论仍然是不变的课题。长征是什么呢？观察着聚集在墙角的那几条影子始终不变的密谋姿态，倾听着那些冗长、焦灼的对话，想象着那无尽头的地狱里的行军。年复一年，丽莎渐渐地明白了，长征不是别的，是一种只同她自己有关的生活，一种她应该极力忘却，但又注定铭刻心底的冥思。有一个悲惨的夜晚，黑影中的一名老妪提到了长征队伍中濒死的伤员。那女孩躺在简易担架上，请求同伴高抬贵手将她扔进河里，血从她口中涌出，鸡爪一样的手在空中乱舞。队伍默不作声地沿着河岸移动，人的面目渐渐地变得无比狰

狩，黑沉沉的天空似乎压到了每个人的背上。忽然，响起了凄厉的哭声，但哭声不是来自队伍里，却是来自空中……老妪说到这里声音就消失了，其他人的窃窃私语却又高涨起来。那天夜里，丽莎的梦里暴雨不断，像鞭子一样抽打着她的脸。奇怪的是，夜里那种腐蚀灵魂的悲哀并没有摧垮她的身体，反而成了她身体里的营养似的，她看起来过分健康了。即使是夜间沼泽地里全军覆灭的悲剧，响彻天空的绝叫，断桥上的恐怖，虎口间的挣扎，都不能使她脸上的红润消退。她想，也许她是两个人的复体，于冥想中受苦的那一个滋润着日常生活中的这一个。

在她做导游的那一次，有一名垂垂老者爱上了她。海轮驶向一个热带的小岛，夜半时分，在甲板上，丽莎向这父亲似的白胡子老头讲了长征的事，她的叙述迷惑急切，她老想抓住一点什么。

"丽莎，"名叫亚辛的中东老头附在她耳边说，"你到我这里来吧，女儿，我就是你长征的目的地。你看那边，有一颗星落下去了，幸福之星啊。"

他的身体散发出硫黄的气味，令丽莎想入非非。

亚辛在黎明前死在甲板上，他那只鹰钩鼻子透露出无限的尊严。旅游团队继续前进，丽莎在船舱里独自进行长征。她已经深深地感到，她和美丽的亚辛是离得多么的遥远。在长征的队伍里，在昏天黑地之中，又有谁看得到自己的目的地呢？于是多年里头第一次，她记起了远去的父母，并惊骇地发现自己同他们有多么的相像。船舱里的讨论进入了高潮，因为长征队伍后面出现了追兵……

遇见文森特之后，那些幽灵就不再出现在丽莎面前了。从第一次见面，她就看见了文森特身后的重影。那重影有时会扩张起来，将他们两个人都笼罩在里头。丽莎当时想过，一个可以将黑夜带在身上走来走去的男子，正是她理想中的男子。他俩长久地讨论过有关长征的事。丽莎问他，从前在她的卧房里，他是不是那些幽灵当中的一个呢？文森特回答说也许是吧，但从前的事他都记不起来了，真遗憾啊。当他们说话的时候，就有阵阵硫黄气味传来，令丽莎战栗不已。文森特不善于讲述，他只是反复地说："啊，丽莎，我的理想！"那句话显得庸俗不堪。丽莎告诉他说，他背后的黑影像一团气势磅礴的乌云，有他在自己身旁，她觉得自己就像活在想象之中。可是这一来，她不是太懒了吗？

在城市里，在人群之中，丽莎总是一眼就看见自己的丈夫。时常，为了立刻跑到他身边，她的高跟鞋都跑断了。

近年来，丽莎惊恐地注意到，文森特身后的阴影越来越暗了，有时他整个人竟会在那里头消失得无影无踪。

"文森特，文森特，你撇下丽莎了吗？"她叨念着这句话。

本来婚后文森特的世界已成了她的世界，他俩在共同的避难所里度过了那么多难忘的日子，可是丽莎忽然又变成了孤零零的一个人。

黑夜成了考验神经的酷刑。尤其是下雨的夜晚。

辞职那天文森特问她回去干什么，她回答说："开始真正的长征。"文森特先是有点小小的吃惊，但马上又释然了，说："你把我们俩的事都解决了。"当天晚上为了庆祝丽莎回归家庭，两人都喝醉了。

然后就是似乎无尽期的等待，幽灵们不再出现在她的房间里了。她尝试过同文森特分房，他们还是不来。后来她又想，分房没必要，因为很可能文森特就是影子中的一个。搜寻活动就是这样开始的。侏儒"哑巴"告诉她，就在她家的地盘上有一条通往赌城的路。丽莎无端地觉得，找到那条路，她就可以进入长征的队伍。但文森特的寻找别具一格，文森特只要钻进那些乱草树丛里，丽莎立刻就找不到他了。丽莎不由得怀疑，也许当初把房建在山坡上，买下这市中心的巨大的花园，是文森特蓄谋已久的？

有时候，丽莎到办公室去，仔细观察丈夫。但她从他的身上一点都看不到夜间活动的痕迹。他夜里究竟去了什么地方呢？她对他说："我们可以一起回老家。"文森特却说："我也在找你啊，我到过长征的营地了，炊烟未熄，大队人马还未离开呢。"

文森特和他的同事们钻进汽车时，丽莎看见他身后的黑影留在车门外，车一开动，那东西浮上车顶，如同一个黑色的热气球。丽莎简直看呆了，而她身边的人脸上什么表情都没有。也许他们也看到了。

没有文森特的夜什么都没有，除了婴儿咿呀学语的声音。也许那是对他俩没有后代的惩罚……他们的二人世界容不下新的生命。丽莎仍旧怀着独自开拓的愿望。有一次她想到，要是沿那条溪水走到头，也许会有些收获，因为近来水沟里出现了一些品种不明的小鱼，像是外界涌进来的一些信息似的。她换上长筒套靴，拿着一支手电筒，沿水沟摸索着向前走。月黑风高，丽莎隐约听到了队伍的号角，闻到了炊烟的辛辣味道，她的血流变得狂野起来。水沟七弯八拐的，她觉得自己已经到了后山，再往前就是大路边了。然而水沟出乎意料地中断了，潺潺的泉水流进一口野井，那口井在离马路不远的处所，根本不像一口井，倒像一个水洼，可以想象那平庸的外表下面一定其深无比。丽莎没有勇气跳下那口井。她虽然会水，一想到无底深渊和上面的狭窄出口，她就恐惧得脑子完全麻木了。再说谁能担保"哑巴"就是走的这条路呢？文森特就更不可能了，不是有人看见他坐在街上的咖啡馆里吗？穿着长筒套靴的她站在路边，浑身汗如雨下。第二夜她又实践了一次。这一次她没走多远水沟就消失了，流水渗入了地底，她感到自己立足的泥土是柔软的，她正在往下沉。她心里一急，就地滚了起来，不顾一切地滚出了那块地方。这时有人在她面前说话，是文森特，他似乎早就来了。

"丽莎，回去吧，这种事不会很快有结果的。家乡在千里之外的烟雾中，哪里一下子找得到呢？"

"可是你，你在找什么呢，文森特？"她心情混乱地问他。

"我并没有找什么，认识你之前我就这样了。我不会老在一个地方。但我们是在一起的，对吗？"

"是啊。"她不得不承认他说得对。他们当然是在一起的，也许永远。

她在黑暗中看见文森特朝她伸出一只手，她用双手握住那只熟悉的手，将自己的脸贴上去。忽然，她发现这是一只断手。

"文森特！！"她凄厉地叫了一声，晕了过去。

地下水漫过她的衣裙，是刚才消失了的山泉。

她湿漉漉地回到家里。司机告诉她说，文森特已经上班去了。司机布克是做兼职的小伙子，他狠狠地看了几眼丽莎近似全裸的身体，看得她脸红起来。

"没见过吗？"她硬着头皮做出挑衅的样子。

"没见过。像您这种。"他悻悻地说。

"哼，到你家乡去找找吧。"

丽莎说出这句话之后，对自己感到不可理喻。为什么要他到"家乡"去找呢？他有家乡吗？看来自己是走火入魔了吧。然而小伙子已经走开了，她听见厨师在屋里恶狠狠地咒骂，不知道是骂她还是骂司机。

她换好衣服下楼去吃早饭。

"你刚才骂谁？"

"我不知道，"厨师阿炳说，"我就想骂人，这屋里火药味很重。"

"是硫黄味。"

"您和文森特先生之间在进行战争。我说得对吗？"

"不对。应该说我和他在共同作战。你怎么把基本的事弄错了呢？"

"我看是差不多的一回事。早上他吃饭时手上流着血。"

丽莎用手掩住口里发出的惊叫。阿炳做出若无其事的样子走开了。

后来就发生了文森特睡在草地上撒野的事。她仔细看过了他的手腕，那多毛的手腕上并没有什么疤痕。当时文森特用色眯眯的眼睛看着她，含糊不清地问："你是谁？摩洛哥人吗？"丽莎冲着他的耳朵大喊："我来自赌城！！"他翻了个身，一边脸贴着乱草，语言清晰地说："我要一个有阿拉伯和日本血统的女人，不然你就会看不见我了。"他说完这句话就打鼾了。

丽莎去找乔的妻子马丽亚谈论这事。她自己也不明白为什么要去找人谈论，可是既然同人谈，就非找马丽亚不可。她到过马丽亚家里，她在暗地里将她的家称作"乐园"。当时一迈进篱笆中间的那张木门，她就一阵头晕，明显地感到屋内有一个强力磁场。那天下午，在马丽亚家那块玫瑰花丛中喝咖啡，丽莎向这个胸有成竹的女人谈到了自己那混乱的生活。谈话之间，丽莎感到那些玫瑰香得有些怪异，就问马丽亚这是什么地方来的品种。马丽亚回答说来自北方的一个牧场，还说那里的花卉都是在半空中培育的。

"我坐在家中，随时可以观看山顶的积雪。"马丽亚笑眯眯地说。

两只猫从矮桌下蹿过，丽莎的全身一阵发麻。

"你的猫……马丽亚？"她说。

但是马丽亚的侧影变得模糊了，再过一会儿，丽莎就只能听到她的声音了。

"我们的长征，需要一种消耗不完的动力。"丽莎绝望地冲着那个方向说，"要不然，在那条阴沉的大河上，铁索会轰然断裂，全军覆灭成为命中注定。"

　　马丽亚在笑，笑得很做作。丽莎看见她的头部和身躯完全分离开来，顿时感到毛骨悚然。

　　丽莎一直走到木门那里，还听到马丽亚追赶着她不停地说话。

　　那一次见面给丽莎留下磨灭不掉的印象，从此她就将马丽亚视为同类。她经常看见马丽亚的丈夫，那个矮小沉默的男人，她对这位名叫乔的男人的印象很难说清。今天是她这个月第二次来这里了，这一阵她一直没有来，是因为有点害怕。

　　"你好，丽莎！"

　　马丽亚伸出结实灵活的手同她握了握，她那厚重的灰色头发简单地挽在脑后，全身透出压抑着的活力。她说她正在编织。

　　"果然惊人！"丽莎翻看着堆在那里的"作品"说，"也许你在给我指路，我看着你的这些深而又深的旋涡，心里头如明镜一般……"

　　突然她的声音中止了，因为她看到了一幅极为熟悉的画面，这幅画面她在很久以前，当她还是一个小女孩的时候见过，在后来的日子里，她又曾不时地与它重逢。她清楚地记得，在长征的夜晚，这幅画面曾反复地出现在黑暗之中。马丽亚织的是一只蝎子，藏在很深的草丛里的、若隐若现的大家伙。这只蝎子是红的，马丽亚用来织它的羊毛被染成火焰的色彩。

　　"我看不清……"丽莎指着画面有些结巴地说。

　　"啊，那个图案！没什么，那是乔。"

　　"乔？明明是只蝎子！"

"是啊，不过是从乔的故事里走出来的，乔的故事就是乔本人……嘿，我可说不明白了。你难道见过火红的蝎子吗？我一般喜欢织那些没见过的东西，比如乔。"

丽莎相信她的话，因为她绝不是个矫情的女人。她问马丽亚知不知道乔在北方有个神秘的客户。

"知道。但为什么是神秘的呢？"马丽亚有点惊慌。

"因为那个人不存在。他每年为他的牧场工人到我们公司定制服装，我们的人出差到他的所在地时，发现那里是一个废弃的采石场。他的服装他都付了款，但到现在还堆在仓库里。"

马丽亚的脸上浮出微笑。

"啊，你说的是这个。这种人啊，居无定所，不要太同他较真。反正公司没有吃亏，对吗？"

"这倒也是。我真想亲眼见见这个人。只有你丈夫见得到他。"

丽莎注视着这个将丈夫织成草丛里的蝎子的女人，突然，她感到自己的脑海里意外地出现了某些通道。也许她的夜里的长征应该转换一下方向；也许她应该从向外扩张改为一动不动？

当她跟随马丽亚走进客厅时，她透过落地窗看见一个极瘦的男孩在院子里挥动锄头，男孩的面相似乎有点熟。

"那是我儿子丹尼尔。"

"啊！"

那一天，她同马丽亚坐在厨房里，她一直在诉说关于文森特的事，外面下着雨，淅淅沥沥的，丹尼尔不时蹿进蹿出，身上湿透了，目光像个逃犯。丽莎注意到男孩走路没有声音。丽莎问马丽亚，"古丽"服装公司对于文森特意味着什么呢？这个庞大的机器日夜运转，却似乎同他是分离的，他的世界在另一边，在黑夜的花园里的树丛里，在阴森森的夜半的街心花园里。

"'古丽'服装公司，"马丽亚点燃一根纸烟慢吞吞地说，"对于文森特这样的人来说，是一切。也许他觉得自己的一生已经过完了。"

"多么奇怪啊！"丽莎叹道。"你们家里一点都不安静。"她又说。

对于丽莎来说，马丽亚的家里是一个令人紧张的地方。周围老有各式各样的声音在说话，所有的东西都带电，外加一个目光凶狠的儿子。还有她那些含义诡秘的挂毯。然而这个女人却是丽莎认为可以信任的人。是不是文森特和他们的公司搜罗了同一类型的人呢？按照马丽亚的说法，文森特的一生已经过完了，那么，他要开始那种荒谬绝伦的生活，一种完全没有现实感的生活吗？那为什么又说，"古丽"对于他来说是一切呢？他要将这个轰轰烈烈的、人世间的企业变成幽灵的古堡？丽莎想起了橡胶园里黑衣的东方女人，全身立刻起了鸡皮疙瘩。

"'古丽'的事业正在向北方扩张，先后收到三批订单，都是些古怪的客户，很难同他们联系上，乔这段日子要把时间全花费在旅途上了。"

马丽亚说话的神情十分镇定，一点都不大惊小怪。丽莎想，马丽亚的一生也早就过完了，她现在看上去就像女神。

"在文森特的生活里有一位东方女人，也许是日本人。"丽莎说。

"她住在十三街的二号楼里。"

"原来你知道。"

"不，我不知道。我只是偶然路过那里，见到蒙黑面纱的女人从楼里出来。"

"我属于文森特过完了的那种生活吗？"

"刚好相反，我感到你属于他的未来。这意味着你们俩会要彼此隔绝，就像我和乔一样。其实啊，文森特也在到处找你呢。"

从马丽亚家中出来，丽莎似乎决定了好多事，又似乎什么也没决定。虽然感到脚步轻浮，她却觉得自己每一步都落在一条无形的轨道上面。

那天夜里，当丽莎同久违的长征的队伍再次会合，当他们像盲人一样在大雾迷漫的沼泽地里辗转之时，她感到通道开始出现在她那乱糟糟的大脑里头。多年前那些来到她房间里的幽灵不再出现了，她的耳边也不再有谈话的声音。她迈出房门，顺畅地穿过乱糟糟的花园，直接走进队伍之中。

"丽莎，丽莎，文森特等你好久了。"他们齐声说道，"你们到那边的草丛中做爱去吧，有斑马在那里为你俩守卫。"

但丽莎却来到了铁索桥上。下面是惊涛骇浪，她的赤脚踩在晃晃荡荡的铁索上，她不能停，因为后面的人在催促她。她的脚下一次又一次地踩滑，但总掉不下去。她听见自己在高呼救命，她的声音被浪涛的喧嚣所淹没。后面的人在唱一首奇怪的歌：

"长征啊，长征。"

丽莎终于完全失去控制了，她的两只麻木的手松开了铁链，她闭上了眼睛。然而她仍在随队伍穿越两个山头之间的铁索桥，有人在抬着她走。现在她是想看也看不见了，大雾把一切都遮蔽了。

"啊，你回来了。"文森特说。他坐在茅草盖顶的小亭子里抽烟斗。

"我到处找你来着，你看，这是我的伞。雨下得那么大，你是怎么走回来的呢？"

丽莎站在缭绕的香烟之中，文森特那猿人一样的长长的双臂搂着她。恍惚之中，她仍然感到自己在长征。似乎是，她同文森特正在营地为大家烧饭。那些柴草湿漉漉的，呛得两人不住地咳嗽，丽莎站起身到灶屋外面去喘一口气。在蒙蒙细雨的草原上，在那些席地而坐东倒西歪的人当中，她居然看到穿黑裙子的女人在其间穿梭。那种高个头和有点僵硬的姿态，她一眼就认出来了。

"她，她！！"丽莎语无伦次地喊道。

"不要紧，不要紧，队伍马上就要开拔了。"文森特抓住她的双手，将嘴唇贴到她的耳朵上，似乎在向她作保证。

她看不清文森特的脸，但她还是冲着他说：

"我并不想回去。让我们俩走得更远些。"

"我们已经离开家越来越远了。"文森特说这句话时，丽莎完全看不见他了。

接下去她就听到马丽亚在身后说话。她回到了自己家里，她听见司机和厨师一块在餐厅里咒骂。从落地窗向外看去，可以看见那个小亭子，那里烟雾缭绕，却看不见文森特。文森特还在不在亭子里面呢？

"暗无天日的生活啊！"厨师阿炳提高了嗓门叹道。

"阿炳阿炳，多么凑巧，我的熟人大都是同一名厨师生活在一起。"丽莎站在餐厅门口对阿炳说，"想想看，厨师这个称号有多么吸引人！"

但阿炳此刻情绪极坏，他恶狠狠地说：

"我们这样的人，生不如死！"

阿炳说话时，司机布克就显出一脸的愁苦。他们俩显然是想使丽莎难堪，为了什么目的呢？丽莎回忆起司机布克在农场时放荡的生活，她觉得这个小伙子也是一个谜。比如此刻，他居然不知从哪里弄来一身军服穿在身上，但这身军服又同他本身懒洋洋的派头极不协调。丽莎认为他是在扮演小丑，心里对他很憎恶。她这样的人，不会轻易难堪，所以她就在餐桌边坐下来，倒要看看这两个家伙搞什么名堂。

她一坐下来就感到疲倦极了，不由自主地伏在餐桌上就要睡。可是这个时候，她听到布克在大声谈论关于长征的事。丽莎很想插话，可她的眼皮就是撑不开。

"陷入沼泽之时最好不要挣扎，不然啊，什么都完了。"

她不知道自己睡了多久，也许是很长的时间，她醒来时，听见身边的两个人还是在谈论长征。他们说的那种情景全是她熟悉的。

"布克，你是在夜里进行长征吗？"她问。

"不，我是在白天长征。"他傲慢地回答，似乎因为这事有了身份似的。

他因为懒，已经仰身躺到一张扶手椅里头去了，他的腿架在扶手上头。丽莎实在无法将他同战火硝烟中的行军联系到一块。可他是如何得到关于那件事的信息的呢？她心里有很多疑问。

"阿炳，我看见你整天待在家里，你也长征吗？"

"是啊，丽莎。"他说话时仍然是那副愁苦的样子，说完又咒骂了几句。

丽莎想，莫非每个人都在长征？要是从她所见到的浩大的队伍来判断，这也是理所当然的事啊。刹那间，她的脑海里涌出世界性的大行军的宏伟场面，那场面如闪电一样晃动了一下，马上又消失了。

阿炳隔着桌子对布克说：

"我的家里有妻子，有小孩，我多年没见过他们了。我爬啊爬的，到底翻过了多少座山呢？你想，你的妻子牵着你的女儿，手搭凉棚站在屋檐下，她的目光总想穿透前方那厚厚的烟雾。我呢，我正跋涉在沼泽地里，队伍中盛传着大灾难的谣言。有一种剧毒的小蛇，如果谁的鞋子破了就会受到追击。"

他竟然用宽大的手掌蒙住脸，不害臊地哭了起来。他那猛烈的号哭像是要赶走丽莎，透出强烈的示威的意味。布克也从椅子里头站起了身，愤怒地看着他的女主人。

丽莎离开餐厅，往楼上卧室里去了。她关上卧室的门，还听得到那两个男人在楼下的声音，那声音恶狠狠的，像两匹凶残的狼。她回转身来，看见文森特躺在床上，手里还是拿着那只烟斗。

"你和他们之间有约定吗？"

"算是有吧。在黑暗里头，我必须听他们的指挥。"文森特的声音有点沙哑，"他们俩都很有力量，你在农场里就见识过布克的本领了吧？"

文森特放下烟斗，轻声说："上我这儿来吧。"

他们尝试了一种新的姿势。丽莎问文森特是从哪里学来的，文森特说是从动物群里头学的，昨天夜里，他只身闯入了原始大森林。丽莎说，她刚才的感觉就同猫类差不多，没有明显的高潮，但完全是身不由己，莫非这就是老虎的性交？文森特没有回答，却说道：

"你听，楼下的小伙子们完全安静了。"

多年以前，在那个贫民窟的咖啡小店里，丽莎盯着文森特身后那浓黑的阴影，在心里轻声地反复念叨："文森特、文森特，我爱你。"店主走过来，神情古怪地问丽莎道：

"这位先生是生活在森林中的吗？"

"我正在慢慢地变为一只老虎。"文森特替她回答。

在文森特送她回公寓的路上，她不同他并排走，而是落后一点，踩在他身后的黑影上头。当时她打定主意了：不回公寓，去文森特的旅馆……

现在他们并排躺在床上，文森特记起了这事。丽莎问他是不是真的变成了老虎，文森特说是的，还说他确实有了生活在森林里的感觉。他向丽莎谈起里根农场里的事。随着他的叙述，丽莎眼前出现的却不是橡胶园，而是无边无际的沙漠，那些沙被风刮得遮天蔽日。不知怎么的，丽莎觉得这片沙漠给她的感觉就是橡胶园的感觉，她又有了那种在烈日下全身着火般的激动。令人窒息的灰沙令她无法靠近，文森特又将那只断手递给了她。

她努力要看清手掌上的纹路，但是不行，血已经滴下来了，弄得到处都是黏乎乎的。她必须洗澡……

马丽亚对丽莎说：

"你是文森特的未来。在夜里消失的不是他，却是你。你是天籁之声，通行无阻。"

马丽亚说这话的时候，那只非洲猫正在警惕地瞪着丽莎，丽莎看见它那条尾巴在放电。阳光下，玫瑰丛发出"噼噼啪啪"的响声，分明在燃烧，只是看不见火焰。丽莎暗想，马丽亚把她的家变成了橡胶园，这个女人的能量该有多么大啊。她的未来是什么呢？她张了张口，想问她却问不出口。

"我的未来，当然是乔。"她微笑着说，"有那么一天，他会只身去东方的某个国家旅行，永远在那里定居。"

"那么'东方'就是你？"丽莎迷惑地问。

"啊，这是难以回答的问题！"

马丽亚走进放织机的房间，丽莎坐在她的旁边。丽莎听见织机在不停地重复着一个字："乔，乔，乔……"她那灵活的手下织出的是一幅变幻的图案，说不出形状，可以说是旋涡，也可以说是雪山，甚至可以说是无边的广场。

"乔说他是去北方出差，我怎么能相信他呢？"她停了下来。

"是啊，谁又能相信自己的心呢？"丽莎附和她说。

丽莎看着美丽的羊毛，心中便浮出赌城清晨的红日，那是冲破筋疲力尽的长夜挣扎出来的一颗发芽的种子。红日之下，是那些露珠似的人影。她的父母曾是那些露珠中的两颗。她坐不住了，站起身来告辞。这时马丽亚急切地拖住她，努着嘴向她示意，但她一点都不明白。她自己也不知怎么了，一下子挣脱马丽亚向门口跑去。她赫然看见瘦长的丹尼尔在玫瑰花丛里同一位小个子女郎做爱。

她跑出大门，又跑了好远，就仿佛犯了罪似的。

"多么美丽的一天啊！"她对自己说。

第七章　小伙子丹尼尔

"你一直以为我们是越南人，其实啊，我们来自古老的Z国，我们那里的宫殿是红墙绿瓦，花园里到处跑着白色的兔子。也许有一个穿宝蓝色缎子长衫的皇帝，但谁也没见过。我的家，离京城大概有几千里路远吧，这事说不准，因为我们那里没人去过京城。"

女孩用骄傲的口气对丹尼尔讲出这些话。她说她的名字叫"阿梅"，还说Z国的女孩子都叫阿梅，这倒挺方便的，一听就知道是哪里来的。

阿梅赤裸裸地站在花丛里，光滑的身体在阳光下闪闪发亮，只有两腿间的三角区黑黝黝的。她贪婪地伸了伸细长的双臂，像要飞起来似的。

"阿梅！阿梅！"丹尼尔慌乱地穿好衣服，拽住她的一只胳膊。

他弯腰拾起她的裙子送给她，但被她打落在地。

她双手叉腰，眯缝着眼站在那里看天。丹尼尔却感到她正像氢气球一样在往上升腾。于是他用双臂搂住她的身体。

"我看见骆驼的背上载着我们的村庄呢，骆驼走到哪里，我们就在哪里落地生根。丹尼尔，你从来没有骑过骆驼吗？"

"没有。亲爱的，我爱你。"丹尼尔吻着女孩的后颈窝喃喃地说。

"我也爱你，丹尼尔。可是我快要飞走了。你们的国家里没有骆驼，不能从高处看风景，我不能待在这里不动啊。你看，你母亲过来了。"

丹尼尔放开她，转过身去朝家里看，他果然看见马丽亚正在走下台阶。当他再转过身来时，阿梅已经不见了。水晶一般的天空里有一道白线。丹尼尔懊恼不已。他盯着地下想道：她的衣服到哪里去了呢？

马丽亚没有朝他走过来，她又回到屋里去了，她在工作。丹尼尔不愿让母亲看见自己这副样子，就悄悄地溜出了院子。

丹尼尔回到了俄罗斯女人热尼娅家里。热尼娅是马丽亚的朋友，身体肥胖、心肠火热的寡妇，她让丹尼尔住在她家二楼的一间窗子朝海的小房间里。热尼娅靠卖水果为生，她的家就是她的铺面。丹尼尔也帮她做生意，他自己的事业就是从热尼娅的老顾客当中开始的，因为住在这里的人家每家都有自己的花园，都需要打理。热尼娅自称四十岁，可是丹尼尔认为她至少有五十三岁了。

热尼娅坐在水果筐的阴影里，她正在沉思。

"热尼娅，你有未婚夫吗？"丹尼尔问她。

"啊，有的，他在西伯利亚，我们有二十年没见面了。他那里连电话都没有，我们通过这些来来往往的商业团体传递信息。你这个小家伙，问这干吗？"

"你们之间如何解决性的问题呢？"丹尼尔说话时红了脸，幸亏屋里光线暗，而且热尼娅也没有抬头看他。

"这就是我们之间的秘密了，不能告诉别人的。"

"你们还打算结婚吗？"

"当然！要不我干吗这么辛苦地做生意啊。他一次也没来看我，我也一次都没回去过，你瞧我们有多么辛苦！"

"你打算赚了钱再去西伯利亚吗？"

"这是不可能的！"她吃惊地站起身看着丹尼尔，"你怎么说起钱来！这种小本生意不可能赚钱的，他很清楚这一点……"

丹尼尔苦恼地低下了头，他感到生活实在是一个不解之谜。热尼娅就如一个烘面包的炉子，浑身热烘烘的，她的日子有多么难过啊！然而，就算是像他和阿梅这样离得很近，天天见面，本质上又有什么区别呢？像他爹爹那么能干的天才……他想到这里想不下去了，因为他太崇拜他爹爹了。现在丹尼尔已经有了五个顾客，他打算发展到十个，这样他就忙不过来了。他喜欢在园子里干活，他知道每一家的园子都有各自的秘密，如果你不去那里干活，你就永远不会知道那里的秘密。这种事，是丹尼尔从小观察到的，所以到头来，他才会选择了园丁的职业。在他自己家里，只有爹爹不清楚这些秘密，他的心思在别处。

今天丹尼尔在卖水果的时候又发展了一个顾客。这是一位残疾人，长着一张英俊的脸，脸上有金色的胡须。他就住在这条街的中段的一所白房子里，家里很富裕。他的轮椅停在铺子门口，但他并不买水果，只是在那里看，又像是等丹尼尔来同他说话。丹尼尔走过来，他们很快就交谈起来了。

这位名叫尼克的青年内心似乎很暴烈，他说话颠三倒四的，一只手挥来挥去，像是在同谁辩论。丹尼尔费了好大的劲才弄明白，原来尼克有失眠症，通夜通夜地待在自家的花园里。但是他家花园的那种格局令他发疯，他下决心要请人去打乱那种格局。长久以来，他就梦想有一块荒芜之地，一轮明月从那里冉冉上升。他盼望丹尼尔能帮他实现梦想。

丹尼尔印象中的尼克的家就是从街上可以看到的那栋白房子，这栋四层楼的房子很长，差不多占了四分之一的街区。由于铁栏杆后面的白色建筑离街道很近，又很庞大，所以丹尼尔从未想到房子后面还会有花园。关于这个花园，他倒是听马丽亚谈到过，但从未能亲眼目睹。马丽亚曾告诉过他，尼克一家是这一带的老住户，家业很大，根基很深。但他们家从20世纪中叶就开始败落，不知怎么的，家庭成员也走散了，现在家中只剩下了残疾的尼克、一位老祖父、一位厨师和一位眼睛有毛病的老仆人。这栋房子有一百多个房间，从东头走到西头都要走好久。有一次，一名市政人口调查员去他们家，小伙子在那栋房子里钻来钻去的，他肯定地说，自己将所有的房间都看过了，就是没见这家人，他们到底住在哪里？

丹尼尔跟随尼克穿过他家的住房，来到了巨大的、烟色的透明帐篷里。他生平从未见过这么大的帐篷，里头像一个小广场，并且制作帐篷的料子也是他没见过的，既不是布也不是塑料，而是有点像动物身上的某种透明的膜，可他又想不起哪种动物有这样的膜。帐篷的中央有一个橘红色的热气球，走近一看，气球下的篮子里头放了几钵奄奄一息的兰花。

"这就是我家的花园。"尼克一说话，四周就响起"嗡嗡"的共鸣的声音。

丹尼尔回头一望，发现尼克的轮椅已经浮在了空中，而轮椅里头的他显得垂头丧气，那张英俊的脸有些发灰，嘴角难看地垂着，好像要发病了一样。

"尼克！！"丹尼尔焦急地叫出声，很快又被自己弄出的噪音吓坏了。周围好像打碎了玻璃窗似的响个不停，热气球也开始缓缓移动。

丹尼尔想要从这个令人不安的地方退出去，可是在他们进来的入口处，他看到了一名凶神恶煞的壮年男子站在那里，手执一把大砍刀。

"我应该在哪里干活啊？"他鼓足了勇气又问，顿时感到自己的耳膜痛得像被刺破了一般。

尼克的轮椅在帐篷里离地绕行，越升越高，他的声音从上面传下来：

"就从你脚下的泥地开始，那里长满了胡杨。"

丹尼尔爬进热气球，气球就腾空了，不一会儿，就从帐篷的一个缺口闯了出来。但这个气球并不升得很高，总在离地五六米的空中游走，并且绝不离开尼克的府上。丹尼尔看到巨大的帐篷如青蛙的肚皮那样一鼓一瘪的，也听到尼克在里头叫个不停。蓝天下面，尼克家的这种状况实在有些离奇。丹尼尔一贯认为自己家里是最奇怪的，没有料到这种情况，他忘了他来的初衷了。

在丹尼尔所在的热气球下面的吊篮内的隔板底下，忽然有人说起话来。他伏在那条缝那里往下面一瞧，看见吊篮下面那一层里头坐了两个人，是两个很老的男人，脸上的皱纹像岩缝一样。其中一个睡着了，另一个则在想心事。

"喂喂，"丹尼尔敲着隔板说，"你们是这家的主人吗？能告诉我你们的花园在哪里吗？我要干活！我不能整天在半空飞来飞去的吧？"

尽管他说了这么一大串，醒着的老头只是警惕地看着他，还有点畏缩的样子。他似乎想让自己的身体尽量缩小。

"请问您，是主人吗？"丹尼尔大吼一声。

老头抖抖嗦嗦地站了起来，费力地吐出这些词：

"不要喊……危险……悬崖……"

吊篮猛烈地撞在什么东西上头，丹尼尔两眼发黑。他爬起来，坐进那把木椅子里头。热气球还在这一家的上空盘旋。丹尼尔忽然明白了，这一家人大部分时间都待在这个吊篮里头，所以市政厅的调查人员才会找不到他们。

那么尼克又为什么要雇他来整理花园呢？到现在为止他连花园的影子也没见着。他们府上，除了那栋大房子外就是后面这个巨大的帐篷，帐篷外面则是这片空地。也许那个帐篷真是尼克家的花园，那里面有他丹尼尔所看不见的东西，他看不见，是因为他没有尼克那么敏锐。丹尼尔眼前出现了夜半时分尼克的轮椅在帐篷里飞翔的画面。这就是他所说的焦虑的失眠者吧。这时他发现了一个奇迹：那几钵兰花居然生气勃勃地开放了。他数了数，一共有十二朵，还有几朵含苞欲放的。看着它们，丹尼尔不由得想道：尼克是不是打算要自己在半空培养花草呢？丹尼尔并不喜欢这种悬在半空的感觉，他也想不出自己在这样的环境里如何开展工作——连坐都坐不稳。那么隔板下面的两位老人，难道他们认为热气球上比屋子里更安全吗？

有人在下面喊叫，是尼克到空地上来了，他挥舞着双臂要丹尼尔下来。

"跳下来，快跳！气球要炸了！！"他一脸苍白。

丹尼尔脑子里"嗡"的一声，他爬到吊篮边，闭上眼往下一栽。

还好，他落在泥土上，并没受伤，这空地上的土都很软和。

"啊，你压坏了一大片紫罗兰！"尼克说。

丹尼尔发现尼克脸上有一道刀伤，正在流血，就忍不住叫了起来。

"没关系，"尼克说，"我刚才同厨师搏斗时弄的。这种事免不了。我要你下来，是因为热气球不能负荷太重。但又不是想要它降下来就降下来的，所以啊，你只好往下跳了。我也是一样，进帐篷容易出帐篷难，我必须同厨师打架，你看，我的轮椅都被他砍坏了。你也许感到奇怪：我为什么要将花园设在帐篷里头呢？其实啊，我是为了治疗失眠症！我推着轮椅在半空游来游去的，大脑神经就得到了休息，漫漫长夜就过去了。有些树长得太高，老挡住我的路，不过也好，每遇到一个障碍，我就变得更灵活。可是我对下面园子里的花草不满意，总是这些相同的种类，一目了然。我要变化，你会帮助我，对吗？丹尼尔，我告诉你啊，刚才在花园里的时候，我以为我再也不会醒来了呢！那样也就不会有失眠了。可我又不甘心，我就叫起来了。"

丹尼尔看见尼克说话的时候死死地盯着一个地方，于是他也朝那个地方望过去。他看见的东西差点令他吐了出来。是那名厨师站在帐篷那里。厨师已经

将自己的肚子剖开了，正在往外掏肠子。

"你不要怕。"尼克将轮椅推得靠近他，轻轻地说，"我们可以趁这个空子钻进花园里去看看。"

"我要回去了。"丹尼尔虚弱地说。

"那么，再见，谢谢你帮我整理花园。"

丹尼尔昏头昏脑地穿过那栋鸦雀无声的白色大楼，他撞上了两个穿制服的人。那两个人捉住他的肩膀，狠狠地摇晃他，边摇晃边说："醒醒，你醒醒！"丹尼尔说自己本来就醒着，他们却不信，说到这里面来的人不可能醒着。他们问丹尼尔这家人躲在什么地方，丹尼尔说也许在地下室。那两个人就扔下他，往地下室跑去。

出了大门，尼克又追上了他，尼克要他保证，绝不将他爷爷躲藏的地方讲出去，还说一讲出去就等于要了他们的命。"那里头是人间乐园。"他解释说。

丹尼尔饥肠辘辘地回到热尼娅那里。热尼娅给他吃一大盆红菜汤，还有小牛肉。丹尼尔吃得头上直冒汗，心里头也舒畅了好多。

"尼克是个杀人犯。"热尼娅说，"他绑架了他的祖父，还有管家，将他们扔进一口枯井，每天扔些食物下去。他良心不安才失眠的。"

"你怎么会知道？"

"世上还有我不知道的事吗？不过这个尼克，他并不坏，他这样做反而拯救了他祖父的灵魂。那两位老人再也不打算从枯井里头出来了。"

丹尼尔帮热尼娅将水果筐从车上卸下来时，看见他爹爹摇摇晃晃地走过来了。爹爹提着皮箱，好像喝醉了一样，丹尼尔以前没见过他这种样子。他记得妈妈说他出差去了，怎么还在这里游荡呢？他担心爹爹认出自己，连忙转背往屋里走。进了屋，站在朝街的窗口朝外看，看见爹爹将皮箱放在地上，正坐在箱子上头读书。

热尼娅悄悄地进来了，她想同丹尼尔谈他爹爹。

"你们全家都很有意思，很不可捉摸。所以啊，你母亲一提出想让你住到我家，我马上就同意了。我最喜欢同你们这种轻飘飘的人家打交道。"

她那沉重的身躯像岩石一样压在沙发上头，将沙发都压得变了形。

"你母亲是多么轻灵啊，她真幸福！你问起过我的未婚夫，你看我这么胖这么重，我怎么能去见他呢？如果像你的父母那样，随时可以隐身，我早就回到他的身边了。你看，你爹爹并没坐在箱子上头，他是腾空的，他多么专注啊！"

"我爹爹，他正在读一本东方的侦探小说。"丹尼尔喃喃地说。

"当然啦，他是个了不起的人。"

丹尼尔发现爹爹头发凌乱，衣裳也有些不整。最奇怪的是，他脚上穿了一双很花哨的皮鞋，那种尖头带花纹的。这个人究竟是不是他爹爹呢？

"我最喜欢那种轻飘飘的男人了。"热尼娅眼里忽然闪出淫荡的光。

她的话音一落，丹尼尔转过脸去看爹爹，爹爹就不见了。

"他总不待在一个地方。"热尼娅赞赏地说，"没人能够确定他在哪里。"

接下来的整个下午，热尼娅被可怕的苦恼折磨着。她说自己患了"巨人症"，说自己这一身肉还在疯长，弄得她活不成了。"丹尼尔，丹尼尔，我快死了！"她拍打着沙发嚷嚷道。她绝望得生意也不做了，害得丹尼尔跑进跑出，又要卖水果，又要安慰她。

天黑的时候她才平静下来，直愣愣地看着丹尼尔的眼睛问道：

"丹尼尔，你说老实话，我是不是一点希望也没有？"

"怎么会呢？热尼娅，你是一个漂亮的女人，你有点胖，不过这丝毫也不影响你的魅力。你是那种——让我想一想，对了，你是那种可以同时生活在两处的人，像我的父母一样。"丹尼尔觉得自己说了句聪明的话。

"真的吗？真的吗？"热尼娅高兴起来了，"你是个好小伙子！哈，我一定要让你见见我的未婚夫，说不定哪一天他就跟着商务考察团来了！我现在有一个计划，我打算让我对自己的身体的感觉消失，你看我做得到吗？"

"你一定做得到。"丹尼尔认真地说。

然而那天夜里丹尼尔坐在窗前看到了一件古怪的事。他的卧室在二楼，他朝下看去，看见路灯下有一男一女在接吻。开始他没注意，后来他觉得那男的眼熟，又发现他原来是坐在轮椅上头的。这个人只能是尼克，尼克穿着白色的运动衫，显得青春焕发，上身的肌肉十分发达。女人转过身来，庞大的身躯被路灯照亮，竟然是热尼娅。丹尼尔为她高兴，因为她又有了新欢。本来，丹尼尔一想到她那个古怪的、也许根本就不存在的未婚夫就感到别扭，他认为那个人不过就是靠几丝信息维持的幻影，虽然有意思，热尼娅却犯不着为他放弃所有的生活乐趣。但是热尼娅在楼下的表现却令他不解，丹尼尔看见她坐到石阶上痛哭起来。她一哭，尼克就如逃避瘟疫一般地摇着轮椅跑掉了。

丹尼尔跑下楼，来到热尼娅身边。

"丹尼尔，我活不成了！"

"怎么回事？"

"你刚才一定看到了我的尊容，我不是很像一头猪吗？我那么胖！！"

"我从楼上往下看，我看见的是一位美女和一位王子在接吻。"丹尼尔一边抚摸着她那肉乎乎的后背一边向她保证。

"我想死！！"她大声说。

"再等一等，热尼娅，等一等你就改变主意了。"丹尼尔也提高了嗓音，"如果你看见他在帐篷里飞的样子，你会更爱他！"

"他是半截身子的魔鬼。"

热尼娅站起来，费力地移动身躯往屋里走去，两人都进了屋，然后关上店门。丹尼尔闻见浓烈的烂水果的味道，这股味道比任何时候都浓，令人窒息。热尼娅没有回卧室里去，她呆呆地坐在水果筐上头，丹尼尔觉得她是在回忆什么事。丹尼尔受不了那股味道，就上楼去了。

热尼娅整夜都坐在那里，隔一阵她又哭一阵。丹尼尔睡在卧室里，老是听到她又哭又诉的，中间似乎还夹杂了尼克的说话声。丹尼尔认为并不是尼克来到了店里，而是热尼娅在模仿尼克的声音说话，她这样做说明她的确很爱他。但尼克为什么要跑掉呢？

"尼克来了吗？"早上丹尼尔问眼睛红红的热尼娅。

"没有。你都听到了吧，那是他在我身体里头说话。"

那一筐苹果全被她压坏了，汁液流得到处都是，热尼娅实在是太重了。丹尼尔想，她是真的打算去死吗？她对自己的身体厌恶到了这样的程度，恨不能立刻消灭掉，这样一个人还会爱上别人？她的爱是真实的吗？丹尼尔忽然明白了：热尼娅根本不会去死，她从遥远的西伯利亚来到此地，差不多在这里扎下了根，她才不会寻死呢，她会一直这样活下去。在这间散发出烂水果味的黑黑的储藏室里，她发出那种绝望的呻吟，没人想得出她的爱有多么深。她的爱人也许是西伯利亚的蓄胡子的男人，那个有着贼一样的目光的人；也许是这个没有腿，却可以在空中飞的尼克。到底是谁并不很要紧，要紧的是从这种绝望的

肉身里头向外伸出触角⋯⋯

丹尼尔抬起头来，看到阿梅立在门口。

"阿梅，阿梅！"他慌慌张张地叫道。

"你这里像天堂一样。丹尼尔。"阿梅妩媚地一笑。

她看见了热尼娅，她的眼睛立刻变得炯炯发光。她羞怯地走到热尼娅面前喃喃地说："我同丹尼尔一块来了，阿姨。"她的声音带哭腔。

热尼娅看了她一眼，脸上毫无表情。

阿梅更羞愧了，她低着头，红着脸退了出去。

一夜未眠的热尼娅突然精神抖擞了。她指挥着丹尼尔，两人风风火火地将压坏了的那一大筐水果抬出去扔掉，然后她就卷起袖子，到厨房去忙早饭了。

"这就是生活啊。"丹尼尔叹道。他心里惦记着阿梅，他不明白为什么像阿梅那样的人见了热尼娅也会惭愧。回想着同阿梅在玫瑰花丛里的那场放荡，他仍然禁不住心荡神移。这个时候他又想到了爹爹，妈妈大概也像这个热尼娅一样希望爹爹走得越远越好。

丹尼尔回到自己的家，看到母亲像往常这个时候一样坐在花园里喝茶。她招了招手让丹尼尔加入她。天是阴沉的，那两只猫儿又在井沿哭泣。

"你在热尼娅家变得性情沉稳了。"马丽亚面露笑容。

"爹爹在街上走来走去的，怎么回事啊。"

马丽亚"扑哧"笑出了声，说：

"他却说是去出差了呢。一个人要是过分沉溺在故事里头，就不再有现实的感觉了，你说是吗？"

丹尼尔看了妈妈一眼，觉得她的眼睛也变得目光炯炯了。

他上了楼，来到父亲的书房。他在那张旧式扶手椅上坐下来，环顾那满屋子的书籍时，便觉得爹爹刚才到这里来过了。桌上摊开的那本旧书的书页上画着一只猫，旁边有几个字："土耳其猫。"他仔细看了好久，始终看不出土耳其猫有什么特点，这只猫同他这个城市里的猫一模一样。小的时候，丹尼尔有时也溜进这间书房里来看过。丹尼尔不看书，但是对于书的气息总是很熟悉。从六岁起他就知道了，沉默的爹爹生活在一个完全不同的世界里。虽然爹爹的世界吸引着他，但他从未想到要通过读书去同爹爹沟通，其实，他觉得自己同爹爹已经是相通的，只是爹爹本人不这样认为罢了。比如现在他看见书页上的这只猫，看见"土耳其猫"这几个字，他就觉得自己已经感到了书中的内容，并隐隐地激动起来。为了平息这种激动，他将书挪开一点。但这么一挪，他拿过书的右手也有了感觉，一股酥麻的感觉直冲心脏。他一直认为，能沉溺在这么多的书籍里头的爹爹，心脏一定强大得不得了。丹尼尔自己很瘦弱，容易激动，遇事往往不能自拔。他对他爹爹的崇拜是自然而然的。

丹尼尔将书架上的书一本一本拿下来翻，然后又一本一本地复原。他又一次被书中散发出来的气息迷住了。那是一种非常熟悉，但又复杂得说不出来的气息，好像雪天清晨起来看见的窗花，陈年老井旁边的青苔，然而最像的还是桌上那本书上的插画——那只土耳其猫。当他专心致志地在那里翻书的时候，有一个人潜入了书房，躲在一个书架后面，这个人是阿梅。阿梅在那个隐蔽的处所不住地叹气，她老觉得丹尼尔是那种难以成活的男孩，现在他的这种样子更证实了她的想法。

"谁在那里叹气？"丹尼尔问道，他看不见阿梅。

他忽然心里有点乱，就将书放好，去找母亲。

但是母亲不见了，坐在花园里那张桌子旁的是热尼娅。热尼娅眉开眼笑地

迎向他。

"每次来到你家，我就忘记了我的肥胖。我现在差不多身轻如燕了呢。"

丹尼尔坐下来，面对着爹爹的书房的阳台发愣。在那阳台上，阿梅的身影闪现了一下。他的情绪还沉浸在刚才的书的氛围里。

"热尼娅，你说说看，我爹爹到底在哪里？"

"他和马丽亚在一起呢。他俩一刻都不能分离。丹尼尔想过离家出走吗？"

"我已经决定在这里做园丁了，怎么离得开？"

"啊，那并不妨碍。"

热尼娅将非洲猫抱在她气垫一样的肚子上，猫儿驯服地隔着衣服舔着她的肚子。

"丹尼尔，我要给你讲讲你的妈妈。"热尼娅看着飞来飞去的红蜻蜓说，"马丽亚是一个奇女子，如今已经找不到她这种人了。你想啊，她从前居住的小镇都已经消失那么多年了，从那里留下来的人根本就找不到了，可她还是初衷不改地同他们对话。在这个城市里，谁又会将房子建在先人传下来的宅基地上呢？恐怕只有马丽亚了。有一天夜里，我的西伯利亚的未婚夫托人带信给我，说他等得不耐烦了，还说既然接触不到我的身体，他就等于是没有未婚妻，所以他打算去流浪。我读了他的信之后，哭啊哭的，就哭着到了你妈妈这里。那时你还在寄宿学校，你家亮堂堂地开着灯，你爹爹出差去了。我以为你妈在卧室里，我找了又找却没找着。可是这样一找，我心头的悲伤就减轻了。我坐在你家的厨房里吃馅饼，心情完全平静了。这时我就听到有人在小声说话，我顺着那声音找去，最后找到了地下室的洗衣房里。你妈睡在那个大桶里，那里头装了很多脏衣服，她口里不停地，轻轻地呼唤着一个我听了耳生的名字。她每呼唤一次，从她对面的墙上就响起奇怪的、沙哑的声音，听不清在说些什么。

"'热尼娅，亲爱的，你爱你的未婚夫吗？'

"她忽然转过脸来，看着我的眼睛很认真地说。

"我站在那里，我的脑子完全麻木了，紧接着我又感到自己心潮澎湃。我一叠声地说：'马丽亚，马丽亚，我爱你！你可不要撇下我啊。'

"你看，丹尼尔，我同你妈妈是多么的心心相印啊。你妈后来告诉我，你爹爹出差的那些夜里，她通过那些先人同你爹爹进行了'真正的交流'。当我和你妈坐在这玫瑰丛里喝咖啡时，我的身体就浮在空气中了，那真是少有的舒畅！她给我唱《小镇的面包坊》，每次我都听得落泪！两只猫跑来跑去的，弄出很多电火花。如果不是外面有汽车的声音，我俩都忘记自己身处何处了。丹尼尔，我给你说这些，是要让你知道，你妈是个固守着旧时代的女人，她的家族渊源很复杂，她为这个又自豪又痛苦。而她，在这片宅基地上又生下了你，这有多么奇怪啊！"

热尼娅的话音刚一停下，丹尼尔又看见了阿梅。阿梅悄悄地从大门那里出去了，丹尼尔喊她，她没有回应。

"生活多么美好啊！红蜻蜓，女孩！"热尼娅说。

那一天他俩手挽手回到店里，丹尼尔在一路上好几次嗅到了西伯利亚吹来的冰风，既凛冽，又清新。

第八章 马丽亚去旅行

马丽亚站在荒原上吹着南风，心绪豁然开朗。她是坐深夜的火车来的。当时她在车上睡着了，火车一摆一摆的，她做了很多稀奇古怪的梦，醒来之后全忘了，仅仅只记得一个关于蛇的梦。在梦里，那些灵活秀气的绿蛇无孔不入地往她的屋子里钻。后来屋子里响起陌生人的说话声，蛇就一条一条地游向空中消失了。火车到站她也没醒，是列车员将她叫醒的。列车员是一个脸上长有雀斑的塌鼻子小姑娘，有点像柬埔寨人。她站在一旁看马丽亚收拾行李，似乎想说什么，欲言又止。马丽亚下车时她还帮着提行李，老模老样地叮嘱说："外面天气很凉，您要防感冒啊。"马丽亚觉得她有点异样。

这是一个名叫"北岛"的地方，是马丽亚童年时的梦想。祖父临终前用寥寥数语向她讲述过这个地方。在后来的年头中，马丽亚心里头会不时地冒出这个念头——难道北岛才是她的真正的故乡？此刻她感到，她来这里并不是突发奇想，而是经过了几十年的预谋才走到这里来的。这是一次秘密的出行，她连丹尼尔也没有告诉。

房屋隐藏在竹林里头，那是一个占地不小的村落。马丽亚从未见过这么高大的竹树，高度超出了像杨树这类乔木，而且光溜溜的树干让人生出恐惧之情。村子由盖着茅草顶的土屋组成，稀稀拉拉地散布在很大的地盘上。

出租车司机将她送到村庄门口就离开了。马丽亚注视着一望无际的荒原，心里头充满了疑惑：这些村民靠什么为生呢？

按照事先的联系，她受到了接待。嗓音像男子一样的身材高大的妇女接过她的手提箱，领着她在竹林中穿行。女人赤着脚，穿着深蓝色麻布做的长袍，古铜色的沉重的发髻垂在背后。马丽亚觉得这个叫"乌拉"的女人大概是四十岁左右，她还觉得她周身洋溢着野兽一样的力量。女人走得太快，总是要停下来等马丽亚，这使马丽亚感到很抱歉。

　　她们在一栋土屋门前停下来，这栋房子比其他的大一些，但已经很旧了，显出颓败的样子，连木门都是摇摇晃晃的。一进门就是一间很大的堂屋，屋里沿墙壁摆着很多大的陶瓷水缸，房子正中摆着一张巨大的方桌，那些木椅子也是又粗又大，但看起来很舒适。马丽亚想，也许这里的人都是身材特别高大吧。马丽亚在椅子上坐下来之后，乌拉就不见了。她听见水缸里的水发出"叮咚"的响声，像是有水生动物待在里头似的。马丽亚朝卧室里看去，看见床上的被褥是那种十分嚣张的色彩，家织土布染成深蓝的底子上起着金色大花的图案，在幽暗的光线里发出意义暧昧的光。"多么美啊！"马丽亚在心里暗暗吃惊，一时心中又涌起某种遗憾，痛感自己那些手工织品功夫不到家。

　　有人敲门，马丽亚走过去开了门，看见一位身材像铁塔似的男子，这人的头发已经白了。他问乌拉在不在，马丽亚说她刚刚走了。

　　"可怜的女人！"男的一边说一边弯腰揭开那些水缸的盖子察看。

　　由于屋里太暗，马丽亚看不清水缸里的动物，但她隐约看出每个缸里都有一个大东西。缸很深，它们企图爬出来，但总不能成功。

　　"这是什么动物啊？"马丽亚忍不住问道。

　　"我们这里特有的。本来是野生的，可是好多年以来，它们就成了家养的了。开始时它们一群一群地跑到村里来，跳进我们的水缸里就蹲着不动了，后来我们才把它们变成家养动物。我们称它们为'金龟'，不过它们身上并没有壳。这屋里这些都是乌拉养的。先前我们是靠种稻米为生，后来来了金龟，就没人再种粮食了。你来的时候也看到了，土地全荒废了，真是欲望之龟啊。老话怎么说的？'哪里有欲望，哪里就有荒原'，对吗？"

男人说话时，白生生的牙齿闪亮着，令马丽亚胆寒，她总感到这个人有暴力倾向，但是她又想，这种暴力是无害的。

"金龟为什么自己找死呢？"马丽亚陷入迷惑之中。

"大概它们想过一种有把握的日子吧。每个水缸都是一座地牢。"

"它们吃什么呢？"

"它们早就不吃东西了，就靠自身的营养生活。所以你想想看，这种无本生意谁不愿意做？仅仅就只要隔一天换一次水！而一头金龟可卖两百元。日子一长，村里的人也变得像金龟了。你来的路上没见到人吧？因为人人都躺在自己家里啊。除了小孩子，大部分都躺着。"

"为什么躺着？可以外出游玩啊。"

"谁还有心思游玩？都在思索自己的痛苦生活呢。"

"乌拉也这样？"

"乌拉是个例外，所以我才说她可怜啊。她没时间思索，她开了这个旅店，要接待外边的游客。我的名字叫清，我还没有告诉你吧？"

清察看完那些金龟后，就站在门口抽旱烟。现在马丽亚看清他的脸了。他的表情很难形容，因为左脸和右脸就像完全不同的两个人。马丽亚正对他坐着，所以同时看见了左脸和右脸。他的左脸很生动，现在挂着悲苦的表情，但刚才他还是生气勃勃的，甚至有点坏心眼的样子。而右脸呢，看上去有点吓人，就好像僵尸一样，紧闭着半边嘴，眼珠像玻璃球。也许他知道自己的右脸吓人，所以他爱将自己的左脸冲着说话的人，此刻他就将他的脸侧过去了，马丽亚看见他的左眼眨个不停，左边脸颊上的肌肉在抽搐。

马丽亚起身走到门口，朝他的视线看过去，发现乌拉已经出现在他的视野里。马丽亚吃惊地想，乌拉竟会对这个清有这么大的影响！他连左边的身体都抽搐起来了，一副痛苦不堪的模样。当乌拉皱着眉头走近的时候，马丽亚更吃惊了，因为她的外貌完全改变了，看上去不再像四十岁左右的、野性洋溢的妇人，倒像一名沧桑老妪了。她那老树皮一样的长脸使得马丽亚怀疑起来：这是不是刚才的妇人呢？

乌拉进了屋就同马丽亚打招呼，问她休息好了没有。然后她板起脸，背对着清，用低沉的胸音问他：

"还有什么问题吗？"

"没有了。"清有气无力地回答，将身体靠着土墙，像要晕过去似的。

马丽亚想道，这个铁塔般的男人怎么成了烂棉花呢？

乌拉牵着马丽亚的手进到卧房里，附在马丽亚的耳边说："不要理他，他是来搞破坏的。我刚才在村东看望病人，有人告诉我他来了，我就赶快往回赶，他没有向你说什么不好的话吧？"马丽亚说："没有。"乌拉说："哼，这个空心人。"她将卧房门用力关上，又贴在门缝上向外看，看清是不是已经走了。折腾了一会儿，由于清老不走，她就长吁短叹起来。马丽亚觉得她此刻又苍老又浮躁，好像有极深的难言之隐一样。

"清是本地人吗？"马丽亚问。

"我说不清。"乌拉烦恼地摆摆手，"他自己说是，但我看不是。本地人怎么会有他那样的脸呢？不过如果说他不是本地人也说不过去的，很多人都看见他在此地长大。我不知道他为什么对我们的生活如此的鄙视！"

乌拉愤怒得一脸通红，咬牙切齿地又加了一句话：

"他绝掉了我们的后路。"

乌拉帮马丽亚铺好床，对她说：

"你先休息一下吧，我还要去照顾金龟呢。"

但马丽亚躺下之后，她又并不马上离开。她坐在床前的一把椅子里头，对马丽亚讲述起这个村子的故事来。

"你全看到了，这地方成了一片荒原，这种情形持续了几十年了。先前并不是这样的，先前我们这里是多雾的地区。那个时候啊，到处都是朦朦胧胧的，人们的脾气是少有的好。这里适合种水稻，出了门就看见稻田，整个村子是一个合作企业，有专门的人来收购我们的产品，我们的生活很平静。你想想看，隔着雾，谁又能看清自己的坟墓的位置呢？"

她说了这些之后，突然沉默了，眼神变得迷离起来。马丽亚躺在那里，她又听到了熟悉的骚动，这些骚动来自墙壁里头，不过不是人的说话声，而是像有许许多多的老鼠在里头抓挠。她虽然瞌睡很大，还是忍不住问乌拉：

"后来呢？"

"后来？后来有种隐患在村里爆发了。这个隐患就是清。清的家族是特殊的家族，他们总想将事情弄得清清楚楚。虽说他们也是土生土长的，但同我们大家的区别太大了，说他们是外国人也不为过。比如说粮食收购吧，我们从不计较，他的祖父却非要同那些人理论，讨价还价，结果来购买的人越来越少，搞得部分粮食烂在地里。不过我们这里是鱼米之乡，那时的生活还过得去。到清的父母这一辈人情形就开始恶化了。奇怪的是这里的人都要将清家里的人看作领导，什么都听这家人的，大约是因为惰性太重吧。清的父母是那种又精明又苛求的人，据大家说他俩深谋远虑。自从这对夫妇负责村里的事务以来，稻田就开始荒废。因为他们坚持说，没有必要如此辛苦劳作，只要抬高粮食的收购价就可以了。这种策略在开始那几年好像有点奏效，到后来就变成了灾难。因为来收购的粮食贩子减少了一大半。村人一下子就变成了节衣缩食的穷人。而他们一家人似乎还很高兴，清经常同他的兄弟两人在打谷场上引吭高歌，唱到深夜还不进屋。清的父母在同一天去世，听说是吃了一种有毒的蘑菇，两人都是七窍流血。清和他的兄弟悲痛得昏死过去。埋葬了父母之后，清就正式成为我们村的领头人了。他特别反感大家种粮食，他用计谋将那些粮食贩子全吓走了，然后从什么地方引进了这些金龟。虽然没人看见，但我知道这种动物就是他本人弄来的，因为此地原先没有。你当然注意到他的那张脸了，很可怕，是吗？我倒是习惯了。长着这种脸的人啊，有能力改变一切！所以现在啊，村子里就见不到雾了，太阳一出，所有的东西都变得清清楚楚的。在这样的环境里，人就开始变得羞愧，然后就垮掉了。"

"垮掉了？"马丽亚睡眼蒙眬地问，她觉得自己已经入梦了，但她又特别想听完这个故事。

"是啊，垮掉了……"乌拉的声音低沉下去，"忧郁……疾病，是那种心病……你是外乡人，你看不到他们，他们是不会出来的。有的人……到死都躲在屋里。只有清在这周围转悠，清……"

马丽亚在梦中的情绪也变得十分忧郁，她正沿着一条没有尽头的林中小路往前走，小路很阴暗，林子里不时响起可疑的叫声，不知道是不是猛兽。她很累，累得超出了她的心脏负荷，她突然冒出一个念头：这里莫非是"死亡之乡"？这样一想，眼里就有了泪。马丽亚大大吃惊了，她这样的人，从未与伤感结缘，现在这是怎么回事呢？她停下脚步，在草丛里坐下来，听见野兽的叫声越来越频繁了。这时她又听见了自己的心跳，跳两下，停一下，还有血液通过心室的声音。她想，她的心脏受到了摧残。

马丽亚醒来时闻到了草叶的清香，她记起在梦里头，她正在自己的坟头拔草。厅屋里，乌拉正在同清说话，声浪一阵阵传来，他俩的语气显得很亲密，甚至有点挑逗的味道。马丽亚穿好衣，铺好床，打不定主意要不要往厅屋里去。但是乌拉在叫她了。

乌拉坐在清的怀里，柔韧的躯体显得无比的妖娆，马丽亚简直看呆了。她那古铜色的头发散了下来，又多又亮，令满屋生辉。

"你来喝咖啡吧。"她镇定地对马丽亚说。

清从她丰满的肩头探出脸来，嘲弄地看着马丽亚。

马丽亚自惭形秽地看着自己这双青筋凸露、善于劳作的手。过了一会儿，她努力抬起眼睛，将目光停留在清那半边毫无表情的脸上，这半边脸唤起了她心里某种久远的记忆。她想起了那些花岗岩铺成的街道，街道上行走的年老的首饰匠人。

"她很害羞。"清直愣愣地看着她说道。

大概乌拉也觉得太过分了，就从清的怀里挣脱出来，替马丽亚斟上咖啡。

马丽亚注意到水缸里的那些金龟都变得静静的了。这时清走到门外去抽烟，乌拉就挨着马丽亚坐下了。

"原来你俩是情人啊。"马丽亚干巴巴地说。

"我是因为害怕才成了他的情妇的。你不知道啊，马丽亚，我的日子有多么难。白天里，我去各家安慰那些痛苦的人，另外我还得饲养金龟，接待像你这样的远方客人，忙忙碌碌的倒也不觉得心烦。可是到了夜里，就一切都变了。每天夜里我都要发狂。有天夜里，我觉得自己变成了山羊，将门口的青草吃掉一大片！这样，一到早晨我就会痛不欲生。后来清就来了，他站在星光下，他那狼一样的目光一下就把我镇住了。我们这两个无家可归的人就这样走到了一起。你不要以为我同他有多么好，大部分时间，他都是我的敌人。"

乌拉眼里的热情忽然消退了，呈现出悲凉。她提议带马丽亚去村里参观一下。

"你会见到你熟悉的景象。"她讨好地一笑。

她们吃了些面包就出门。在门口，正在抽烟的清用力瞪了马丽亚一眼，令她全身发麻，脸发烧。

"没人能抵御得了他的魅力。"乌拉自豪地甩了甩头发。

她们很快进入了茂密的竹林。虽然是夏天，马丽亚还是感到身上凉森森的，不断起鸡皮疙瘩，她后悔没多穿些衣服。后来越走越冷，她全身都哆嗦起来了。

"乌拉，你是怎么知道我的情况的呢？"

"我们早有联系。所以过去那些年里，我一直在给你寄旅游简介嘛。"

乌拉没有回答她的问题。马丽亚盼望她们快点走进一户人家去暖和一下，她觉得这些参天巨竹全都成了冰柱，她再走下去就要冻僵了。她看看身旁的乌拉，见女人脸色红润，一点都没感觉到寒冷。马丽亚终于看见了一栋土屋，屋门口坐着肮脏的男孩，脸上糊着泥巴，正在用一根棍子搅臭水沟里的水。乌拉说进去坐一坐，马丽亚立刻就同意了。男孩将棍子往水里一扑，脏水就溅到了马丽亚的裤子上。马丽亚听见乌拉叫小男孩"乖乖"。

进了屋之后就暖和一点了。屋里躺了三个人，都躺在一间房里，但分别睡在三张行军床上。这里不像个家，倒像临时旅馆。那三个人都没睡，直瞪瞪地看着房顶。两个老的大概是这家的主人，另外那位是中年妇女。中年妇女表情悲苦，干瘦的手抠着床头的铁杆，神经质地抽搐着。两位老人相对平静一些，身上盖着马丽亚盖过的那种蓝底金花的薄被，他们几乎一动不动。

乌拉正蹲在床边同那位中年妇女说话，声音近似耳语，马丽亚难以听清。说着说着，那女人的神经质就减轻了，紧紧抠住床头铁杆的手也松开了。又过了一会儿，马丽亚看见她脸上竟然露出少女般的羞怯。她长叹一声，从床上坐起来了。她坐起来时，两位老人一齐从各自的床上欠起身子，谴责地瞪着她，就好像她正在做丢脸的事。三个人就这样尴尬地对峙着。

"利拉，这就是我同你说过的马丽亚，你不是要向她打听那件事吗？你看，她亲自来了。"乌拉打破了僵局。

利拉如释重负，穿好衣服同乌拉一起向外走去。

三个人就站在门口说话。马丽亚发现，利拉一出房门就变得活泼年轻了，她的模样不再是中年妇女，而是看上去才二十岁左右，棕色的头发也显出了虎虎生气。她一把捉住马丽亚的手，急切地说：

"马丽亚，马丽亚阿姨！您真是从那里来的吗？您能告诉我四十年前锁匠作坊里发生的事吗？啊，请不要见怪，那件事啊，就像压在我心上的一块大石头。天啊，我就要说不出话来了！乌拉！乌拉……"

她的脸涨得通红，乌拉体贴地帮她捶着背，安慰她说："不要急，不要急，马丽亚在这里呢，她会告诉你一切的。"

"四十年前锁匠作坊里发生的事，是一场双方自愿的谋杀。"马丽亚小心谨慎地说，"那吗，你真是锁匠的女儿吗？"

利拉听了这话脸上立刻明朗起来，她接连吃惊地"啊"了好几声。

"那么瘸腿的尼克还在吗？那个魔鬼？"她咬牙切齿地问道。

"他还在，但并不是他干的。你父亲是个有主见的人。"

"我知道。"她小声地同意了，目光一下子显出了散乱。

"没过多久，利拉就到了北岛，成了此地人家的媳妇！"乌拉大声地、庆贺似的说，还举起一只手做了个古怪的手势。

一阵风刮来，马丽亚身上又起了鸡皮疙瘩。她情不自禁地抱怨："这里真冷。"

利拉和乌拉听了她这样说都笑起来。乌拉解释道："你还没有习惯这里的气候。我们这里的人，心里都有一团火，想要我们像外边的人一样生活，难啊。其实说起来，清并不能独自剥夺我们种田的权利，是我们自己心里有这种要求，清一家人不过是看透了村里人的本性罢了。"

乌拉说话的时候，利拉就靠在她身上，依依不舍的样子。

屋内响起了叫喊声，似乎是在谴责，利拉脸上变了色，连忙进屋去了。

乌拉解释说：

"两位老人在保护利拉呢。要是没有他们，利拉恐怕活不到今天。她父亲死了之后，她根本就不想活了。"

"她的丈夫在吗？"

"这是一件很特殊的事。没人见得到她丈夫，那是一个影子，就连利拉也见不到。那个男的，只是活在老人的叙述里。利拉听了两位老人的故事，深深地感动，就在他家住下了。"

马丽亚感到竹林深处有双眼睛向她盯了一眼，那是很熟悉的眼神。待她要看个究竟时，人影就消失了。她皱着眉头，竭力要回忆起那究竟是谁。乌拉也在朝那里看，若有所思的样子。

"你要是不怕冷，我带你到祖母那里去。她一个人住在竹林深处，门口有条小溪。全村只有她一个人没养金龟。"

"她是你的祖母吗？"

"不，她是大家的祖母。据说她快一百岁了，不过腿脚相当灵便。"

"我想见她。"

　　乌拉让马丽亚加快脚步，说这样身上就会发热。她们走了一会儿，眼前的路就消失了，只能在竹子与竹子之间绕着走。马丽亚的头都昏了，但是乌拉显得很有精神，如果不是为了迁就马丽亚放慢脚步，她可以在密密的竹林里走得像风一样快。就在马丽亚累得快要倒下的时刻，乌拉停了下来。

　　"到了吗？"马丽亚有气无力地问道。

　　"是啊。可是我们还不能进屋，因为她老人家坐在溪水里头洗澡，要是看见有人，她会不好意思的。"

　　"这么冷的天！？"马丽亚惊叹道。

　　"她才不冷呢，她热死了。这里很少有人来，所以祖母常赤身裸体在外头走。村里人一个月给她送一次粮食。你看，她上来了。"

　　马丽亚看见了祖母那比侏儒还小的、皱巴巴的身体，她一闪就进到了土屋里面。矮小的屋子在几棵垂柳后面，不仔细看几乎就难以发现。

　　"奶奶！奶奶！"乌拉一进门就高声叫喊。

　　老人没有回答。屋子里很黑，像进入了地洞深处一样。乌拉牵着马丽亚往前走。奇怪的是走了好久还没有碰到墙，就好像这个房子只是从外面看起来像个房子，其实是一条地道。

　　"奶奶啊！"乌拉又喊。

　　黑暗里忽然闪现了一点小光，是老人在擦火柴。她点燃了烟斗。一会儿空气中就弥漫着呛人的烟叶味。老人坐的地方似乎是一个石盘，石盘上有许多奇形怪状的小石头，乌拉靠近她的时候，她正在摆弄那些石头，发出"哗哗"的响声，石盘的下面有流水的声音。

"是她吗？"

老人沙哑的声音响了起来。

"是马丽亚，奶奶，她来看您来了。"

乌拉牵引着马丽亚同她一道坐在石盘上面。马丽亚感觉到有一双滚烫的硬硬的小手捏住了她的胳膊，她立刻停止了颤抖，一点都感觉不到寒冷了。

"乔的妻子原来是这个样子。"她那老迈的声音又说。

"马丽亚，奶奶是认识你丈夫的。他小的时候，奶奶抱过他，还同他一块到河里洗过澡，不过后来，乔已经忘记了这些事。"乌拉轻轻地说。

"啊——啊！"马丽亚说不出话来。

"这些小石子，是奶奶用来帮助自己记事的。她呀，什么都不会忘记，任何事！你听到流水的声音了吧？那不是水，是她的思想在波动。奶奶住的这个地方非常特殊，外人是不可能找到这里来的。"乌拉的话里头充满了崇拜。

"马丽亚，你理解乔的工作吗？"老人一边咳一边问。

"我不知道，奶奶。"马丽亚踌躇地说，"您说的是他的销售工作吗？我想我理解，我总是支持他出差，在家等他回来。"

"你真的支持他吗？"那声音变得严厉起来，"我告诉你，他的工作只是一个幌子！他是个两面人。"

"我想是这样。"马丽亚壮起胆子又说，"我也是两面人，所以我才到北岛来，我忘不了过去的事。"

"其实乔也忘不了。"乌拉插嘴说。

"我祖父的故事里提到了石洞，但是他没提到竹林。不过我一下车就认出了这个地方。"马丽亚觉得自己有点像说梦话，"这里真黑。"

乌拉要马丽亚靠墙站，免得被地上钻来钻去的小动物绊倒。可是墙在哪里呢？乌拉说就在她的右手边。马丽亚向右边摸索着走了好几步，什么也没触到，可是乌拉说她已经触到墙了，只不过没感觉到而已，这个房里的东西都是这样。就说奶奶的这些小石头吧，看上去像石头，其实呢，是一些小动物，是奶奶所溺爱的宠物。马丽亚想退回来，退到乌拉的身边。突然，她觉得乌拉的声音离得越来越远了。

"你不要去找她，她不会离开这个房子的。"奶奶说，"你静下心来，想一想自己的错误。"

"错误？"

"是啊。你要是累了，也可以就地睡觉的。这个房里吵吵嚷嚷的东西太多了，像我这么老的人是不可能睡着了，只能假寐。"

"你刚才要我想自己的错误。"

"我说了吗？说不说都一样吧。你伸手过来，摸摸这只小老鼠，怎么样啊？"

小老鼠很硬，一蹦一蹦的，又有点像玻璃球。马丽亚觉得没法确定那是一只老鼠，但奶奶说是的，还说她最爱的就是这一只，因为它代表了自己这一生犯过的最大的错误，那个错误差点要了她的命。

"你原来住在铺着花岗岩的小路的镇上，后来那个镇子就找不到了吧？年轻时老犯错误，老了以后就来想自己的错误了。我的小老鼠今天很听话。"

"乌拉！！"马丽亚冲着那个方向喊。

"不要喊，她太羞愧了。其实她就在那里。"

马丽亚心里升起一股惶恐之情。在空空落落的、什么都没法确定的"屋子"里，她能干点什么呢？乌拉将她带到这里来，是期待她什么呢？现在她也有点羞愧了，因为她没法猜透眼前的事的意义，但她又总觉得这意义应该是显而易见的。

老人发出一声尖叫。马丽亚没料到她还能发出这么尖细的声音，像某种鸟儿一样。接着她就抱怨起来，因为一只小动物，大概是松鼠，将她的脸颊咬坏了。她说自己太宠它们了，所以它们总给她一些这样的教训。

"是个乌云压头的小镇啊。"她一下子又陷入那种回忆。

"乌拉！！"马丽亚又喊，她实在是难以忍受了。

老奶奶生气了，她的声音变得干涩又含糊，她发出一连串的诅咒，还将那些石头往地下摔。一时间马丽亚感到满地都是小动物乱窜。马丽亚想，原来她一点都不珍惜她的这些"宠物"啊。她在这样发狂之际，便不让马丽亚靠近她，只要马丽亚一靠近，她口里就发出奇特的低吼，好像要吃了她似的。马丽亚感到自己累垮了，她的双腿在发抖，像针扎似的痛，她就势往地下一躺，任凭那些小动物在她身上跑来跑去，不管不顾地闭上眼。

但是她睡不着，黑暗中她听到乌拉在同老奶奶说话，似乎她们已交谈了很久了。原来乌拉一直在附近。

"您看她这副弱不禁风的样子就担心她，其实啊，她可以同豺狼搏斗呢。"是乌拉的声音，"原来我也打不定主意是不是让她来，但是她太执着了，由不得我。以她这种体质，没有她受不了的事。"

"乌拉，你今天哭了吗？"奶奶的声音又变得很威严了，她似乎在擦火柴。

一会儿，马丽亚又闻到了烟味，那烟味居然将她带到了挂着风铃的小楼上，她还看到了走廊里书架上那几本精致的图书。不知怎么，那几本书里头有乔的字迹，那使她产生一种极其古怪的感觉。

"我今天没有哭。"乌拉的声音似乎有点胆怯,"因为利拉一直缠着我讲她自己的事,我就把我的事忘了。奶奶,您看利拉有希望吗?"

"没有希望。她必须将她的公公婆婆都服侍到坟墓里头去。她是个苦命人儿。谁叫她看见那件事呢?"

乌拉开始叹气,马丽亚听见她叹气的声音又粗又重,像男人一样,就想道,乌拉怎么会为别人的事这么痛苦呢?她又想到利拉,想到她躺在行军床上的样子和她在外面的样子。看来北岛这地方的人的容貌同外面的人是很不一样的,他们一天之内就可以变化得让人完全认不出来。你很难确定一个人到底是二十岁还是四十岁,他们的年龄似乎是根据他们所处的情境而变化的。就说这位老奶奶吧,此刻她的声音完全像一位中年妇人,可是乌拉说她快一百岁了。她在黑暗中摸过她的手,那手很光滑,手背上也没有血管突出来。不过先前在溪边看到她,她的确是老迈不堪的样子。莫非到了这种"屋子"里头,时间就倒流了?

这时奶奶又擦了一根火柴,火光中映出的脸使马丽亚吓了一跳。那是一张棕熊的脸,熊脸后面有一圈光晕,光晕里头才是老奶奶的脸。也就是说,熊脸是实,人脸是虚。她还想看个究竟,但火光灭了。

"奶奶,松鼠咬坏了您的哪一边脸啊?"马丽亚问。

"是右边。没有关系的,它们咬不坏,我脸上这么多毛。"

"马丽亚,我们走吧。"乌拉走过来攥住马丽亚的手,小声对她说,"奶奶要同小刺猬谈话了,她不愿意我们在旁边听。你留神一点,这里有条小溪,我们靠右边走,一直靠右,就到了房子的外边。"

当乌拉说"靠右"的时候,马丽亚觉得自己在被她推着往右边靠。她问乌拉说,老奶奶是不是像那些生活在故事里的人一样,可以同时过两种生活。她问这句话时，脑子里想到的是乔的双重生活。乌拉说不是，奶奶其实只过一种生活，就是这个屋子里的生活。外面的人进到这个房里来，同她说话，外面的人就以为自己在影响她的生活。其实她的生活才不会被影响呢。马丽亚高一脚低一脚地随她走，她很想同这个女人说说乔的事，但不知怎么又觉得说不清，觉得她和老奶奶对乔已经有了很深的了解，自己如果问她的话，就会为自己的无知而羞愧。

她们走了好久还没有走出那间"屋"。马丽亚问是怎么回事，乌拉告诉她说已经到了旅馆了。

"你的右手边有一扇门，就是旅馆的大门。"

马丽亚往右边一摸，摸了个空。但她立刻醒悟了，就往左边走去，左边有扇门开了，透出光来。

清正坐在那张大桌子旁边抽烟，马丽亚对着他的右脸。这一次，她发现他的右脸不但像僵尸一般无表情，还有腐烂的迹象，靠右边耳垂处似乎烂成了一个洞，还隆起一个包。于是马丽亚觉得乌拉很可怜，觉得她的生活一定是暗无天日的。

"你以为那是假的，其实是真的。"清说。

乌拉从后面搂住他的脖子，很陶醉的样子。马丽亚就认为她此刻看见的一定是男人的左脸。

"金龟吵得实在难受，我就将水缸里的水全换了。你听，它们静静的了。"

"你真是我的心肝。"乌拉吻着他左边的脸颊。

"我呀，想来想去也想不通，"马丽亚提高了嗓门说话，免得自己发窘，"奶奶的家是在你们隔壁吗？就在这扇门外面吗？"她用手指着她刚才进来的那扇门。

　　"是啊。你推开门看看吧。"他俩一齐站起身说道。

　　马丽亚走过去推开门，眼前出现的却是北岛的竹林，一股阴风刮来，她连忙又将门关上。

　　盯着她看的两人松了一口气似的重又坐下了。乌拉轻言细语地告诉马丽亚说：

　　"其实啊，刻意去找是找不到她的家的。这个村里有一半多人从来没见过奶奶，你相不相信？都知道她住在竹林里的几棵垂柳背后，但只能偶尔发现那栋房子。我带你去的时候，心里并没有底，我只是乱走，因为那地方我不可能熟悉起来，哪怕去几百回也不能。"

　　"你心里想着那件事，然后那件事就实现了？像梦里一样吗？"

　　"快到奶奶家的时候会有些预感，其实那种预感也没个定准，不去注意就像没有一样。到了她家之后，你问的这些问题就都有了答案。"

　　说这些话时，乌拉又坐到清的怀里去了。由于换了个方位，现在马丽亚看见的是清的左脸了。她感到此刻厮混在一块的这对情人充满了活力，他们两人的举动都好像要把对方吞到肚子里去似的。清伸出长长的舌头用力舔着乌拉的脸和脖子；乌拉则用有力的臂膀死死地箍住男人，指甲都嵌到他的肉里面去了。看起来这里的人是根本不懂得害臊的。现在他们两人完全把马丽亚撇到一边，一齐大声呻吟着，开始做爱了。马丽亚连忙冲了出去，她的脸烧得厉害。

　　她沿竹林走了一会儿心里才平静下来。村里一个人都看不到，是吃饭的时候了，也没有看见哪里有炊烟。如果不是这里一间那里一间的土屋在林中若隐若现，这里完全不像一个村子。回想起刚才那一幕，马丽亚觉得太不可思议了，在这种死寂的地方，被外界遗忘的荒芜角落，欲望是如何保留下来的呢？

　　"您在这里走来走去的，把我的心完全搅乱了。"

　　说话的是利拉，姑娘用棕色的大眼睛幽怨地看着她。

　　"你出来有多少年了？"马丽亚问她。

　　"我记不住这种事。您能告诉我关于瘸子的事吗？"

　　"不能。只有我儿子同他有些联系。利拉，你爱你的父亲吗？"

　　"我很恨他。马丽亚阿姨，我太苦了，您看我应不应该回故乡呢？"

　　她像盲人一样伸出一只手在前面的空气里抓来抓去，口中嚷道："去他妈的，去他妈的！"

　　"你干吗？"

　　"我要抓破这些东西才行，它们日日夜夜围着我。我不知道它们是些什么，有时看像蜘蛛丝呀，灰穗子呀什么的，有时呢又什么也没有，只是黑得怕人。啊，有东西躲在这棵竹子树里头了。"

　　她双臂紧紧抱住一棵竹树的树干，将耳朵贴上去，然而又使劲地摇头，好像什么都没听到在干着急。马丽亚看着她疯狂的举动，记起了她那锁匠父亲。那个男人，当年在自己作坊的夹墙里装上炸药，炸断了自己的一条腿。马丽亚抚摸着利拉的后背想安慰她，这时她看见竹林里冒出来一男一女两个老人，他们是利拉的公公婆婆。他们一反先前病恹恹的样子，显得又精神又灵活了。两人分开，一左一右朝利拉包抄过来，然后猛地扑上来捉住她，似乎是要将她扭送回家。利拉先是挣扎了几下，随后就乖乖的了。经过马丽亚身边时，她大声说道：

　　"马丽亚阿姨，我真蠢！如果我同你回去，我就等于死了！"

　　她的公婆听了这话，就一齐松了手，改为从两侧亲切地挽住她，口里和言细语地安慰她道：

"这就对了嘛，这就对了，真是个明白事理的小女子。"

三个人亲亲密密地往家里走去。

马丽亚回到了旅馆门口。她记得自己刚才明明是朝一个方向往竹林深处走的，怎么又回来了呢？她决心再试一次，何况此刻那两个人在里头做爱，他们虽旁若无人，马丽亚自己却不好意思得厉害。这一次她绕到屋后去朝一个方向走。开始还有路，后来就到了密密的、冷森森的林子里。在冷得发抖之际，她听到周围这些脸盆粗的竹干里头响起了喃喃低语，和她在家时夹墙里头发出的声音有些相似，所以她也不怎么害怕。不同的是，这些声音都有着明快的调子，充满了赞许、怂恿。马丽亚一个人在林子里头绕来绕去，听着这些低语，心情一下子变好了。她觉得自己已经不怕迷路了，同时对自己以前关于迷路这个概念的错误理解感到惊讶，怎么会误解了几十年的呢？

乌拉坐在竹子树下，额角上流着血，两只手背肿得像馒头。她在哭。

"乌拉，你怎么变成这样了？"马丽亚弯下腰用手绢捂着她的额角。

"我们打起来了。每次做爱之后，我们就会打起来。清说我是一只母老虎，我也不知道自己怎么会变成这样。他啊，他是狼！你看见我额头上的牙印了吧？不过我咬断了他的一根指头！"

说这些话的时候，乌拉显得很振奋，眼里满是憧憬。

"我们回旅馆去吧。"马丽亚说。

"我是要回去，可是我找不到路了，我的心完全乱了。"

她的头发散下来遮住了她的脸。马丽亚看见她有一只脚没穿鞋，脚脖子上也有一个血糊糊的伤口。她抬起头来，眼里有了泪。

"马丽亚啊，你回家吧，你再不回家，回去的路就没有了。你在这里能干什么呢？我们都是靠饲养金龟为生的，这种动物表面看不吃不喝的，养起来可不容易，因为它们是靠我们的心力来存活的。哪一天我们不喜欢自己的这种生活了，它们就在水缸里头化掉了。清家里的几个亲戚就出现了这种情形，现在他们都躺在家中奄奄一息。金龟没了，他们失去了生活来源，活下去还有什么意思呢？马丽亚啊，你是不可能长久喜欢这里的生活的。只有从小在这里长大的人才会喜欢这里的生活。就说利拉吧，来了这么多年，还打不定主意呢。"

"我还想最后看一看金龟。我还没好好看过它们。"马丽亚突然冒出这个念头。

"你往右边走吧，走吧，说不定一下子就回旅馆了。"

马丽亚在竹林里转了好久好久，到后来她都气馁了，气馁之后又恐惧起来：会不会饿死在林子里呢？实在走不动时，她就靠着一棵竹子坐下，然后打起瞌睡来了。瞌睡中，有人在她耳边说些最甜蜜的情话，肉麻地称她为"小夜莺"。

"我们回去？"浓眉大眼的出租车司机看见她醒来了就对她说。

"这是什么地方？"她揉着眼问道。

"竹林边上。您看，前方就是您来的时候见到的荒地。"他用手指着右边。

"啊，我刚才竟没发现！我还想去一趟旅馆拿我的行李。"

"那当然，旅馆就在前面嘛。"

马丽亚上了出租车，忐忑不安地打量着司机，觉得他不像本地人。

"你不是住在北岛的居民吧？"

"我？我来来往往，专门接送像您这样的客人。"

马丽亚进屋拿了行李后又在厅屋里站了一会儿，她终于忍不住好奇心，探身到门口看了看没人，就回来揭开那些水缸的盖子。多么奇怪啊，每一个水缸里都是空空的，连水都没有。

"你们的村长清，我刚刚看见他坐在荒地里发出狼的嚎叫呢。"

出租车司机说话时背对马丽亚。她发觉这个男人一直避免同她打照面，她总是只能看见他的后脑勺。

"他不是我的村长，因为我不是这里的人。"

"这事没这么简单。我还是要将他看作您的村长。"

马丽亚看见他在偷偷地笑。她想象着清像狼一样嚎叫的样子。他那张开始腐烂的右脸，会不会长出狼的毫毛来呢？

车子发动之后，司机对马丽亚说：

"你没想到我也会来这里吧？"

"哈，你是乔！我怎么一直没有听出你的声音来呢？你刚才是戴的假面吧？我把你看作另外一个人了。你怎么找到这里来的？"

"那个乌拉，她也一直给我寄旅游简介。她和清，早就被编进了我的故事。我刚才告诉你说，我来来往往地接送客人。我这样做有好久了。我一出差就会到这里来，丹尼尔将来也会来。你看天上那两行白鹭，多么自由自在！"

马丽亚看见的不是白鹭，她看见的是一条花岗石的小路。她心中涌起万种柔情，于是将脑袋靠在乔的肩头，闭上了眼睛。她听见很多人在向她欢呼，那些声音大都很熟悉，接着她又看见了被柏树围绕的广场，还有穿和服的少女，广场中央的泉水。她在梦中对乔说："乔，我到你的故事里来了。"

在路上，马丽亚一直没醒，哪怕是乔停下车来吃饭，她也是边吃边睡。她觉得疲倦得快要死过去了。

然而一到家她就醒了。她看见丹尼尔在花园里忙着，那个娇小的阿梅也在同他一起干活。她对乔说：

"这两人难道不是天生的一对吗？"

乔慈祥地笑了笑，回答：

"就同我俩当年一样。"

第九章 侯达的逃亡生活

　　埃达想，她终于逃出了里根先生的魔掌。她坐在吧台上，叫上一杯红酒，点上一根女士香烟吸了两口，感到晕晕乎乎的畅快。

　　酒吧的老板是她的同乡，四十多岁的男人，样子像一只老猿猴，两只小眼睛总是直视前方。这个酒吧是家庭经营，老板的妻子和女儿都在店里干活。休假的时候，埃达就来这里帮忙。埃达动作敏捷，头脑灵活，很能吸引顾客。老板的妻子很想要她留下，成为他们家庭的一员。

　　酒吧在城里的偏僻处所，门面处绿色的霓虹灯在葡萄架里头像鬼眼一样闪闪烁烁。埃达是偶然走到这里来的，来了就爱上了这里，接着又意外地发现老板是她的同乡，发现这个酒吧的顾客都很合她的胃口。一般来说，顾客们总是于午夜陆续到来，几乎每个人都是走路来的，极少有人开车来。神不知鬼不觉的，吧台上和大堂里头就坐满了。人们板着脸，压低了喉咙说话，三三两两地讨论一些严肃的问题。老板阿文告诉埃达说，这个酒吧的风格是自然而然形成的，只有那些成日生活在幻想中的人喜欢到这里来。他们来了之后就相互倾诉心里郁积的那些噩梦，阿文将这称之为"诉苦"。埃达不是为了诉苦来酒吧的，她是被酒吧的名字吸引来的，她从很远就看到圆屋顶上用霓虹灯做出的那两个字"绿玉"。她还记得那天夜里的情景。她走了很长很长的路，几乎逛遍了城里的大街小巷，最后才来到这个角落。当时她已打定主意，要是这个酒吧再不称心，她就到某个商铺的门面那里，靠着大理石的墙壁睡一觉。然而她找到了她的运气。

现在，在朦胧的灯光下，耳边响着许多窃窃私语的声音，她脑海里仍然不时浮出同里根先生做爱的场面。那些地点有时是在湖边的草丛里，有时是在橡胶林中，还有一次竟在大路中间。时间则一律是半夜。她不愿到里根先生的卧室里去，因为她担心自己在那种地方会晕过去。她不止一次好笑地想道，要是农场的人知道他们老板在夜里变得像一头兽，他们会作何感想呢？有一位喝得快醉了的女郎在同她打招呼，她是这里的老顾客。"我看到你的老情郎。"她凑近埃达低声说，"他也在城里消磨时光。"女郎涂着紫色的唇膏，埃达感到她身上长满了鳞片。老板在柜台后面忙碌，埃达第一次来这里时，同老板谈论过家乡发生的那次山崩。男人显得很笃定，但他对当时的情形记得很清楚。他老家的人全死了。老板的妻子是西方人，女儿也长得完全像西方人，但他们一家三口的亲密是很少有的。只要有一会儿不在一起，他们就要相互呼唤对方。也许就为了这，女儿也不去上学，就在店里当招待。这位漂亮的女孩性格沉静，埃达从未见过她外出同男孩约会。酒吧布置得很特别，充满了颓废的味道。墙壁上挂满了奇奇怪怪的动物的残骸，留声机里放着严肃的古典音乐。大堂里不怎么干净，好像到处都是灰尘，进来的人一开始总要打好多喷嚏。但这种灰雾腾腾的阴暗环境有种特殊的情调，所以多年里头他们能保持不错的营业额。

从昨天起，埃达就住在老板女儿房间隔壁的一个房间里了。这个房间在二楼，要经过长长的、堆满蒙灰的古旧家具的过道，那些家具里头还有小白鼠钻来钻去，据说是老板娘养在那里的。埃达每次上楼都有小白鼠从她脚前窜过去，所以她总是小心翼翼的。每天上午，当埃达还在房里睡觉的时候，隔壁房里总发出一些响动将她吵醒。那声音听起来像是有人从高处往下跳，隔一阵就

"咂"地一下。有一天埃达实在忍不住了，就揉着眼起身到隔壁去看。女孩的房门大敞，房里满地都是白鼠，至少有一百多只。她正坐在一张方桌上。

"我从桌上往下跳，训练它们敏捷逃生的能力。"女孩说。

她又站到了桌子上。地上的白鼠们都显出机警害怕的样子等待着，埃达看见它们都在恐惧中颤抖。女孩像跳水运动员那样往上一跳，然后才落下来。一眨眼工夫白鼠们都窜到了墙根，在巨响中簌簌发抖。

"啊，我爹爹还没告诉你我的名字吧，我叫琼。"

她红着脸，跪到地上去吻那些受了惊吓的白鼠。埃达回过头来，看见琼的母亲正笑盈盈地望着女儿，她自己的两只手里各握着一只白鼠。

"我丈夫天天叨念回老家的事，我和女儿只好为此做准备。多么奇怪啊，埃达竟会来自我们朝思暮想的地方。你还记得小时候的事吗？"

她说这话时两眼睁得大大的，埃达从那里头看见了无限的寂寞。

"小时候，天天想着在泥石流到来之前逃生的事，像这些白鼠一样。刚才我看了琼的表演，就有种回老家的感觉。"

由于老板在楼下叫，她们母女就匆匆下楼了，埃达回到房里想继续睡，但一闭上眼就看见泥石流，而她的身体始终是悬空的。于是她坐起来，从窗口朝外看，看见了寂静的、无人的街道。埃达想，她待在这样一个城市的死角里头，却还是时常生出要像蛇一样在周围潜行的冲动，尤其在夜里，那些嘀嘀咕咕的顾客三三两两到来之际。有一名男顾客是老板的朋友，他很少喝酒，他的女友在一旁喝酒时，他便赞赏地看着她，劝她多喝一点。女友往往是红着脸，用一个指头指指酒杯，让他朝里看。这种时候，他就会欠过身去，认真地将那只酒杯看来看去地看个遍。这名男子很像在她家乡雨林旁边住着的那位菜农，也许他真的是那位菜农，不过看上去年纪太轻了。

埃达伤感地想，她终于逃出了里根先生的魔掌。如果她还在农场的话，此刻正在橡胶园里忙活呢。有好长时间，她眼看里根先生扩大他的地盘，心里头无端地生出愤怒。她觉得他是个魔王，要将一切化为乌有。在黑夜的雾气中，当微弱的月光奋力挣破云层之际，埃达感到了自己对里根先生的欲望，也许还有爱。他们纠缠在一起，她愿意自己化为乌有，同这个男人一起化为乌有。

而现在，她躲进了这个酒吧，她感到，里根先生是找不到这个地方的。穿行在窃窃私语的顾客当中时，埃达会生出幻觉来，就仿佛脚下是农场那块浮动的土地。"埃达！"老板在叫她，因为大门那里来了一群人。

这一群顾客手里都拿着草帽，身上有海水和太阳的气味。他们都不说话，相继默默地在吧台上坐下，然后开始一杯接一杯地喝。他们当中的一位女客是埃达在农场的公寓里的邻居，看见她，埃达心中吃惊不小。

"难道他什么地方都找得到？"埃达对女客说。

"是啊，这是命吧。"

她看见了站在对面的琼，琼的苍白的脸上没有任何表情，也许她在聆听音乐。她的母亲在离得远一点的地方，也将她的脸向着这边。这母女俩都穿着白色上装，在这蒙灰的、古老颓废的环境中有点不协调。她俩注意到了这些"猎人"吗？她们对他们的到来感到不安吗？为什么母亲脸上有喜悦的神色呢？好多天里头，埃达第一次闻到阳光的气息了，她情不自禁地做了几次深呼吸。她做深呼吸时，瞥见那位女邻居在微笑。埃达立刻脸红了。

琼和她妈妈都走开了，但并没有走很远。在大堂的尽头，楼梯口那里，她俩仍然将目光投向埃达这一边。

埃达从后门走出去站在小小的庭院里，有一滴雨珠掉在她的额头上。她低

头一看，铺着鹅卵石的地上也跳跃着白鼠。酒吧的位置几乎到了城郊，所以顾客们一定走了很远的路才来到这里的。埃达想象着这些人在黑夜里赶路的情形，想象着他们心底怀着的渴望，不由得生出一种感动来。她突然想到，当初泥石流发生时，如果有这样一家酒吧，也许人们就不会向外逃生了吧？家乡盛产泥蛙，酒吧的墙上，一定挂满了泥蛙的标本。酒吧里的人们一定听不见泥石流在外面发出的轰响，他们只有向内倾听的习惯，泥石流来的时候，也许他们正三三两两地用目光隔着桌子交谈呢。

"埃达。"

是琼。又有两滴雨珠掉在埃达脸上。

"埃达。"她又说。

"啊，琼，你今天感觉怎么样啊？"

"我感觉，我想找一个黑洞钻进去，蹲在里头想事情。我们酒吧里有好多这样的黑洞，你会慢慢发觉的。"

少女的脸在幽暗中看不清楚，她那沙哑的嗓音有种沧桑的味道。埃达记起了她那惊人的美貌。

"你有情人吗？"埃达问。

"有的。不过我们很少约会，因为我不能到外面去。啊，我已经有两年多没出去了。他是我的同学。傍晚的时候，他就站在对面街上等我出去，但我不想出去，我宁愿在店铺里做事。这并不是说我就不挂记他了，而是因为我知道只要我走出'绿玉'，那种幻灭感就会把我压垮。我在店铺里帮爹爹干活，心里想着有一个人在外面等我，我差不多听到了他在人行道上来回踱步的声音，这有多么好。如果我要弄清我心里头的念头，我就找一个黑洞钻进去。"

埃达伸出手去，握住了少女冷冰冰的手，她觉得她很可怜。

"但是我的情人却成了我的仇人。"埃达说。

"多么奇怪啊，我用力想也想不出那是怎样一种情景。"

"那是——那是同一个人合为一体，却又与他为敌。我即使是站在这里，也能看到农场里的乌鸦铺天盖地。"

琼的手在埃达的大手中慢慢回暖，埃达心目中涌动着想吻她的欲望。

"琼！埃达！"是老板在叫。

埃达心情复杂地想，她终于逃出里根先生的魔掌了。她听见顾客当中发生了压抑着的骚乱。这里那里都有闷闷的惊叫的声音。即使不那么费力去看，她也看到了在人群当中乱窜的白鼠，它们的数量太多了。有一名男孩跌跌撞撞地走过来握住了她的手，然后扑在她怀里簌簌发抖。男孩看样子二十岁不到。"它们又来了，怎么会这样？啊？怎么会这样？"他说。埃达记起刚才还看见他在同一位年长的、举止优雅的女人谈话，目光里透出超出他年龄的成熟。"他们叫你埃达，你真是埃达吗？天哪，它们又窜过来了，你是知道如何对付它们的。"

埃达扶他在椅子上坐下，用自己的身体挡住灯光，让他处于完全的黑暗之中。她觉得这个男孩像她的小兄弟。

"你是谁家的孩子？"她亲切地问他。

他将两条腿完全缩到椅子上头去，用双手抱住了膝头。

"如果你离开我。我就不从这张椅子上下来了。今夜有暴风雨。"

人们虽然惊恐，但并没有谁逃走。现在他们挨墙站成一排了，都死死地盯着地上跑动的小动物，埃达觉得，他们实际上是欣赏这些小动物的。

琼从远远的大堂尽头走过来了，步态像喝醉了酒，埃达没有见过她这种样子，不由得很好奇。男孩一看见她，就紧张地扯埃达的衣角，反复地说："她！她来了！你要挡住我！她来了！"他将头埋进自己的膝头里。但是琼在大堂中间止住了脚步，她的目光怔怔地盯着墙上的动物标本，一束绿色的灯光仿佛砍掉了她的另外半边脸。一刹那间，埃达明白了这两个人之间的关系。

当音乐停下来的时候，白鼠就不见了。整个大堂变得死一般的寂静。人们不知什么时候已经各就各位了。也许是老板使音乐停止了。现在柜台那边已经看不到老板和那两位伙计的身影了，那里一片黑暗。他们几个人上什么地方去了呢？埃达再一望，琼也不在了。过了一会儿，屋里又恢复了往日窃窃私语的老场面。可是男孩始终不从椅子上下来，并用一只手抓紧了埃达的衣角。

埃达狼狈地站在那里。往事历历在目，她的内心在激烈地斗争。

里根先生曾开玩笑地对她说："到处都是你的地盘，你走到哪里，就会把哪里变成你的家。"

她当时反驳他道：

"我要自由自在，我想像断线的风筝一样飘荡。"

有人从黑暗里伸出一只手，将她拖过去，拖着她一直走到了后门那里。是琼，埃达一开始就感到了。

"不要理他，他会将你一块带入深渊，他是那种毫无忌讳的男孩。他对我们的酒吧里的环境很不适应，他的情况很惨。"

琼的苍白的手指惊恐不安地绞扭着棕色的头发。

当白鼠不再闹腾，父母外出时，琼站在蒙着厚厚的灰尘的古旧家具旁边告诉了埃达关于她的绝望的恋情。是琼自己主动追求那个日本男孩的。男孩很喜欢登山。在交往的初期，琼就隐隐感到他那单薄脆弱的外表只是一种伪装，他里面有种疯狂的东西，这种东西令琼从心底感到害怕。那时他们是形影不离的。终于有一天，男孩邀琼一起去附近登山。那座山并不太高，是光秃秃的石头山。虽然琼做了充分的准备工作，她还是没料到半途会下起雨来。他俩趴在陡直而又滑溜的峭壁上头，雨越下越大了。他请求她绝对不要朝下看，因为"你将会看透我这个人"。这句话引得琼心里的欲望蠢蠢欲动，她受到的诱惑太大了。结果是，她掉在长着厚厚的茅草的石洞里，摔坏了腰椎。在医院的那半年里头她万念俱灰，就像死过去了一次似的。男孩也失踪了。当青春终于战胜死神，她的体力渐渐恢复之际，琼看到了那一天她从山上往下看时看见的东西。那是一只白鼠，在半空的气流中浮游。琼恢复了正常人的生活，男孩也出现了。琼决心同他拉开距离，并同母亲一块饲养起小白鼠来。母亲似乎对饲养白鼠的事更为着迷，所以很短时间内，他们的走廊里就跑满了这种小动物。但男孩并不想同琼拉开距离，他明知琼不会走出家门，还是每天到老地方去等她。有的时候，他会贸然闯进酒吧来，就像昨天的情形一样。

"最害怕的事就是最想要经历的事。"埃达深有同感地说，"你的男孩是一个意志顽强的人。"

"我知道。"琼心神恍惚地说，她总在朝楼梯口张望，似乎害怕她母亲冷不防出现在那里。

"你怕什么呢？"

"我的妈妈不赞成我有伤感情绪。她认为我应该全神贯注地对待这些白鼠。当然，她是正确的。"

酒吧里的日子过得很快，虽然几乎每一天都是同样的内容，埃达还是希望将一天的时间尽量拉长。闲下来的时候，她便怀着无限的渴望想到，她终于摆脱里根先生的魔掌了，可是南方的那个橡胶园里是怎样一种情景呢？每天半夜酒吧开始营业，客人们如同影子一样陆续进入之际，埃达就会产生那种幻觉，觉得自己仍在橡胶园里劳作，而这些客人，就是她那些园里的同事伪装的。为什么老板总是放这些庄严的、深奥的古典音乐呢？会不会里根先生已经混在这些客人当中来过了呢？也许是因为有了渴望，日子才过得这么快的，她这样想。摆脱自己的情人是一件多么好的事情，琼不是就摆脱了吗？在这以前，埃达从来不知道还有这样一种渴望：渴望一件自己绝对要摆脱的东西或人。这种新型的渴望虽然不能给她带来满足，却能带来每一天的充实。瞧，琼过得多么充实啊。

琼的妈妈在走廊尽头张望。她看到女儿的房门未开，便蹑手蹑脚地走了过来。埃达看见她将手里握着的东西放到地下去了，是小白鼠。

"埃达，埃达，你觉得琼幸福吗？"她焦虑地问。

埃达看见女人衣服上落满了灰尘，头发也很乱，但这一切都挡不住她那种内在的美貌，那种美有点像初生的植物的绿色的美，悄无声息，却令人震惊。埃达避开她的热切的目光，淡淡地回答说：

"我看她是幸福的，每一天都对第二天有所期待，不是吗？妈妈真有气魄，谁又敢饲养这么多的小白鼠啊。这真有点像将梦幻变现实呢。"

女人笑了，似乎放下了一桩心事。她伸出一只白皙的手抚摸那些旧家具，好像它们是她的婴儿一样。

"它们是旧货店买来的。她爹爹认定这些是他原来那个家里流落出来的。但是我有两个朋友碰巧来楼上看见它们，又说是他们家的旧东西。你说说看，这记忆到底是怎么回事啊？"

"记忆就是被人想起来的事吧。"埃达信口开河地说。

女人有点吃惊地看了埃达一眼，走了过去，开始轻轻敲她女儿的门。

埃达觉得自己不便站在那里，就下楼去了。

老板不在楼下，柜台里面却坐了一个人，是那位样子有点凶的伙计。埃达一直感到不解，老板为什么招收了一个这种相貌的人来柜台上工作呢？

伙计马克在摆弄那个破旧的留声机，那里头放出来的仍然是那些音乐，埃达每天听都听熟了。可是在马克的摆弄下，音乐变成了一阵一阵的怪声，埃达听了全身都起鸡皮疙瘩。她赶紧转身想往外走，然而她被什么东西绊了一下，低头一看，原来是老板，他正躺在地上读一本书。他的样子显得聚精会神，完全不受外界干扰。由于屋内光线很暗，埃达无法确定那是一本什么书。现在老板坐起来了，他慈祥地对埃达说：

"埃达，你还记得洪水吞没你家时最后一刻的情景吗？"

"我完全不记得了。当时很乱。"

"所有的事都写在这本书里头，"他用双手将那本像砖头一样厚的书抱在胸口说，"不过都没有明说，是一些谜，要我来猜，这类书都是这样的。我从家乡带了好几本到这里来，没事我就睡在地上读书。为什么睡在地上呢？为了方便啊。我只要将耳朵往地上一贴，书里头描写的那些事就会发出各种声音。我把这叫'听书'。"

"那么，我能不能听书呢？"埃达问。

"你不能，琼也不能，但琼的妈妈可以，这种事需要阅历。还有马克这家伙，他也可以。你看，他不是睡到地上去了吗？他啊，听的是音乐。那同你听到的是完全不同的。"

埃达走到柜台那里朝里看，看见马克的身子在地上蜷成一团，他正在哭。

"马克是我们店里的宝贝啊。顾客们说，他浑身都是音乐呢。"

埃达走出大门，站在"绿玉"的葡萄架下面，全身沐浴在光线之中。

"埃达啊！"琼在她的卧房的窗口发出带哭的声音，她的一只手用力抓住胸口的衣服，两眼恐惧地凸出来。

"琼！琼！"埃达朝着二楼挥手，她记起琼的妈妈在房里。

琼的妈妈在房里干什么呢？吓唬她女儿吗？似乎这个女人一直在暗暗地逼迫她女儿干什么事情。

琼的整个上半身探出了窗外，像要跳窗一样，一下一下往外冲，但又跳不出来。埃达明白了，是她母亲在里面拖住了她。埃达想，既然这样，母亲为什么还要逼她呢？也许是因为母女俩生得过于美貌吧，太美的人往往喜欢过一种极端的生活。有什么东西被从窗口扔出来了，啊，是小白鼠！

"埃达啊，再见了！！"琼声嘶力竭地喊出这一句就缩回去了，接着窗户也被人关上了。

埃达迷惑地看着那上头。琼为什么说再见呢？

但琼并没有到哪里去，到了夜里，她又同她母亲出现在酒吧里了。母女俩都很严肃，甚至显得有些落寞。而那位老板，穿着礼服，打着领结，神采奕奕。谁会想到他会伏在地上去听书呢？

在大堂的一个幽暗的角落里，发出了令埃达心惊肉跳的声音。是里根，里根在唤他，埃达听得清清楚楚。

"我要白兰地。"和同伴坐在一块的陌生男子说。

世界上竟会有如此相似的声音。

"小姐，请您往右边看一看。"他又说。

埃达看见了墙上的白鼠，那白鼠正蹲在一只鹿的头上咬啮，细小的牙齿擦在骨头上的声音清晰而刺耳。埃达看呆了，手里的菜单也落到了地上。她觉得自己分明在哪里见过这种景象，那是多年前的事了，同雨和海水，还有陌生男子有关。但不是面前的这位男子。她耳边响起这位男子的声音："马尼拉，马尼拉，田野里洪水滔滔。"她转过身来，桌旁的两位男子都不见了。

琼来到了她的身边，她凑近她说话：

"现在我们俩落进了同一个洞穴里。多么令人激动的夜晚啊。你没有出去看天空吧？此刻，天空是紫红色的。"

琼说完就弯下腰，捡起菜单交给埃达，然后招待客人去了。埃达注意到她的动作里头仍然显出那种身体的渴望，正如野地里的那些蛇。刚才她的客人到哪里去了呢？真是一点痕迹都没留下啊。埃达的心有些抽痛，她又一次想到，她终于摆脱里根先生的魔掌了，也许就因为这，他将他的声音布满全世界。世上竟有如此痴心的男人。

她接待了很多客人，这些人全都表情麻木，假装做出在倾听音乐的样子。有一位妇女上衣的一粒扣子居然掉下来了，她弯下身在地上摸，弄得满手全是灰。同她一起来的男人也在帮她找，那男的用一支手电筒在桌子下面照了好久，显出很没有教养的样子。这个时候，旁边的客人都走过来，围成一个半圆观看着。男的干脆像猫一样在地上爬起来，他在桌子与桌子的空行之间爬，人们纷纷给他让路。

"掉了一粒扣子就等于打乱了全部格局。"

穿着暗红色格子外衣的妇女低声说。埃达注意到她激动得两眼放光。

埃达很不自在，心里想着避开这些人，就收了一个桌子上的盘子往厨房里去。厨师本来正在火上忙乎，听见埃达进来，就停下手里的活，转过身来向着她。埃达脑子里"嗡"的一下响起来，这不是阿丽吗？

"我不知道你在这里、这里工作。"她结结巴巴地说。

"你是新来的吗？我听说新来了一个人，但我一直没见到，原来是你！来了就好，这种地方的工作不容易适应啊。"

埃达放下心来。她并不是阿丽，只是同她长得十分相像而已。

"啊，我弄错了。不过您会不会在哪种地方工作过呢？"

"你说橡胶园？当然，像我这样的胖人都在那种地方工作过。炎热的气候令我无法忍受。另外我感到蛇也太多了，厨房的冰箱里都钻进去。我宁愿在这里思念那个地方也不想亲自待在那里。我出来十多年了。"

她警惕地朝厨房门那里看了看，然后走过去，将门紧紧地关上，回转身来坐在小板凳上削土豆。过了一会儿就有人敲门，她向埃达努了努嘴，说："不要理，是老板想进来。他一来就往馅饼里头加盐，说是要试试顾客的敏感性，简直是一个疯狂的家伙。我看他开这个酒吧就是个疯狂的举动，你说呢？埃达？"

"也许吧，我不太清楚。"埃达倾听着老板焦急的喊声。

"疯子，完全是疯子！他想返回那个兵营！！"厨师愤愤地转动肥胖的身体，用锅铲威胁地朝门那里挥动。

"兵营？"

"是啊，他这种人，不就是从那种地方出来的吗？训练有素的大兵嘛。你没注意到这个酒吧里有种兵营的氛围吗？这是铲平个性的地方啊。"

她放下锅铲，气呼呼地站在那里，干脆活也不干了。埃达觉得她生起气来很像一个小孩，令她想起企鹅。在厨房里，外面的声音一点都听不到了，完全是另一番情景。有人在窗口边探头探脑的，是琼的男朋友，他想来这里打探些什么呢？他看起来十分憔悴，在院子里的灯下站着，像一个鬼。

"这种人倒是应该去兵营搞搞军训。"厨师说。

埃达终于明白里根先生是摆不脱的。在远离农场的这个奇怪的酒吧里，埃达的情绪在变化。她并不想回农场，她想回的是老家，她想象中的老家是一个模糊的影子。其实，她也不想坐上一趟火车回那里，她想走捷径，捷径就是琼告诉她的那些酒吧里的黑洞。

一天，当音乐响彻了整个酒吧之际，她在琼的指引下钻进了这样一个黑洞。当时她和她站在后院谈话，没有雨，空中吹着一阵一阵的凉风，月亮显得湿漉漉的，槐树那里有个人在轻佻地吹口哨，吹的是那种俗气的情歌。忽然，琼用手在她肩膀上用力一按，她脚下一滑，就和琼一道跌进了那个洞。

啊，她真是感慨万千！雷声和潮湿的泥土的气味立刻将她包围了，什么地方隐隐约约地传出喊叫声，都是些极熟悉的人声。琼没有同她待在一个洞里，她待在她旁边的洞里，当埃达叫她时，她就发出含糊的呼应，仿佛快睡着了似的。她的确踩在家乡的泥土上面了，那种柔软，就是到死都忘不了。还有带着浓浓的腥味的雨，下个不停，很快她的头发就全湿了。耳旁有家乡的男子在说："马尼拉，马尼拉，田野里洪水滔滔。"她记起这句话刚刚听什么人说过。此时，她深深地感到，家乡的人们具有敏捷的应变的本能，否则的话，在一个接连不断地受到山洪侵袭的地方，种族怎么能保存下来呢？那些走夜路的人，脚步是多么有力啊，几乎每一步都紧扣着土地的脉搏。

"埃达，埃达，你见过火烧云吗？"琼在旁边喃喃低语。

音乐汹涌而来，热带雨林的气味变得稀薄了，然而还残留了雄鸡啼鸣的叫声，断断续续地，叫了又叫。

琼的硬硬的、神经质的手指钩住了她的手指，她们并肩站在那里。喝醉的一男一女正搀扶着回家，琼说他们路途漫漫。

"他们是回到有地牢的屋子里去。"琼告诉她说。

"但是我的地牢没有边界。"埃达有些沮丧地说。

琼嗪嗪地笑了。埃达很少听到她笑得这么欢畅。

"你的男孩来了吗？"埃达问。

"啊，我只要待在这种地方，就可以听到他远走他乡的脚步声。这种感觉总是那么美妙。我听到了他的本能的声音。"

埃达想，明天她要回农场了，那里也应该有很多这样的洞穴，她先前是完全错过了它们。

埃达呻吟起来。"啊，我的脚！"她说。她的一只脚还插在家乡的泥土中，难以自拔。琼回过头来看看她，说习惯了就好了，还说任何事都可以习惯。那张门一打开，埃达就看见了躲在阴影中的老板。他躺在一张桌子下面看书，真难以设想他在那么黑的地方能看清什么东西。伏在桌上喝醉了的那两个顾客知不知道老板在他们下边呢？

"琼，我真羡慕你爹爹啊。"

"我也是。要知道整个酒吧都是他的地牢。有时我想，同他相比，我简直不像话！我，最好不要走出我的卧房到外面来。"

她绕到柜台那边，去找马克去了。埃达弯下腰想同老板说话。老板倒先开口了，然而目光并未从书本上移开。

"这个故事我读了几十年了，故事里到处是机关。埃达啊，你打定主意回去了吗？明天的火车是早上九点。"

"老板怎么知道我要走？"

"所有的事全写在书里头。你离开后，将再也找不到这个酒吧了。"

"为什么呢？"

"你是偶然闯进来的。我们这里不容易找到，一不留神就错过了。"

老板将书本枕在脑袋下面，蜷起身子，闭上眼，似乎睡着了。

在柜台的灯光下，琼和马克站在那里发呆。留声机已经哑了，几乎所有的人全醉了，一些人起身向外走，另一些人伏在吧台和桌上呼呼大睡。埃达只要看见谁醒了，立刻跑过去搀着那人往外走。被搀的人往往十分感激，称埃达为"小乖乖"、"小仙女"等等。他们进酒吧时那种道貌岸然的样子消失得无影无踪。有一名妇女东倒西歪地出了门之后，忽然又回过头来向埃达叫道：

"今夜我们幸运相逢，日后永不相忘。再见！"

"再见。"埃达机械地说，她连女人的面孔都没看清。

黎明的时候，埃达在自己的卧室里看见了很多艳丽的蝴蝶，它们在灯光里飞上飞下，还排出字母。埃达呆呆地看着它们，开始流泪。这时她听到琼又在隔壁从桌子上跳下来。

埃达走出"绿玉"酒吧，当她往回看的时候，闪烁的霓虹灯已退到了遥远的道路尽头。

第十章 里根的困惑

"没有埃达的日子既像一场噩梦，又像一次解放。"里根这样想道。他站在海湾的浅水区那里，看着灰绿色的跃动的海水，感受着海的丰满与力量的魅力。一年前那位淹死的女工，仅仅是因为来不及脱下浸透了的、笨重的外衣才遇难的吗？他一边上岸一边对这个问题做出种种的猜测。

五十岁的里根在事业上获得了很大的成功，他的橡胶园不断赢利，这使得他得以将周边的几个大农场全买下来，改成了橡胶园。这几年，里根自己逐渐退出繁重的日常工作，他将事务都交给了一位能干的经理。这位名叫金夏的国籍不明的经理是一位优秀的管理人员，他不声不响地就将所有的事务都理得清清楚楚，更重要的是，他在发展方向上的每一步棋都是着眼于未来的。一天夜里，里根梦见这位东方男子掌握了点石成金的秘诀，他拿着一根头子上镶了宝石的棍子，往他所立足的那块土地上一点，那块地就归里根所有了。里根长久地凝视着他那细长的、狡黠的眼睛，从那里头看见了不是欲望的欲望，实际上，那是一种虚无的变体。

"金夏，你觉得埃达还会回来吗？"里根说这话时坐在海边。

"她根本就没离开。您应该知道，这只是一个眼界的问题。"

金夏细长的身体像海里升起来的一个影子，他的话里根总要过一会儿才琢磨得透，当初里根就是因为这一点看上了他。金夏同他的家人一直住在半山腰的老屋里，那是他自己选择的住处。他和妻子，再加上两个儿子，他们总是独来独往，不和工人们建立密切关系。有时候，他们一家那种骨子里头的孤独甚至令里根胆寒，担心他们有图谋不轨的想法。但是过后他又会责备自己的胡思乱想。其实，金夏是他在农场唯一的知己，他将自己的每一桩心事都向他倾诉过。在那种时候，金夏抽着烟卷，很少插话。里根拿不准他是否愿意听，但他倒的确听进去了。比如刚才他说起埃达，金夏立刻就会说出一种独特的意见来。

"你的儿子打算秋天去北方上学吗？"里根问道。

"是啊，他们还真舍不得离开农场呢！"

"噢？"

"他们俩打定主意将来永世不离开农场。"金夏喷了一口烟，口气变得夸张了。

穿过芭蕉林就是山坡，金夏的灰色木屋建在一棵大榕树下面，那棵树就像一个面目狰狞的守护神，那些巨大的气根悬在空中，显露着霸道的气派。里根知道那木屋已受到了白蚁的侵袭，目前已属于危房。但金夏一家人竟毫不在乎这件事。也许他们并没有长久的打算。金夏的妻子有个好听的名字，那是个里根发音很困难的名字。此刻她正在将被子拿到外面晾晒，大概因为屋里太潮湿了吧。她向里根傲慢地点点头，就算是招呼过了。

"住在山坡上，对整个农场的情况一定了如指掌了。"里根玩笑地说。

"实际的情况是，我们一家成了外人。"金夏不安地用手敲着桌子说，"这是不是因为我们一家人太缺乏野心了呢？"

里根听见里屋有被压抑的兽的咆哮声，不由得吃惊地跳了起来。

"难道你们养着狼？！"他觉得膝头在发抖。

"是啊，"金夏神情飘忽地回答，"是儿子们养的。他们感到住在这种地

方太虚浮了，要做一件刺激的事。后来他们就弄回了这只小狼。你不要紧张，狼是用铁链牢牢地拴住了的。有时我也为他们的爱好担忧，我毕竟是他们的父亲吧。幸亏马上要去北方……"

他朝空中举起一只手掌像要比画什么，但那手掌又什么也没能比画出来，尴尬地停留在半空。他的样子一点也不像个"父亲"，倒像个单身汉。

里根往里屋走去，但那两个孩子一齐冲出来，将他挡在房间外。里根瞟了一眼，看见窗子全蒙上了黑布，房里什么都看不见。

"伯伯，房里什么也没有！"他们齐声说道。

两个男孩都穿得很褴褛，脸上也很脏，完全不像这种家境里的孩子。里根注意到他们也同父亲一样有着狡黠的眼神。这时孩子们的母亲进屋了，她向着孩子们嘀咕了几句，于是两个孩子都用愤懑的眼神看着里根，好像在质问他干吗要跑到这里来打乱他们的生活。

金夏还是坐在桌旁，好像什么都没发生一样。

"这是些没有教养的孩子。"他说，却不像抱歉，倒像炫耀。

刮风时，房子的木板墙"吱吱呀呀"地响，甚至人都能感觉得到房子在风中倾斜。金夏微闭着眼，沉醉在这不祥的声音里，那个又黑又矮的妻子却像什么都没听到一般。

那只狼不出声了，但两个小孩却在里屋哭起来。

"他们把狼弄伤了，自己又心疼，所以就哭。这些小鬼！"金夏对里根说。

但是里根觉得这种哭声里头有些不对头的东西，什么地方不对头一时也想不起来。这种哭根本不是什么小孩的哭，而像是老谋深算的暗示，像要对谁传达什么难以启齿的事。对谁呢？里根听不懂他们传达过来的信息，就有些心烦。看看金夏，一副怡然自得的样子，正在将桌上的六只小玻璃杯摆成一朵梅花，细长的，被烟熏得焦黄的指头透露出阴沉的内心。

"你们家里总是……总是这么热闹？"里根想不出恰当的形容。

"是啊。我很抱歉。"

但他的样子仍然不像抱歉，他的虚伪做作使里根很气愤。不过他到底是不是虚伪做作呢？或许他根本就没有做作？他的妻子又在将晾出去的被子收进来，说是怕有雨，她一趟一趟地，机械地做着这些事，看上去很平静，两个孩子那种怪异的哭声完全不能使她心烦。

"原先啊，我也没想到会将家建在这里。可是一看到这山，这榕树，这房子，我就不想走了。本性难移啊。有一件事我想问您，里根先生，您能告诉我农场到底有多大占地面积吗？近些日子，我被这个问题完全弄糊涂了。"

"我也同你一样，金夏。有时候，我觉得我们的土地无边无际，有时候啊，我又觉得自己连立足点都没有了。我们还应不应该继续买土地呢？"

风声一停，他就和金夏走出门外，站在榕树下。从山坡上往下看去，视野开阔，农场里一片阳光灿烂，为什么金夏的妻子说有雨呢？他的目光扫过橡胶林，到达了那个湖。土地令他感到压抑，他有逃离的冲动，也许就像埃达那样走掉。也许金夏住在这里，是为了同他的农场拉开距离？但他又为什么要那么卖力地帮他扩张土地呢？里根清楚地记得他在谈生意时两眼闪出的贪婪的光，他无法确定他的那种快感到底是什么性质，从他所过的这种清贫的生活来看，他对金钱应该是无所谓的。回转身再看看这所房子，这个巨大的白蚁巢，一种不祥的预感在里根心头升起。莫非他遇到了命里的煞星？这个不声不响的、国籍不明的人，他的奇怪的一家人，住在这所多年前一位猎人建起的木屋里头，他们是用他们默默的生活姿态来影响自己吗？或者竟是来否定他的存在的？女人出自心底的傲慢到底是什么含义呢？

两个男孩站在大门那里看他，朝他扬着小拳头。里根想，如果他再回到屋里，他们也许会扑上来打他吧。他将目光移向自己的家的那个方向，可是很奇怪，他看不见那所房子了，那地方光秃秃的，只有两根电线杆立在那里。过了一会儿，他又看见他的黄狗从什么地方跑进了视野。

"从这里是看不见你的家的。"金夏说。

里根十分讨厌他说话的口吻。他觉得这个人掌握了自己的一切，正在利用他里根自己的影响力一步步消灭他。他的房子，房子里的一切，一定是被这个人消灭掉了，因为从这个山坡上向农场看去，视线里头既没有人，也没有房屋。

他心里很压抑，就告别了金夏下山。他走了好远，回头一看，还看见金夏站在那棵榕树下抽他的烟卷。也许他在监视自己？很可能在他那虚无的视野里，他里根的身影也被抹掉了。一想到自己被人"抹掉"，里根的心里升起一股惊悸的浪潮。这个人究竟是什么样的人呢？就在昨天，他还在劝自己抓住时机，继续扩张农场的土地呢。"能占多大地就占多大地。"他几乎是厚颜无耻地这样说。实际上，他又谈妥了一桩大买卖，准备将他们的橡胶园向北边靠海的地方扩张了。然而看着金夏时，里根怎么也产生不了踏实的感觉。他那细长的身影，他说话时特殊的语调，他身上的灰布衫，一切都太飘忽了。有好几次他想向他打听他的国籍的事，但话说了一半又缩回去，因为觉得太不合适了。怎么好意思打听金夏这样的人的来历呢？

"里根先生，您好！"

是那个女孩子，她的姐姐在海湾那里淹死了。他本想敷衍两句后躲开她，可是他发现这个小个子姑娘用一种热切的眼神望着他，似乎有求于他。她也是农场工人，穿着那种厚重的工作服，文森特生产的、经过改进了的工作服。现在这种衣服上面几乎没有扣子了，穿脱十分容易。里根记得她在姐姐下葬那天哭得眼睛出血了。

"没有困难吧，孩子？"他和蔼地问道。

"姐姐是游泳的老手。"她看着他的眼睛说。

"啊？"里根一阵头晕。

"农场里所有的事都走极端，她也是。我们的父母都是有钱人，他们分居了，住在北方的别墅里头。您的农场真美，里根先生，太美了，姐姐也这么说。"

听她说话的口气就好像她姐姐还活着一样。

里根竭力回想她姐姐的面容，但总是模糊。一个有钱人家的小姐，跑到农场里来当工人，然后有一天，穿着厚厚的工作服游进了大海。"游进了大海"这个比喻太贴切了。这个女孩站在这里等他，就是为了同他谈论她姐姐啊。可是她为什么要谈论？是思念还是惋惜？也许竟是羡慕？是谁曾说过，所有的到这里来的人都会变态。这个女孩也变态了，她不顾一切地活在想象之中。看来她姐姐的死是对她的一种诱惑，她现在大概觉得当时的痛哭没有必要了。

"里根先生，我要走了，我还想问一句，您总是站在野外思索吗？"

"莫非我的思想可以看得见？"他茫然了。

"在您的阴影里头，草的颜色变黄了。但您不知道！"她跑掉了。

里根欣慰地想，他的农场里并不是一片虚无。当然，他自己可能并没有完全领会金夏的意图。虽然从榕树下往这边看，什么都看不到，可是他刚一下山，就碰见这个女孩，一个生活在农场的梦里的女孩，她和她姐姐的痛苦都是

实实在在的，而那位追梦的姐姐，将生命随随便便就舍弃了。当初他把金夏招到农场来，正是为了他那种实干精神，或者说，他对购买土地的狂热。然而他什么都不想占有，过着难以理喻的清贫生活。里根说不清他那干竹子一般的躯体里的狂热是什么性质的。里根问自己："我在思索吗？"这种推磨似的思路，不过是将发生在表面的现象一遍又一遍地回顾罢了，根本算不上真正的思索。

昨天有人从文森特所在的城里回来，告诉他看见埃达了。在漫长的夜里，他和埃达在深深的地底各自掘着自己的洞，彼此都听得见对方弄出的响动。"埃达，埃达！"他说，土块掉下来，砸在他的头上，他的动作变得有点疯狂。埃达的动作是有条不紊的，令里根想起她从泥石流中逃生的那份镇静。他听见她掘到他的脚下去了。然而埃达却在城里的酒吧里藏匿着，他的农场就是再扩张，也到不了她所在的城市。

"里根先生，里根先生，太阳已经毒起来了，到树荫下来躲一躲。"

是阿丽。

"你看起来这么绝望，你应该过来同我坐在一起。"

他机械地走过去，同阿丽坐在一起。厨师用粗糙的手拍了拍他的膝头，他回过神来，做出一个笑脸。

"在家里，那么多的小蛇爬了进来。我就想啊，恐怕埃达回来的日子不会太远了吧。"

里根拿不准这个阿丽究竟是什么类型的人，但他感觉到她绝不是清心寡欲的那类人。她虽年纪大了，但当她坐在厨房沉思之际，农场里的任何一点响动都逃不过她那双老眼。

"阿丽，你说我该不该继续买地呢？"

"当然该。这种事可以让你心安，不是吗？金夏那种人最懂得你的心思，你会信任他到最后。"

"最后？"

"就是最后，你我都会看到。比如早上，那条老蜥蜴就又一次进屋了，每逢这种时候，就会有一轮新的欲望高涨的时期出现。"

马丁将吉普车开过来了。里根看见小伙子浑身上下都穿着自己的衣服，连脚上的皮鞋都是他的。他怎么变得这么肆无忌惮了呢？车子里头还有一个人，正是淹死的女孩的妹妹，她已经打扮过了，穿着很艳俗的衣服。

"回家吗，里根先生？"

"不回，我没有家。"他没好气地回答说。

"坐在群蛇乱舞的餐厅里照样可以沉思。"

女孩嘲弄的声音在车里头响起来，她掉转脸去不看里根。

"阿兰真不像话。"阿丽低沉的胸音里充满了谴责的意味。

阿丽缓缓地从石凳上站起身。里根也站起身，同她一起钻进车里。他们四人一起往家里驶去。

当里根走上自家的台阶进屋时，他的耳边响起一个陌生的声音：

"马尼拉，马尼拉，田野里洪水滔滔……"

他觉得自己的腿都软了，差点坐到了台阶上。他四处张望，但周围并没有陌生人。阿兰和马丁站在一旁紧张地注视着他，显然他俩听到了那个声音。还有阿丽，也在打量他。

"家里大概有外人来过了吧？"他故作轻松地伸了个懒腰。

"这里能有什么外人呢？就连那些蛇都是熟客啊。有些人你觉得不熟悉是因为你不常想起他们，其实呢，他们可没忘记你。"阿丽边说边进了厨房。

里根上楼时，马丁和阿兰也紧紧地尾随着他。他走进卧室，他俩也跟了进去，并且立刻就占据了他那张床，两人不管不顾地在床上亲热起来。里根正要往外走，他们又停止了动作。马丁说：

"里根先生，您看不惯我们年轻人吗？"

"请你们两人出去。"他从牙缝里挤出这几个字。

马丁显得很委屈的样子从床上下来了，口里念叨着："我不能理解您，里根先生，您怎么会将自己包得这么紧的。"阿兰气愤地捶打着床垫，还将一个枕头扔到了地上，然后她跳下床，用脚去踩枕头。

他们出去的时候，马丁冲着里根的脸说：

"虽然您是我的老板，我也要告诉您，金夏先生对您完全失望了。"

里根走到落地窗前，在他视野里，金夏的住处成了远方一个灰色的小点，而农场，在金色的阳光里像要烧起来一样。他从地上拾起枕头放回床上，头脑空虚地躺下来。他的目光停留在敞开的柜门那里——里面所有的衣物大概都被马丁这家伙席卷而空了。这个马丁，究竟是他的雇员还是他的主人呢？好几年前，他发现小伙子穿走了他的衣服时，心里还暗暗地兴奋过一阵呢。那时他的感觉是自己在影响这个年轻人，而从今天的情况看起来情形恰好相反，这两个人像是在对他挑战。为寻梦而死的女孩的妹妹向他展示着自身粗俗的欲望，同时也鄙视他的教养。他曾看见这个马丁坐在他楼下的餐厅里，身上缠着四五条小蛇，那些小蛇并不是从外面缠住他，而是钻进了他身体里面，从一边进去，另一边出来。当时小伙子的表情像是处于昏迷之中的人。里根一进餐厅，那些小蛇就从马丁身体里钻出，顺着墙根溜出去了。那一次里根是吃惊不小的，他要阿丽提防这个小伙子。

"不要把他放在心上。"阿丽说，"他是从贫苦的边疆流浪到此地来的，他的出生地没有任何物质享受，人人都得像囚犯一样干活。现在他可大有用武之地了。但是这种人是改不了他那副穷相的。"

当时里根想象着边疆的穷困生活，想象着这个随时让毒蛇钻进体内的小伙子，心里对他升起一股敬意。正因为这个，后来他屡屡穿走他的衣服他也不觉得反感了。

难道那个影子一般的金夏真的会对他有所期望？他发疯地工作，绝不是为了在地球表面留下这种似是而非的痕迹，里根想起他所栖身的摇摇欲坠的"白蚁巢"，就感到这个人绝对是有所坚守的。

埃达出走之后，金夏曾在一天下午默默地陪里根在湖边坐了好久。

"金夏，我们的农场现在有多大了？"

"一百六十平方千米。"

"我设想不出那究竟是多大。"

"总之是很大了吧。就因为这埃达才走的吧，她想要一个实实在在的男人，不是您这种影子似的地主。"

"你说话真直爽。近些年，我感到自己越来越稀薄了。你看看前面那块芦苇地。我和埃达曾在那里头做爱，当时地上裂开了一个大口，成群的水蛇涌出来缠在我们身上。我的脖子被箍得紧紧的，我丝毫感觉不到快感。"

里根说话时湖水就荡动起来，他感到他身下的那道堤也在微微动摇，不由得有点担心。可是他偷偷打量金夏时，却看见金夏低下头在一个小本子上写字。

"你写什么？"

"算一算新买的农场的测量面积。"

"你没听到我说话吗?"

"听到了。您经常这样说的。"

"我可是第一次告诉你这事!"里根很失望。

"啊,不对,怎么会是第一次呢?您忘记了。我很喜欢埃达。要是没有她,您该怎么办,幸亏有她。我早知道,这个农场的主人是埃达。"

金夏总是能说出里根最喜欢听的话来,里根将他的话称之为"迷魂汤"。如果没有金夏,里根不知道自己怎样才能挨过这些日子。

"但她并不希望在这里待下去。"

"啊,您错了,里根先生,您总是犯这样的错误。您又忘了,她可是埃达,是从泥石流里头逃出来的。"

下午的阳光照着湖水,照着芦苇,不时有一只水鸟尖叫一声飞过去,这地方一时显得无比的古老。里根脑海里出现一个鲜明的记忆,在记忆中,少年时代的金夏带着里根的弟弟在风中奔跑,他那细长的腿子好像在空中腾飞一样。他穿着一件奇怪的黑白两色的长衫,又像中国人,又像日本人。里根差一点将这句话问出了口:"金夏,你到底是哪里人?"但他真正说出的却是:"那么,农场有多大呢?"

"得出的数字相差很远,里根先生,有时相差一倍。不过这是很正常的,实测面积并不可靠,您说呢?"

里根意识到了,他的农场是无法测量的。他想,这个金夏可能也意识到了,可他为什么还要不厌其烦地搞测量呢?有一次,他从梦中醒来走到树林里,看见他的那些工人都戴着草帽坐在月光下,很像一些雕像。他从这些一动不动的人身边经过,立刻感觉到了他们脑子里的那种境界,那是以橡胶林为起点的、无限延伸的空间。他唐突地叫了一声"埃达",立刻就有人回答了他,不过回答的声音是一个男声。看着这些木雕似的人，里根害怕起来了，他拔腿向林子外边走，他要摆脱这些人给他带来的滞重的感觉。然而橡胶林就像中了魔似的，不论他朝一个熟悉的方向走多久，始终到不了林子的边缘。那一回他把自己累垮了。

"里根先生，依我看，农场越扩大，我们越能安心。"

金夏站起身来，说他要去处理一笔业务。里根看见他走上那条岔路时，有两名汉子从林子里蹿出来将他架走了，里根想喊又喊不出，因为他感到眼前发生的一幕太虚假了。过了一会儿，他才逐渐恢复了现实感，看见了自己这件外衣上头的污渍。这件灰蓝色的上装他穿了很久了，自从马丁卷走他的衣服之后，他就没衣可换了，一切都显得是这样荒唐。农场越大，测量工作越有理由永久地进行下去，这便是金夏的阴谋。

有一种不知名的小鸟藏在芦苇丛里，数量之多令他吃惊，当他经过那里时，小东西们如蝗虫一般从草里头腾空而起，飞进了云端。他张开口，傻气地发出"啊！啊！"的声音。再看地下，遍地全是黑压压的乌鸦，显然这些乌鸦是刚从什么地方飞来的。什么地方呢？难道是那个城市吗？他曾听人说，在那个城市里，家家的阳台上都停满了乌鸦，湿漉漉的乌鸦。

有人在叫他，是阿丽气喘吁吁地过来了。阿丽说，他有可能被卷入一场官司，听说金夏用不正当的手段经营农场。

"这个人，究竟打的什么主意？"阿丽茫然地说。

但是里根看出她并不紧张，似乎还有点盼望某件事发生的样子。他想，这是农场的人们的普遍心态，人人都盼着某件事发生。

"我不太相信这种事，这是不是苦肉计呢？"里根说。

"是啊，这是不是苦肉计？"阿丽兴奋地重复他的话，眼里闪出光。

"金夏是个不可捉摸的怪人。"

当里根拉开窗帘看着外面时，那女人就出现在他的视野里，连着两天都是这样。她是金夏的妻子。农场里弥漫着风沙，谣言满天飞，已经有好几个人来向他说了关于拍卖的传言。金夏已经有好多天躲着里根了。现在他的妻子在路边挖土，她到底挖什么呢？阿丽进来了。

"她已经在路边挖出了好几个深坑，她说她要检验土质结构。这个女人是一个巫婆。我不怕她丈夫，我只怕她。为什么检验土质？她想刨根问底啊。"

里根心中一惊，回转身来想问个清楚，但阿丽已经拿了他的脏衣服出去了。阿丽的话使他的背脊骨发凉，好多年以来，他把自己的生活看作圆，这种看法现在彻底被打破了。在那边的半山坡上，有两双鹰眼在注视着农场脆弱的存在，只要他们发威，一切就有可能回到蛮荒时代。隔着那么远，女人挖土的声音还是传到了里根这里，就好像挖的是他的宅基地一样，甚至窗户的玻璃都在微微抖动。里根忽然明白了为什么他去她家时，她如此藐视地对待自己。也许在她眼里，自己不过是个白痴。她在那一层一层的泥土里面看到了一些什么呢？她这种揪住不放的风度让里根隐隐地感到绝望。他一遍又一遍地对自己说："埃达，埃达，我们完了。"

这一家人是深谋远虑的，一种里根的思维远远追不上的深谋远虑。此刻他的心在胸腔里乱跳，眼前那愤愤地举起的锄头好像充满了仇恨，一下一下挖在他心上。他听到有人在门外说："马尼拉，马尼拉，远处海浪滔滔。"他急奔过去开门，门外站着阿丽。

"你有事吗？"他生硬地问她。

"我担心你有事要找我，就等在这里。"她似乎脸红了，但也许是光线搞的鬼。

"刚才门外有人说话。"

"不可能，只有我在这里。你看我是不是过去干涉一下，这样挖下去，农场一点老底还不都被她掌握了吗？毕竟，我们是老住户，应该得到尊重。"

"你怎么尽关心这种疯子的举动啊。"他没好气地说，心烦地当着她的面一把将门关上。

买土地成癖的金夏和这个"疯子"，也许唱的是一出双簧。刚才阿丽说"老住户"，是不是一种讽刺？他自己并不是真正的老住户啊。还有守林人，在守林人之前，还有他根本不知道的某些人，他们才是真正的老住户吧。这么多年了，里根从来没有碰到过这样的人，居然想通过分析土质来弄清农场的历史，真有点像神话故事。为什么这一家人要揪住农场不放呢？还有阿丽，似乎对他们的情况了如指掌。昨天夜里有一个人走到他房里来，有点像黑衣的东方女人，走到面前他才看出是一名青年男子，那人手执一个圆圆的瓷盘，猛地往地下一摔，瓷盘裂成了碎片，但却没有任何响声。不知怎么，里根对这个黑衣的年轻人生出一种依恋之情，他很想向他倾诉一番。年轻人将苍白瘦削的脸转向他，用脚尖踢了踢那些碎瓷片，没有回答他的问话。里根明白了，他是永远得不到回答的。看着这个青年，他心里涌出奇异的欲望，甚至比他对埃达的欲望要更为强烈。这一次，里根被自己吓坏了。青年向外走去，他跟在后面追，但终于没追上，因为他健步如飞。此刻回忆起这件事，他无端地觉得，那青年人其实是金夏装扮的，青年虽有点像东方人，给他的印象也是国籍不明。然而白天里，当他面对金夏时，他并没有丝毫的欲望，金夏绝不是那种能让人产生欲望的人，不如说，他是那种能让人的欲望灭绝的人。

"你看，她已经得到了她要的东西，她的身姿是多么轻盈啊。"

阿丽神不知鬼不觉地又进来了。在视野中，金夏的妻子正肩扛着锄头远去。

"你是如何知道这个女人想要什么东西的呢？你并不认识她啊。"

"在我的家乡，这种人不少，我一看见他们就能确定下来是那类人。他们正在从你身上吸走一些东西，他们也正在往你身上注入一些东西，我说的是金夏一家人。里根先生，从他们来的那天起，农场就在发生变化，但你没觉察到。"

阿丽说话时眼睛看着地下，里根想，她一定知道更多的事，没有什么瞒得过这双老眼。他甚至怀疑埃达的出走也同这位忠心耿耿的老仆人有关。然而有什么理由怀疑她的忠心呢？

当如此多的矛盾迎面涌来时，里根下定决心要随波逐流了。

他穿着睡衣站在花园里，因为司机马丁拿走了他所有的外衣。他将脸转向秋天的阳光，心里盘算着，就做个小孩子也不错，无忧无虑的，让这个占地一百六十平方千米的农场回到蛮荒时代吧，他可不想再为今后的前途操心了。有一些工人从他眼前走过，他们是不是去干活的呢？不，他们不是去干活的，他们在演戏。他们各自怀着他们自己那个古老的故事，在他的农场里游荡着，寻找一些东西。

在草叶发出反光的地方，棕榈树下，他看见了他的妈妈。他妈妈的样子看不出年龄，脸上也没有表情，她手中拿着毛活，好像在织一只毛袜子。太阳照在她身上，难道她不热吗？他不敢喊，因为眼前的景象太飘忽了。然而妈妈抬起头来了，询问地看着他，好像在说："你怎么穿着睡衣站在外面，乖乖？"

他的赤脚踩着了一条小蛇，冰凉冰凉的。

"马丁马丁，你老穿着我的衣服，心里是怎么想的呢？"

"我？我什么也没想，我不能想，所以我就穿你的衣服。我在外面走，变成了另一个里根先生，心里那些疙疙瘩瘩就消失了。我，一个无根无底的家伙，总得披上一件外衣吧。"

马丁做了几个夸张的手势。阿兰站在一旁捂着嘴笑。

"我觉得啊，"她冲着里根说，"我觉得这个马丁就像我姐姐。有那么一天，他也会穿着您的衣服游到海里去的……里根先生，您注意到了农场里的人都长得很相像吗？都是怀着同样心思的人才到这里来吧。"

"我的猎装的口袋里装着两只乌鸦。"马丁耸了耸肩，吹起了口哨。

里根目送着这一对年轻人蹦蹦跳跳地走远了，心里感慨万千。阳光似乎有千斤重，压在他身上。他低下头，看见自己睡衣的下摆都被挂破了，赤脚上面也挂出了几条血痕。凌晨的时候，他听见了土地起伏的声音，"沙沙沙"的，如一条巨蟒在前行。当时他想，土地正在离他远去，乌鸦也不会在头顶盘旋了。而现在，他看见马丁穿着他的猎装，看见他同淹死的女孩的妹妹相互搂抱着，土地又回到了他的脚下。阿兰也是很不简单的，有时她会在他的屋前游荡，两眼发直瞪着前方，如果他上前去招呼她，她就会警惕地跳开，大声责问：

"您是谁？？"

她说过："姐姐给我让出了位置，可我并不感激她。"

火车的汽笛在远方鸣叫，听得很清楚。埃达也许早就回来了，躺在什么地方。里根心里渴望的是那位黑衣青年男子，那种异质的冲动使他难以忘怀，莫非他是埃达的化身？性别的差异实在算不了什么。在他楼上唯一的那本相簿里，有一位青年的照片夹在里头，母亲曾说那是他哥哥，但他从未见过这位穿黑衣的哥哥。

第十一章　文森特去賭城

在那个高楼上的房间里，文森特想象中国女人在对他说，他应该去赌城看一看，弄清妻子丽莎的那些事。中国女人背对着他坐在那里，并没有开口，但是文森特听见了她的思想，那些思想要由他来变成语言，所以他就将她此刻的思想变成了这样一句话。

丽莎已经将她的出生地忘了个干干净净。她语无伦次地说到一个草坪，草坪上的藤椅里坐着一排退休的老奶奶，有的在读报，有的在打盹。在远处，一条长蛇在深草中潜行。一个银发的老奶奶看见了蛇，她没有起身，却用报纸盖住了脸躺在藤椅里……

"但你没有说到赌城里最重要的设施。"文森特忍不住插嘴。

"老虎机吗？"丽莎眉毛一竖，露出凶相，"我在'死亡之谷'见过很多。如果你去了那里，会看见血色的黄昏。我不会同你一道去，因为我要是去了就回不来了。可怜的文森特，我真不放心让你去那里。"

但是文森特脑子里想的却是赛马场，他并不将丽莎的预言放在心上。她不是从那里出来了吗？不是又在外边生活了几十年吗？文森特一直羡慕妻子的出身，他认为那是一个真正的传奇。他以前没告诉过丽莎这一点，她要是听他这么说的话一定会大发脾气。文森特只是有一次在火车上路过赌城，但他从未在城里停留过。每天夜里，他都在梦里看见玫瑰色的天空，赌场的圆屋顶在天空下显得那么暧昧，那么不真实。不远的山坡上，大教堂敲响了钟声。他的梦里从来没有人，他觉得，赌场里的活动与人无关。他刚认识丽莎时，她身上活跃着的无穷的欲望令他大为惊讶，他为此获得过那么多的快乐。多年里头，他一直想要探讨她的活力的源头，可是她守口如瓶。

"我只记得那个草坪，那是一个老年公寓。"丽莎倔强地说，"其他的事，并不重要，如同浮云。我的记忆是选择性很强的。"

"那么，你也认为那些赌场是空的吗？"

"是啊。虽然里头挤满了人，实际上的确是空的。"

文森特同丽莎的谈话没有结果，其实这种情形是预料中的。他的公司仍然在膨胀，运气好得难以置信，他又招了一些助手，发展了两个子公司。他问丽莎，他该不该退休。丽莎说他这种人不能退，应该一直干到最后。他想了想她的话，觉得很正确，她总是正确的，如同他的路标。当她说"虽然里头挤满了人，实际上的确是空的"时，文森特有一种想要流泪的感觉。

近来，丽莎发生了很大的变化，她穿着脏兮兮的衣裙在周围游荡，好像已经对周围的人们失去了感觉。但是在夜里，她不再出去了，她睡得很沉很沉。一天半夜，文森特从街上的酒吧回到家，走进卧室。他在黑暗中感到卧室的空气在发出嗡嗡的叫声，那么急切而紧张，简直像防空警报一样。他坐到床上，定了定神，抓住熟睡的丽莎的一只手，情况依然没有改变。他在心里说："丽莎，丽莎，你的能量有多么大啊。"这时丽莎忽然在黑暗中清晰地对他说："文森特，你以后不要过那座小桥了，你就是从那桥上掉进小河里的。河水很浅很浅，你的头部搁在一块突出的石头上，只有衣服弄湿了。"文森特开开灯，发现丽莎仍然在梦中。她已经用不着挪动她的身体去寻找那些久远的故事了，现在她就生活在那里头，日日夜夜。而他，仍然要在夜里起来胡乱去找，直到把自己弄得精疲力竭。女人，女人，到底是一种什么样的奇迹啊，赌城的

出身背景决定了她的一切吗？有时候，文森特将他和她之间的关系看作竞赛的对手，赛跑的对手，这种想法甚至影响到了他的心脏，近来，窒息的感觉越来越明显了。然而他心里已经明白，不论他如何努力地跑，也追不上睡在家中不动的妻子。他不过是街边灯光里的影子，她却是历史中的岩石。不过她对他是多么的依恋啊！为了什么呢？她对"古丽"服装公司的业务不闻不问，但文森特总觉得这个公司的繁荣同她在地心深处所经营的事业有直接的关系。文森特一直想搞清楚在那个地方，她的欲望是如何发挥的，但他的努力是徒劳的。

"文森特，你还在那条沟里挖掘吗？小鱼小虾又渐渐多起来了。"

丽莎醒来后对他说道，她脸上满是夜生活的困倦，看来她的睡眠是很辛苦的。文森特明白了，现在她生命中最活跃的部分已同他相隔很远了。

"小溪里头的意外收获总是让我获得暂时的满足。亲爱的，我爱你。"

"我也爱你，文森特。但是我不能和你一道在地面寻找了。我的生活中出现了问题。我现在成了钻井队员，你说是吗？"她的眼神很满足，"你听说了马丽亚长征的故事了吗？她也长征，多么奇异！"

文森特说不出话来。卧室里的防空警报消失了，但他的心脏仍然跳得"怦怦"直响。他听乔用影射的口气谈起过马丽亚长征的事，在他记忆里那是种甜蜜的刑罚，一贯不苟言笑的乔说起这事时都兴奋得涨红了脸。文森特同样没法真正弄清马丽亚的那种活动。然而他的妻子却可以同她"心有灵犀一点通"。一切都在改变，这个早晨，他已经无法通过身体的交合来同丽莎共享奇境了。

火车进站时的鸣叫惊醒了文森特。走出月台，他便完全没有主意了。孤零零地出了站，他发现自己已经是身在一个乡村小镇。小镇只有一条马路，马路两旁稀稀拉拉地点缀着商店和居民的房屋，因为是清晨，街上一个人也没有。

他想，赌城原来是这个样子啊，赌场在哪里呢？他将目光投向小镇外面那些
远处的石头山，看见山顶都罩着低垂的雾。站了好一会，有一个黑人女清洁工
出现在视野中，这个人很像他自己所在城里的那位清洁工。她挥着扫帚，渐渐
地往他这边扫过来。越走到面前，文森特越觉得她像自己经常看见的漂亮清洁
工，他简直看呆了，终于，她扫到自己脚下来了。

当她的扫帚触到文森特的皮鞋时，文森特几乎跳起来了。

"欢迎您来赌城，爷爷。"年轻女人迷人的一笑，露出悦目的牙齿。

"你认识我吗？"

"我在姐姐家那条街上见过您，我知道您会来这里。"

"为什么呢？"

"因为人人都要来赌城。这条马路上到处是旅行者的足迹，您看，连地上
铺的花岗岩都被他们磨蚀了。我们这里很美丽，对吧？黄昏时啊，就像满城开
满了玫瑰花……他们说一匹白象快要进城了。"

这个简陋的小镇连树都很少，完全看不到她所说的那种景象，但是年轻女
人的叙述的确很迷人，她是一只什么样的候鸟呢？他向她打听旅馆，她指给他
看一栋石头房子，说那就是，但是她又劝他不要去住，说一住进去就会成为真
正的赌徒。她说了这些后，突然懊恼起来。因为谈话耽误了她的工作，于是低
下头去扫地，不再搭理文森特了。

文森特走向那栋石头房子，一开始他拉一个旧式门铃，拉了好久都没人答
应。然后他尝试性地将门推了推，没想到门开了。里面是无人的客厅，有一些
沙发，文森特过去坐在沙发上等人来。然而等了又等却没人来，这里到底是不
是旅馆呢？

后来终于来人了，来的却还是清洁工，大概她已扫完街道了。

"这是你的家吗？"文森特迷惘地问她。

"不，这是我的旅馆，爷爷。我带您去房间吧。"

她领着他往地下室走去，文森特心里有些不高兴，可是她说：

"在赌城，我们只能住地下室，因为天天有地震。"

他们沿着楼梯往下走了一圈又一圈，他要去的房间似乎是埋在深深的地底下。

她回过头来，活泼地说话：

"这下面永远不会有地震，这是经过证实了的。我也叫乔伊娜。我是我妈妈的乖乖女，我姐姐也是。我没想到您会爱上我们这个地方，凡是来这里的人都是出于爱，难道不是吗？要不干吗来呢？"

乔伊娜领着文森特进了一个大房间，这个房间不像旅馆的套间，倒像居家的卧室。房里有些凌乱，有一股烟草味，像是住着一个老单身汉一样。乔伊娜将钥匙交给他，告诉他说，一旦发生紧急情况，千万待在房里不要动。她突然显得有点忧郁，补充了一句："再坏也不过就是窒息吧，我们这里不会有身体上的痛苦。"她急匆匆地出去，关上门，"嗵嗵嗵"地跑上楼去了。

文森特有一种身陷谋杀陷阱的感觉，他将脑袋伸到门外看了看，看见走廊上还有三张关得紧紧的门。他设想了一下门后面的情景，一下子感到害怕起来，赶紧关了门，从里面闩好，然后去洗澡。

洗完澡从卫生间出来，房里已经坐了一个人。那人背对着他，他看不见他的脸，只能看见他那条很粗壮的脖子。

"我是你的邻居，"他说，"你不要慌张，到了这里就不要慌张了。"

"你是怎么进来的啊？"

他轻轻一笑，说：

"这里的锁都是装样子的，没有一个房间锁得上。你一定以为这个小城没几个人住吧？不，赌徒们全住在地下。我们饮的是泉水，你听，泉的声音。"

文森特听见的却是洪水的轰响，那声音从卫生间传出来，他出于本能往卫生间跑，模糊地觉得应该将一个什么龙头关上。卫生间里头什么动静都没有，出来一看，那男子已经不见了，门闩得好好的，就像他没来过一样。

因为疲倦，他一躺在那张大床上就睡着了，但他知道自己不是沉睡而是昏睡，因为总在担心着要发生紧急情况。有一瞬间，他听见了整个这一层地下室的人都在打鼾，一共有八个人，这就是说，另外的三套房里住了八个人。文森特想，赌徒真幸福啊，睡得这么酣畅。赌场在哪里呢？他在昏昏沉沉中挣扎，一心想要透过黑色的浓烟辨认出丽莎住过的街道，也想找到那个侏儒。他一边走一边大声诘问："谁？谁？"他想，总会有人出来回答的吧。然而没有。

他醒来时看见乔伊娜苦着脸坐在那张沙发上想心事。

"侏儒在哪里呢？"文森特问。

"你问我丈夫吗？他呀，从不待在家里，他在你的城市和我的城市之间来来往往，从来不休息。爷爷，您对这里的地震习惯吗？"

"我没感觉到地震啊，只是有很多烟。"

"那就是地震，您一定很焦急吧？地震就是让人焦急的。我坐在这里，想着您的事，然后我又想姐姐的情况，我越想越悲观。"

她的眼神就好像她不是这个世界上的人一样。

"爷爷，您知道的，我和姐姐都做街道清扫工，我们只能做这个工作。但是我们热爱我们的工作！为什么呢？就因为站在街上，什么事都逃不脱我们的眼睛。就比如说您吧，您下了火车，从那边走过来，您会遇见谁？只能是我。我把您带到我的旅馆，您就住下来了。本来您对旅行的设想完全不同吧？可是现在您只能这样了——住在这个地底下。您也可以到上面去，只是那不会有什么结果，您早就知道这是个空城。看，这就是一个城市的清洁工的权利！"

文森特看见她又恢复了活泼，一边说，一边用手比画，像要从沙发上跳起来一样。他想，这个女孩太寂寞了。

走廊上有人叫她的名字，她兴奋地站起来边走边说：

"一定是老别克那一伙人，他们没有我就安排不好自己的生活！"

文森特在房里站了一会儿，决定自己到地面上去。

他顺着楼梯往上爬的时候，眼睛被烟雾熏得睁不开，在每一层楼，他都听到房门后面有房客争吵的声音。他终于又到了街上，有种重见天日的感觉。他回想起乔伊娜一直称他"爷爷"，心里很疑惑，难道他老成这个样子了吗？

已经快中午了，小镇上仍然没有人，远处那些石头山被太阳照着，一股说不出的荒凉味道。文森特觉得这趟旅行完全否定了自己先前的设想，他不仅没有找到答案，思路还更狭隘了。他也怀疑过自己是不是来错了地方，或许这里根本不是丽莎出生的赌城，而是赌城边上一个较小的镇子？但家里那张地图上这个地方标得明明白白，几十年来丽莎都是这样告诉他的，不可能有错。何况出站台时，他不是看见了铁路旁那只铜铸的雄鸡吗？那是最重要的标志，丽莎说，那只雄鸡象征着赌城人们对时间的珍惜。

文森特在街上走了一个来回，终于听到了一点响动。是一栋灰色两层楼房的窗玻璃被打破了，一股浓烟冒出来。他想起地震的警告，心里有点紧张。但房子里并没有人跑出来。然而乔伊娜过来了，她披头散发，很凶恶的样子。

"看到没有啊，那里面的人正在慢慢死去！您，怎么会这么无动于衷？"

一阵风刮来，风里夹着浓烟，文森特觉得要出事了。

"乔伊娜，你说我该怎么办？我应该回家吗？这里所有的事我都不能理解，我不知道赌城的历史，这都是丽莎的错……"

他变得语无伦次。但是乔伊娜冷笑了一声，令他毛骨悚然。

"乔伊娜，我要走了。"

"不，您不能走！"她怒目圆睁。

"为什么？我这就去赶火车，我知道车站在哪里。"

"您不能走。"她又说，口气缓和下来，"因为，因为地震了。"

"但是我可以走，你瞧，一点影响都没有。"

"好吧，您走吧，但是您会死的，一到那边您就完了。"

"你怎么知道呢？"

"您说得对，我不知道，只是感觉罢了。"

乔伊娜叹了口气，在路边的石凳上坐了下来，发呆地望着那个冒出浓烟的破窗户。这一来，文森特又觉得自己一时走不了了。他在心里说："丽莎啊丽莎，我怎么一点都弄不清你心里的事啊？"年轻时像花一样艳丽的丽莎，居然在这样一个死寂的地方长大，也许她还是在很深的地底下出生的呢！这个城市，是从一开始就是这种样子，还是被这里的人们改造成这样的呢？如果是改造成这样的，那原来又是什么样子呢？

"乔伊娜，为什么只有你一个人到地面上来呢？城里的人全在地下吗？"

"因为有地震啊，爷爷，您还不明白吗？"

"既然只要到地面上来，地震就威胁不到人，那干吗还躲在下面？"

"啊，您不理解，您真是什么都不懂，丽莎没告诉您吗？这是赌城的原则，永远不会改变的。您听，他们在哭，因为恐惧。"

乔伊娜振作起来，说她要干活了。其实马路上干干净净的，根本没人将它弄脏。她拿了扫帚又开始清扫。文森特明白了，她并不是为了维持清洁，而是

等待客人光临此地。瞧她那种企盼的样子吧，就像等待情郎的出现一样。

"乔伊娜，你等谁啊？"

"谁都可以，我不是等来了您吗？您的到来是我的节日。"

文森特觉得她对自己的到来并不高兴，总是一副心事重重的样子。就在他和乔伊娜说话时，有一队人从那个冒烟的两层楼房里出来了，他们全是四十至五十岁的男子，穿着衬衣衬裤，还没睡醒的样子。乔伊娜飞快地冲向这些人，举起手中的扫帚向他们打去，口中一边斥责，一边将他们往屋里赶。起先他们还想抱怨，后来害怕她那种狂暴的样子，就乖乖地进屋去了。

乔伊娜脸上流着汗，似乎很不好意思地对文森特说：

"赌徒们总是不安分。"

"所有的人全归你管吗？"

"是啊，我的青春全浪费在这种事上头了，很不值得，对吗？您顺着这条道走到尽头，然后往右拐，就可以看到丽莎的家。"

"丽莎的家！她父母不是早就去世了吗？"文森特吓了一跳。

"那只是一种比喻，是我们这里的人的看法。您去吧，他们在等您。"

令他想不到的是，丽莎的父母家看上去十分富有。两位老人虽然都有七八十岁了，却头脑清楚，样子也很精神。那套装饰豪华的大房子里头有好几个仆人。两位老人对于文森特的到来很警惕，一开始老是问他什么时候离开，像是把他当成了一种威胁。后来听文森特解释说只是短暂停留，他们才放了心，随之也就对他不感兴趣了。他们让文森特爱干什么就干什么，还说可以住在他们家，爱住多久就住多久，然后，不等文森特作出回答，两位老人就各自躺进垫着厚厚的垫子的摇椅里头，同那只挂在水晶灯下的鸟笼里的老鹦鹉谈话去了。他们的谈话文森特一点也听不懂，似乎是在讨论在石头山上架电线的问题，又似乎在分析追击逃犯的方法。不论两位老人说什么，那只老鹦鹉总是说："好极了！妙极了！天才的构思！"文森特怀疑这只丑鸟只会说这一类的赞语。

文森特听累了，就也找了一只摇椅躺进去，客厅里有不少这种摇椅。他刚一躺好，就听到一名始终站在门口的男仆在谴责说："这种人根本没有资格躺在这里。"文森特心里觉得好笑。这时一阵急骤的电铃响彻整个大厅，两位老人都从摇椅里头起身，往里面的一张门走去，他们想起了什么又停下，那位岳父回过头对文森特说：

"我们要去地下室了，这一去就不知还能不能上来，你在这里随便玩好了。我们没想到你会来，这都是丽莎的诡计。"

文森特想告诉他们自己很快要离开，但两位老人不愿听，相互催着赶着往地下室去了。他们一离开，先前那个一动不动站在门边的仆人就活跃起来，他奔过来找出两床毯子将老人们躺过的摇椅盖上，然后又将鹦鹉笼子取下来，塞进壁炉的空炉膛里头。文森特听见那只老鹦鹉在破口大骂："小人！势利鬼！"他一关上炉膛门，鸟儿的声音就听不到了。文森特闻到一股强烈刺鼻的烟味，转过身一看，通往地下室的楼梯口冒烟了。仆人在他身后说：

"哼，看你跑到哪里去！"

"你在说我吗？"

"还能说谁！"

"你怎么这么讨厌我啊？"

"因为你是个冷血的人，这么多年都没来过这里。"

"可我并不知道这里有人想要我来啊，丽莎对我说，她家里的人都死了。

她给我描述的赌城也同这里不一样。到底什么地方出了毛病呢？"

"当然是你自己出了毛病，你胡思乱想，看不见本质。"

仆人傲慢地站在那里，文森特看见他脚下踩着一条蛇，正是他在里根的农场里见过的那种小青花蛇。那条蛇不住地挣扎着回过头去想咬他的脚脖子。这时仆人从他的裤兜里掏出一把匕首，取掉套子放在眼前端详了一下刀锋，然后弯下腰，一刀就剁去了蛇头。身首异处的蛇并没有死，头部和身子之间像有什么无形的连接似的，一齐蠕动着退向门边，然后出了门，一眨眼就不见了。再看地下，连血迹都没有留下。

客厅里的烟越来越浓了。文森特以为仆人要阻止他离开，就站在原地不动。仆人猫着腰去开炉膛，接着那里头传出一阵怒骂。文森特趁仆人没注意往外走，但仆人根本就没追出来。他说的"看你跑到哪里去"是什么意思呢？

乔伊娜神情严肃地站在路旁，她还在等待那不知何方来的宾客，街道已被她扫得干干净净。文森特看着这个地方，看着这个落寞的姑娘，不由得觉得一阵莫名其妙的心酸。他想，妻子丽莎或许多年以前就占据着这个姑娘的位置吧。其实他第一次遇见丽莎时，就从她那鲜艳的脸蛋上看出了那些阴影，但他无论如何想不到她具有如此严酷的内心。几十年的婚姻生活让她的一些秘密暴露出来了，不过如果不来她的家乡，他对她又了解多少呢？即使来了这里，她又还有多少他不了解的东西呢？

文森特抬起头来看远方，环绕此地的那些石头山都像活了似的吐出浓烟，灰烟缓缓地向小镇的上空飘荡过来。但并没有发生火山爆发，也感觉不到地震。再看看周围这些房子，有的冒烟，有的不冒烟，房子里头的人们都不出门。文森特回忆他从乔伊娜的地下室里爬上来的情景，心里想，这里的人们早就习惯了在浓烟中呼吸啊。他要是再不走的话，浓烟会不会占据每一寸空间呢？反正他自己是无论如何也不能习惯的。

乔伊娜镇定地握着扫帚站在路边，她也看见了那些烟，她目光清晰，容貌俊俏，大概每一名到此地来的旅客都深深地为她所吸引吧。

文森特不出声地说："乔伊娜，乔伊娜，我爱你。"但他感到这种爱不是肉体之爱。为什么她年轻，充满朝气，他却对她产生不了性的冲动呢？一定有什么东西隔在他们中间。他崇拜地看着这个姑娘，脑子里反反复复地想着这个问题：二十八年前，他同丽莎是如何一见钟情的呢？

乔伊娜向他走来，有力地握了握他的手，说：

"我要走了，我是说我马上又要到下面去了。可是爷爷，您怎么办呢？您看看这些烟，连火车都已经停开了。我一下去，这里就不会有旅客来了，不管坐车来的还是徒步来的。丽莎的父母那么爱您，您为什么不去他们家呢？"

"真的吗？他们爱我？我为什么感觉不到啊？"

"因为您已经变得麻木不仁了。告诉您吧，在我们这里，谁也不会让一个外人进自己的屋的，因为太危险。您是自家人，他们才让您在家里待着。已经好几年了，他们一直在唠叨说，假如您来了，他们一定要拯救您的生命呢。您这就去他们家吧。"

乔伊娜消失在灰色的房子里。在文森特眼里，小镇又成了真正的荒凉之地，而那些烟，已慢慢聚拢来了，现在正在下降。也许他只能遵照乔伊娜的话去做。也许在他妻子的父母家中，他就不会有危险。

虽然心里不情愿，文森特还是又跨进了这栋大房子的门。

"这里可不是旅馆，要来就来，要去就去。"仆人说。他还是站在原来的位置上。

楼梯口那里还在冒烟，但那些烟并不朝他涌来，而是拐一个弯，从一个敞开的窗口出去了，就像有什么东西在引导它们一样。文森特惊骇地看到，屋子外面已是到处浓烟滚滚，能见度两三米都不到了，而他和仆人站的地方，因为门窗关得死，暂时还没有烟。仆人的话又在他耳边响起：

"地震这种事，只有那些渴望它到极点的人才会享受得到。"

这么说，丽莎的父母是在地下"享受"，乔伊娜和她的房客们也是在"享受"。在那不见天日、空气稀薄的地方，充斥着窒息人的浓烟……

他仰面躺在躺椅里头，看着从天花板伸下来的、富丽堂皇的枝形吊灯。耳边有人在嘲笑他，说他是"吝啬鬼"。文森特坐起来到处看，是谁在说话呢？

"是我，我是丽莎的老叔叔！"声音从敞开的壁炉炉膛里传出来。

鹦鹉的脑袋往外一伸一伸的，它不断口出恶言，将文森特说得一无是处。文森特觉得疑惑：为什么它不飞出来呢？即使它已经丧失了飞翔的能力，它也可以跑掉啊，又没有谁拦着它。此刻仆人根本就没往这边看，他正对着镜子用铁夹子拔腮帮子上的胡子呢！可它就是不出来，只是像长舌妇一样骂人。

"如果你是丽莎的老叔叔，我们就是亲戚，你为什么骂我呢？"文森特诚恳地说，他很想看见它走出壁炉。

但它缩在里头骂得更厉害了，翅膀将炉膛里的柴灰扇得涌出炉门。不知为什么，它骂得最多的一句话是"剥削人的高利贷者"。

文森特刚要去炉门那里问问它这是什么意思，就看见仆人飞快地跑来，将手中燃烧着的一大块木柴扔进炉膛，然后关上了炉门。透过玻璃炉门，可以看到鹦鹉用翅膀扑灭了火焰，里头的烟使一切都看不见了，只听见扑通扑通的响声，隐隐约约还可以辨别出婴儿的惨叫。

文森特脸上起了鸡皮疙瘩，他回过头来面对奸笑的仆人。

"它死了吗？"

"它死不了。它是一只高寿的鹦鹉。很久以前，老虎机的游戏在城里盛行的时候它就在这里。"

"现在老虎机都到哪里去了呢？"

"都埋在地下室的夹墙里。现在已经不需要那些个道具了。我不和你兜圈子了，全告诉你吧：我是你的情敌。"

"丽莎吗？"

"是啊。多么奇妙的女人啊，在你的两腿之间燃烧。"

文森特厌恶地皱了皱眉，对方立刻觉察到了。

"你跑到这里来，又有什么用呢？"他傲慢地翘起了下巴，"你，永远也得不到她的心，因为你并不清楚她是什么样的女人。你看看吧，她有着多么了不起的父母！哪怕就是我们的鹦鹉也看不上你啊。"

"可是我已经来了，现在我应该离开吗？"

"离开，这就是你们这种人的德行，什么地方都待不长，没有家，只有旅馆。可怜的丽莎，她该多么后悔。"

"我觉得丽莎把你完全忘了。"文森特刺了他一句。

"也许吧。我也听说了从这里出去的人失去记忆的事。"

他沉默了，想着心事。那只鹦鹉又活过来了，在烟雾里头走来走去，很焦虑的样子。

文森特走过去将炉门打开，鹦鹉一下子跑出来，跳到他的肩上。这一回，它不但不再骂他，还显得很依恋似的紧紧抓住他的肩头。文森特坐进躺椅里头，它就跳到他的膝头上。它用有些混浊的老眼慈祥地看着文森特，文森特一下子就感到了它身上的魅力，但他说不出这是种什么样的魅力。他看见仆人此

刻在镜子面前端详他自己，显得情绪很消沉，他不断朝镜子里做出鬼脸，似乎在竭力调整情绪。

"文森特，丽莎把你完全忘记了。"鹦鹉模仿他的话说。

"你寂寞吗？老叔叔？"

"文森特寂寞吗？寂寞就去放高利贷吧。"

文森特听了它的话笑出声来。于是鹦鹉也笑出声来。鹦鹉的笑声让文森特一下子笑不出了，因为那就像古墓里头的幽灵在笑。它笑了又笑，羽毛全竖起来，就像中了魔似的。文森特想将它从膝头上推下去，正在这时仆人朝他转过脸来，似乎看透了他的心思，显出冷冷的嘲笑的表情，而鹦鹉，也忽然住嘴了。

"为什么它总说我放高利贷呢？"文森特问仆人。

"那是因为到我们赌城来的人骨子里头都是高利贷者吧。你看看你，谁惹你不高兴了你就想推开谁，这都是我们看不起的那种禀性啊。"

他说这些话时，鹦鹉也在盯着文森特看，它那混浊的眼里忽然射出一丝寒光。它似乎看透了文森特的五脏六腑，它的爪子则穿透文森特的裤子，抓到了他的肉上面。文森特感到自己必须马上说点什么，他说出来的是：

"乔伊娜。"

鹦鹉满意了，它松了爪子，跳到地板上，又从地板上飞到仆人的肩头上。

"乔伊娜是赌城的看门人，你从这里回去后，即使失去了所有的记忆，也还是会记得她挂着扫帚，站在烟雾里的样子。"仆人说。

"我也愿意那样。"文森特从心里同意。

他透过窗玻璃看到，外面的烟已经散去了，天空透出一种令人赏心悦目的色彩，像是寒冷的晴天的早晨的那种色彩，但又比那更美，美得不像真的。文森特心中的郁闷正在悄悄地退去。他走到门外的台阶上，听到有一只夜莺在唱，在这样的太阳天里，怎么会有夜莺呢？在这栋房子对面的花园里，有一棵硕果累累的苹果树上掉下了一只红苹果，苹果不是直接掉下，而是缓缓地在空中飘荡了一会儿才轻轻地落到草叶上面，如同一个奇迹一样在那里发着红光。

"实际上，现在是半夜。"仆人轻轻地说，原来他也出来了，"你听，你的车来了。"

文森特听到了火车进站的声音。

"那么，我得赶紧走了吗？可是我还要见一见丽莎的父母啊。"

"不用急，那车是停在站里头等你打定主意的。但是我看你就不要去见丽莎的父母了，他们还在地下做好梦呢。不要剥夺他们老年的幸福。你去见乔伊娜吧。"

文森特想，他一定是出于妒忌不要自己去见岳父岳母的。不过他现在更想见的是乔伊娜，他幻想着自己和年轻的女郎站在那棵美丽的苹果树下"诉衷肠"的情景，简直有点急不可耐了。于是他告别仆人和仆人肩头的鹦鹉，往乔伊娜的旅馆走去。在远处，那些石头山早就停止了冒烟，显出无比肃穆的仪容。从前，丽莎告诉他说，赌城是一块弹丸之地，却居住着几十万人口，街上拥挤的行人彼此闻得到对方皮肤散发的气息，赌场里到处是汗水淋淋的人。是什么导致了人口的消失和集体的撤退呢？他所看到的地面和地底的情景是在向他揭示什么隐秘的内核呢？

"乔伊娜，我爱你。"

"文森特，我也爱你。我十年前就爱上你了。那一天，你站在'古丽'的大门口，我和妈妈在对面商店里选购衣服，我透过玻璃窗仔细打量了你。"

"胡说，那时你有多大啊？"

"那时我就是这么大，你还没看出来啊，我们这里的时间是停滞的。所以我这次见到你，你衰老的面容让我吓了一跳，于是我叫你'爷爷'。"

他们就这样互诉衷肠，但不是在苹果树下，而是在放清扫工具的小房里。房里空气很不好，因为地下室的烟透过很宽的门缝渗进来。文森特被呛得不住地咳嗽，眼睛都睁不开。当乔伊娜轻轻地握住他的手之际，文森特心里又涌出那种陌生的、兴奋的感觉，一种他未在女性身上体验过的、完全排除了性欲的情欲。是因为乔伊娜叫他"爷爷"，他对她的欲望才变成了这个样子吗？不，并不是，问题出在乔伊娜身上，从一开始，文森特就觉得这个漂亮的女人同性没有直接关系。但是怎能不爱这样的女人呢？她是多么美啊，还有，多么亲切啊。

"乔伊娜，我不想离开你，可是我又受不了这里的烟雾，我没法呼吸。你说我怎么办才好呢？我现在觉得，要是从你身边走开，我的生活就会一片黑暗。"

"啊，不要这样，你走吧，爷爷。你要是走了就会永远记住我了。到丽莎那里去吧，那对你来说才是正常的生活呢。不过我的生活也是正常的生活，你说对吗？赌徒总是过着幸福的生活，生产和消费都在地下进行，这么多年了，我们一直自满自足。你的手心多么热啊，那个时候我看见你我就设想，你的手心一定是很热的。你是一个热心肠的人，要不然，我的妹妹丽莎怎么会爱上你？"

文森特感到头昏，他必须出去了，不然他就会倒在地上。他想让乔伊娜同他一块出去，可是乔伊娜坚决要待在暗室里头。他只好自己出去了。他走到客厅里没有烟的那一边，猛烈地咳了一阵嗽，就好像要将五脏六腑都咳出来一样。当恶心将他压倒之时，激情便荡然无存了。他明白了：他是不能在毒烟里头恋爱的。是为了这个，鹦鹉才称他为"高利贷者"的吧。那么这个在地下生产和消费的机制是如何运转的呢？"不入虎穴，焉得虎子"，既然他没法在毒烟里呼吸，他也就没有机会去弄清这种问题了。也许丽莎同意他来这里，正是为了让他看到自己的限制所在。

他从乔伊娜的旅馆走出去，来到街心花园坐下。各式各样的鸟儿在纯净的空气里头浮动，它们不是成直线飞翔，也没有张开翅膀，而是简单地浮在空中，就像随波逐流似的成曲线运动。"赌城的鸟儿啊。"文森特在心里感叹。他想起了落在家里阳台上的那些湿漉漉的乌鸦。正在这时火车鸣起了汽笛，就像是在催促他似的。他突然记起自己的行李还扔在乔伊娜的旅馆里头，但此刻他决计不再回到那里去了，他还是马上回家的好。

在月台的尽头有一个穿裙子的女人的背影，很像丽莎。走到面前，女人转过身来，果然是她，她手中还提着皮箱呢。

"原来你也来了。"文森特悻悻地说。

"是啊，刚才我还在父母家的地下室里呢。你对我的家乡很失望吧？"

"不，我爱这地方。"

"那就一起回地下室。"

"不，不回地下室，我们回自己的家。到了夜里，我再同你一块去找，也许我们会找到真正的赌场，有老虎机的那种。"

有一只鸽子浮在他们眼前，接着又有第二只、第三只、第四只，静静地游过去。

"没想到这里还有鸽子啊。"文森特喃喃自语道。

"我小的时候，外面来的旅人将这里叫作'鸽子之乡'。那时候，在玫瑰

色的晚霞里，满天的白鸽游来游去。可惜你没见过那种盛况。"

"那么，白鸽是赌徒的心灵形象吗？"

"应该是。到半夜，每一个从赌场出来的人肩上都停着一只白鸽呢。"

火车开动好久以后，他和丽莎仍然看见车厢外面有白鸽。文森特弄不清他在赌城到底是待了一天还是三天，因为太阳总是不落。从他的感觉来看，好像度过的时间绝不止一天。而在这漫长的一天当中，他仅仅在乔伊娜的地下室里吃过一顿饭。现在他明白为什么那些老虎机要藏在夹墙里不再启用了——在一个没有白天和黑夜的区分的地方，老虎机的刺激是无济于事的。

丽莎盯着外面的白鸽正在发呆。她的心沉浸在缅怀的幸福当中。文森特终于进入了她过去的生活，这说明了他们之间的恩爱之深。可是她的过去的生活绝不止一种，这一点，文森特大概不知道。她曾和他说过自己，她说的就是她的另一种生活，并不是编造。可是现在，也许文森特要认为她以前对他说的那些全是编造了。一想到这上面，她又隐隐地有点不安。她靠在文森特的肩头，握着他的手，轻轻地问：

"文森特？？"

"啊，丽莎！像你这样的人，怎么会老呢？我知道你为什么总是年轻的奥秘了——有一只夜莺在你心中歌唱。我的心里没有夜莺，所以我进不了那些地下室，你说对吗？你的鹦鹉说得对，我的确是一名无耻的高利贷者。"

丽莎放下心来。看来文森特完全不打算追究她，他还具有足够的灵活性。他是这样的灵活，以致丽莎仍要为无法预测他的下一步行动而苦恼。很久以前，她曾开玩笑地将他称之为"水银"。确实，他心底那种谜一般的冲动对她来说很像水银，总有那么一天，她会因为这种抓不住的有毒物质而丧命吧。

"文森特？"

"丽莎,车厢里的人到哪里去了呢?"

"车厢里本来就没人,这趟车是专门来接我们的。你看,鸽子全消失了,外面已是真正的黑夜。文森特,你全身发冷。"

"我感到眩晕。"

文森特在眩晕中紧紧地握着丽莎的手,但他握住的只是一只手,手的主人正在渐渐离他远去,手也渐渐变得冰凉起来。朦胧中感到有人进了这节车厢,那人对丽莎说:"外面落雪了,这气候真反常啊。"丽莎刺耳地笑起来,很明显是在假笑,然后她就和那人一起出去了。有人在他耳边对他说:"先生,您去哪里?""'古丽'服装公司。"他挣扎着说出唯一想得起的地方,他的声音细得像蚊子叫。"啊,原来您是个放高利贷的啊!"他也像丽莎那样刺耳地笑起来,然后这个人就坐在旁边。过了好久文森特的眼睛才恢复视力,他往右边一看,发现根本没人,只有一顶鸭舌帽放在座位上,也许他上厕所去了?

他起身去找丽莎,走了一节车厢又一节车厢,他感到他乘坐的列车正在穿过黑暗驶向黎明。经过的车厢全是空的,丽莎躲在什么地方了呢?终于,他来到了车尾,而丽莎就在车尾,她在最后一排座位上蜷着身子睡觉。文森特走到她面前时,她就在微弱的灯光下睁开了疲惫的双眼。文森特想,她的眼睛多么美啊!她做了个手势让文森特靠近她,文森特就蹲了下去。

"当年我就是坐这趟车从赌城出来的,那是妈妈死后的第三天。她欠下的赌债太多,就恐惧而死了。"

"那栋大房子里的老太太不是你母亲吗?"

"当然是。就连我自己,也死过好多次了。"

"我不明白。"

"这种事,你会习惯的。你听见没有,外面真的在下雪,这样就把我们经

过的地方全部覆盖了，正像当年一样。"

文森特只听得见车轮的声音，他想，丽莎具有什么样的听觉呢？她闭上眼，似乎又睡着了，看来她在家乡的地下室里几乎耗完了她的精力。现在他同她在这趟车上，这趟车连接过去和未来。未来是什么样的呢？夜半时分到他们家里来的侏儒知道这个问题的答案吗？他记起他和侏儒在厨房里喝醉了酒，两人一块从阁楼爬上屋顶的事。他们坐在屋顶时，成群的蝙蝠擦着他们的脸颊飞过。就是那一次，侏儒对他谈到了被连绵的石头山怀抱的赌城，玫瑰红的天空。他对文森特说："真是一派和平景象，任何人都不会想到要走出那个地方。石头山只是一个景观，没人会真的去翻越。和外面通车是后来发生的事，列车穿过长长的隧道才能进到城里。黑暗幽深的隧道很像死亡通道啊。"

本来他想问问丽莎为什么要从家乡出走，可是他又记起了丽莎从前对此事的解释，于是就没有问。她并不是唯一出走的人，不是还有侏儒吗？赌城的人大概是因为共同的理由而出走吧。

天亮时分列车长终于出现了，他是一个肥胖的男人，老在打哈欠。

"我梦见好大的雪，真荒唐，这个时候怎么会有雪呢？"

他似乎是在征求他们夫妇的意见。文森特闻到他身上的酒味。

"生活在这样的寂寞之乡，怎么能不终日依靠酒精度日呢？"他又说，似乎很不好意思，又似乎要向他俩诉衷肠。他邀请他俩去他的列车长办公室坐一坐，因为半小时后列车要进站了，他不愿意他的客人对他这趟车一点印象都没有。

当他打开他的"办公室"的门时，文森特和丽莎都吃了一惊。这个斗室刚刚一平方米，一张很小的课桌和一把铁椅套在一起，一个人如果长时间坐在这上面可是够难受的，何况列车长这么胖，挤进座位恐怕都很困难。他俩都感到不解，这是一列很宽敞的火车，为什么将列车长办公室设计成这个样子啊。

列车长似乎猜透了两人的心思，他抬起腿，挤进那张课桌，以一种极为难受的姿势坐下去，那肚子死死地抵着课桌的抽屉。他请文森特递给他酒瓶。酒瓶在搁架上，里头还有半瓶白兰地。他对着瓶口贪婪地喝完，将瓶子一扔，就伏在桌上睡起觉来。丽莎对文森特说：

"列车这种地方可真称得上是寂寞之乡，可他为什么一定要我们来看他如何做梦呢？真是个怪人啊。"

"很可能这是他的生活方式啊，我俩碰巧成了他的世界里的风景。"

他说这话时，丽莎瞪了他一眼，他说不清她是赞成还是反对。这时列车已经进站了。他们观察了一下列车长，觉得他一点都没有要醒过来的意思。虽然他伏在那里睡觉的样子让人觉得他难受，但他的确睡得很香。

那一天他和丽莎在花园里坐了很长时间。太阳晒着，青草的味儿令人发困。文森特告诉丽莎说，现在他心里对一些事完全没有把握了，他甚至拿不准要不要去上班了。也许他该换一个像列车长那样的工作？可是他又不喜欢那种在旅途的生活，更不喜欢寂寞，而现在，他感到他的事业成了他脖子上的枷锁，因为这个世界还有他真正感兴趣的事，他却不能去钻研。他唠唠叨叨地说这些事，好像憋了几十年似的，越说目光就越发直，越觉得自己不着边际，可又停不下来。

丽莎起先由着他说，她的样子心不在焉。她那褐色的大眼睛看着文森特，显得那么疏远，好像他是一个路人一样。

"文森特，我在沟中采蕨芽时，你躲在什么地方了呢？"她喃喃地说。

文森特心里一凉，住了口。

丽莎做了几个奇怪的手势，显出很着急的表情，文森特觉得她在同什么人交流。是谁呢？周围一个人都没有啊。

"文森特，我要走了。"她又说，她说这句话时脸向着别处，"我每天都去同一个地方。可是你为什么抱怨呢？我觉得你好像在抱怨啊。"

但她并没有动，还是坐在那里发呆。后来她终于站起来，绕着石桌走了一圈，将双手搭在文森特肩头，说：

"我终于想起来了，夜里进行长征的不是马丽亚，而是我自己。你瞧，我是多么健忘啊。你不用换工作，那一点都不影响你钻研那种事。"

"我也记得是你在夜里进行长征，可你却说是马丽亚！"

"大概我一走进她的玫瑰花园，幻觉就产生了。现在，我在花园里同你说话，我已经走了，离开了。你看见我的背影了吗？和厨师在一块。"

文森特伸出双臂搂着丽莎，女人坐在他怀里像小猫一样安静。文森特听到了一种奇怪的声音，细细一听，是马蹄奔腾的声音，其间还夹着人群的呼喊声。

"亲爱的，你跑到哪里去啊？"他吻着她的耳朵说。

"我改变了夜间出行的习惯。"她咻咻地笑了。

"啊，丽莎，你多么轻啊，这是你吗？看那太阳下的赌城，好像要朝我们走过来似的。丽莎，这是你吗？"

"是我，亲爱的。你忘不了它，因为它一直在你的心底。"

他们说着疯言疯语，而在他们的家门口，面容紧张的乔正在寻找文森特，他有紧急情况要向他汇报。厨师告诉乔说，主人和女主人已经回来了，都在花园里。乔走进植物疯长得连路都不见了的大花园，却怎么也看不到这两个人。他看见了鸽子。白色的小品种的鸽子，藏在草丛里，到处都是，发出美好的呻吟。于是乔心里的紧张松弛下来了，他觉得没必要着急了，就在这里待一下午也不错啊。几天前的夜里，他从街心花园经过，看见文森特坐在长椅上喝酒，那时他的苦恼写满了一张脸。他是来找文森特谈业务方面的问题的，但是现在他已经想不起要谈些什么了，模模糊糊地记得同服装式样的改进有关。现在他反而有点害怕遇见文森特了，因为他已经讲不清自己来找他的事由。他在草丛里蹲下来，倾听鸽子的吟唱。乔已经好些天没有看见老板了，他想，他是否仍旧希望自己离开呢？如果他希望自己离开这个服装公司，他又何必仍然为公司的业务劳力劳心？公司已发展成庞然大物了，机会越来越多，乔的薪水也越来越高。马丽亚又恢复了购买珠宝的嗜好。乔在繁忙的业务活动中进行频繁的读书活动，所以有时在谈业务之际也使用起书面语言来。遇到这种时候，他的顾客往往频频点头表示完全理解。他的顾客都是些什么样的人呢？这时他听到了文森特和丽莎的声音，他们正从他旁边的桃树的另一边走过。

"你在地下室是如何呼吸的，我想不出，你能不能教我。"文森特说。

"文森特，亲爱的，那叫召魔。我不想让日常生活充满地震。"

乔透过桃树枝看见了丽莎艳丽的裙衫，他俩正在朝屋里走。鸽子的吟唱，蓝天绿树，这里如此地令人留恋。乔坐下来，从皮包里拿出小说来读。他读到的章节里出现了一列火车，其中有一个车厢没有人，只有两个影子在玻璃窗上头出现。列车长，那位胖胖的老头儿走过来解释说："这是新近进行的一种测试，看看这种特殊的旅行是否可能。这两个人在城里创办了'古丽'服装公司，属于精英一类的人物。"乔很不喜欢这种描述的口吻，像油腔滑调似的。什么精英一类的人物啊，文森特才不是那种人呢。他突然醒悟了：书里面怎么会写到现实中的事呢？再看看书的封面，上面还是那张蜜蜂的照片，以及用花体字写的书名："英勇的长征。"这时有两只真的蜜蜂落到了书的封面上，两只都已经昏过去了，一只雄蜂一只工蜂，绝望地动弹着腿子。是文森特在向他传达信息吗？他小心翼翼地将蜂子放到草叶上头，回想起丽莎所说的地震的事。就在昨天，他的广场那里真的发生了地震，当时中央的雕像缓缓地倒塌，井里的泉水涌了出来。他出于莫名的冲动跑向那口井，想照一照自己的面容。但他没法靠近，小小的瀑布将他一身淋了个透湿，而且他站不稳，因为四处都在颤动。

那两个人在空气中浮动着，边走边说话，然后他们就飘进了那栋大房子。门悄悄地在他们身后关上，然后又悄悄地打开了，探出了他家女厨师的头。乔站起身，拍拍衣服上的灰，朝着女厨师走过去。他该怎样才能显得自然，对这一点他没有把握。

"我记得他们家原来请的是一名男厨师，主人要是喝醉了酒倒在地上，他就将主人背回家去。"他一张口就说出了这种话。

女厨师默不作声地看了他一眼，让他进屋。

他在宽大的厅堂的沙发上刚刚坐下，夫妇两人就迎出来了。

虽然他们俩都很热情地欢迎乔，乔却感到他们的心思并不在这栋房子里，这从他俩飘忽的眼神就可以看出来。

"乔是来同我们算账的。"文森特开玩笑地说。

乔听了心里一惊，他想，莫非"古丽"服装公司要发生根本的变化了吗？空空的厅堂给他一种怪异的感觉，原来那些家具都到哪里去了呢？文森特根本不问他是来干什么的，倒觉得他在这里是理所当然的。后来文森特就邀乔去街上的酒店喝酒。乔说，天还没有黑他就喝酒的话，心里会感到害怕的。文森特哈哈大笑，那是一种令人毛骨悚然的笑。接下来他就强行拉他去街上。乔是个性情温和的人，不愿反对老板，虽然厌恶他的这种做法，还是勉强去了。

在车里，文森特对乔说，他的这趟旅行使他心里有点不痛快，所以他要喝个一醉方休。在家里喝得太多丽莎就会来干预，所以他假装拉乔出来喝，其实只要他在一旁陪着，不喝也可以。当他说这些话时，他的声音就渐渐地变得刺耳起来，有点像一只鹦鹉，而且是那种老鹦鹉。他的眉头拧得紧紧的，显出凶相。

因为是下午，酒店里一个人都没有，门却开着，一张桌子上摆了一瓶酒。文森特拧开瓶盖，对着瓶口喝了几大口。他然后回转身来对乔说，他要下去了。乔问他下到哪里去，他回答说地下室。"你也来吗？"乔说好。

地下室里摆满了瓶装酒，一些人横七竖八地躺在地上，好像睡着了。乔看见酒橱的旁边有一张小门，便不由自主地伸手去推。

"你从这里出去就自由了。"文森特似乎在笑，"你迟早要打定主意。"

乔的眼前出现了自家的后花园，花园里站着穿和服的女人，显得很鬼气。

"马丽亚！"他喊道。

房里走出的是陌生人。回头一看，地下室的门已轻轻合上了。他用目光寻找墙上的一道雨渍，却并没有。什么人的家这么像他的家呢？

女人对男人说："我这就到广场上去。"

她说完这句话天就暗下来了。男人和女人相继走出花园。

第十二章　乔决心出走

乔终于从那些错综复杂的交叉着的小巷子里钻出来了。他告诉马丽亚说，当时他处在一种头重脚轻的状态中，只记得到处看见鹦鹉，阳台上啦，围墙上啦，垃圾桶上啦，到处都是，并且鸟儿们一点都不怕人，看见他就走拢来同他讲话。鸟儿的声音往往将乔吓一大跳，因为太像文森特的声音了，连话里的内容都像。

"乔，你打定主意了吗？"老鹦鹉摇摇摆摆地走过来问他。

乔抬起头看看布满阴霾的天空，沮丧地回答说：

"我想找到一个出口啊。"

鸟儿不满地站住了。然而乔的身后响起了狂笑，是另一只在那里笑。

马丽亚细心地听他说完，最后回应道：

"这个文森特，真是你的知音啊。你推开那扇小门的时候，心里一点犹豫都没有吗？听起来有点离奇呢。"

"我来不及想。"他感到意志消沉。

第二天乔在家里休假，他开始阅读一本只有一页的书。书的封面是布面精装，画着一棵大松树，里面却只有一张厚纸。这张纸可以展开到桌子这么长，上面的图案好像是蚁巢，蚁巢周围密密麻麻写满了微型字，要用放大镜才看得清。而待他取了放大镜来看，又发现那些字他一个都不认识。这本书放在闹市的小书店的最后面的架子底层，他去交款的时候，年迈的老板过来了，对他说这书不卖。

"放在书架上的，能不卖吗？"乔很气愤，紧紧地握着书，像怕他抢回去似的。

"好吧，你拿走，你拿走！你可别后悔啊！"他悻悻地走开了。

书的价钱出奇的贵，但他毫不犹豫地买下了。

现在他企图在蚁巢里找到他的广场。随着放大镜在他手中缓慢移动，他脚下的地板便开始起伏。

"爹爹，你在里头干什么呀？"丹尼尔在书房外头大声问他。

"好孩子，别进来，这里面有点乱套了……"

丹尼尔显然是不敢进来，乔松了口气，继续同那些乱飞的书籍搏斗。似乎有一刻，他扑倒在地，他的耳朵贴着地板，却听到马丽亚的声音在地板下面响起。马丽亚的声音很烦躁，乔不愿多听，扶着墙站起来，但站了不到两秒钟又被摔到了沙发上。他从沙发上看过去，看见那本奇书里面的蚁巢消失了，变成了空白。他感到他的沙发就像一只小船在水上荡漾。丹尼尔将门推开一点，伸进他的头。他的脸和脖子新鲜而健康。

"书房终于也发狂了。"丹尼尔说道，似乎很满意的样子。

"丹尼尔，你这小子，你想干什么？"

"我？你不要怪我，这都是因为你自己，买那种书。还有妈妈……"

他关上门，似乎下楼去了。乔非常诧异："难道丹尼尔真的知道了一切？"

在书房的混乱中，乔开始静静地思索。鸽子在叫，倒在地上的一堆书里面真的有一只鸽子。是从窗口飞进来的还是马丽亚放在那里的呢？好多书都被摔

破了，书页散落一地。乔扶着墙慢慢挪到阳台，他的眼前又出现了他熟悉的景象。

马丽亚和丹尼尔坐在花丛里喝茶，两只猫儿庄严地走来走去。母子俩的视线都投向他所在的阳台。乔向他俩招手，但他俩无动于衷，那么，他们究竟看见自己没有呢？房子又发生了激烈的震动，乔担心自己被从阳台摔出去，就赶紧进房间，趴到沙发上头，死死抓住沙发。"居然有这种怪事。"他怨愤地对自己说。

后来，地震慢慢平息下来，但仍有余波。一直到马丽亚在楼下喊他吃饭，余波才消失。他昏头昏脑地下楼，到饭厅里坐下。丹尼尔不在。

"丹尼尔干活去了吗？"

"原来你全知道啊。"

"当然。他不是也知道有关我的一切吗？他是个野心勃勃的小伙子。我刚才经历了地震，真该死。"

"我和丹尼尔都看见了。你害怕得发抖。可是我们是帮不了你的，对吗？"

桌子上摆着火鸡，马丽亚的脸在腾起的热气中显得有点妖媚，颧骨上似乎飞起两团红晕。乔看不清她的表情，她像蒙着薄膜一样。

他刚吃完饭放下筷子，就有一个不速之客进了他们的院子。这个人头上包着头巾，显得风尘仆仆。马丽亚告诉乔说，来人是他的司机。乔也认出了那张熟悉的脸，记起自己在北方的金先生那里度过的日日夜夜。但马丽亚什么时候同司机成了熟人的呢？

"我来了好些天了，就住在酒店的地下室。你看见过我，你没认出我，从我身边走过去了。当时我们喝醉了，全倒在地上，但我的一只眼老是睁着的。"

马丽亚叫他放下背上的帆布袋，但他不肯，就那样站在门口。

"金先生要我来和你旧梦重温。"司机对乔说。

乔的脑子里浮出无边无际的草场，积雪的山顶，古怪的、半山腰的房主人。司机一动不动地站在他面前，他的头巾下面的脸在晚霞中显得十分英俊。乔被他吸引着，心里想，城里很少见到像他这么好看的人，也许他是古代的武士的后裔？但是他先前在草场那里遇见他时，他并不好看。马丽亚的目光直勾勾地盯着这名男子，乔记起她同他早就有联系一事，心里不由得涌起一股醋意。她同这个人还有金，会是一种什么样的关系呢？

"怎样旧梦重温呢？"他问道。

"你已经在旧梦重温。"他的眼睛在笑。

"可是我不明白。"乔感到周身燥热。

"那么，我先走了。"

他走出院子，走出大门，消失在黄金般的晚霞之中。马丽亚容光焕发。

乔在家中坐不住了，他走到外面去。他漫无目的地走，不知不觉，又来到了那家小书店，看见了那位很凶的老板。书店里人来人往的，灯光却很昏暗，进来的人都有点偷偷摸摸的，而老板，傲慢地坐在入口处的高凳子上。多少年来，乔在这里买过许多的好书。但是先前，这也就是一家普普通通的小书店，生意比较清淡的那种，谁也料不到这样一家书店可以在城里维持这么多年。乔猜测也许老板是靠一些暗中的交易维持生计的。乔从来没同老板交谈过，因为这位老板不爱理人，像个大人物似的。不过他店里倒真是有些有意思的书。

今天有点奇怪，乔进了书店之后，突然停电了，他被一些人推来推去的，居然撞翻了一个书架，那些书全倒下来，黑暗中响起老板的恶骂。幸亏灯很快

又亮了。

"你走到哪里,哪里就发生地震。"老板一边捡书一边说。

乔也帮着捡,心里想,他怎么知道的?捡完书之后,他不好意思再待下去,就往外走。但是老板叫住了他。他从屁股下面抽出一本垫座的书交给他,说是专门为他留下的。乔的心怦怦地跳着,躲到一个书架后面翻开书,看见了金的肖像。但这不是金,肖像下面写着另一个人的名字。再看书的介绍,前言里头写着,书中描写的全是作者一生中发生过的琐事,还有大量的日记。"因为有人愿意出版,就不知羞耻地全写进去了。"作者这样调侃说。看到这里,乔决心买这本书。老板不肯收钱,说这本书是作者交代了要送给他的。

"作者来了吗?"乔忐忑不安地问。

"没来,他派他的下级来了。你看,他就坐在那里。"

透过朦朦胧胧的光线,乔看见了司机那张英俊的脸,他正在一个拐角处翻阅一本书,乔的心中一悸,想道:"还真是他啊。"

"有时候,邂逅的那些人本来就在自己身边。"老板说完这句话之后就回到他的高凳上坐好,又恢复了那种傲慢的样子。

乔感到司机在那边冲他笑了一下,但他显然不愿意乔去打扰他,他好像在找一本什么书。乔走出书店,到了路灯下,他又忍不住将书翻开来看,于是又看见金的那张照片。当他静下心来看时,才发现这个人根本不是金,只不过是脸型有点像他罢了。这个人的眼神是冷峻的,甚至有点残忍。乔不喜欢残忍的人。但金不正是有点残忍的样子吗?乔觉得奇怪,自己却又喜欢金。这样一个家伙,居然会在这么厚一本书里头写他的个人隐私,还指定要送给他,乔对这件事感到不寒而栗。那么这个司机,是不是他在金那里碰见的司机呢?也许所谓旧梦重温说的是这本书吧,但这个人,的确不像金,就连头发的颜色也不像，金是黑发，黑得像乌鸦翅膀，这个人的头发则是淡色的。

乔又想，他自己会不会写这样一本书呢？只要有地方出版，就将一生中发生过的琐事全写进去，这种想法肯定是出于一种贪婪，乔拿不准如果是自己的话，会不会这样做，他实在是不喜欢这个人的照片上的这种表情。由于想着这些心事，他不小心撞到了一个人身上，是黑女郎，漂亮的清洁工。

"晚上好！您怎么在路上读书呢，先生？"她欢快地说。

"啊，对不起。"乔一下子面红耳赤。

"这种时候多么美啊，尤其是这些光线朦胧的书店。您说对不对？"

"对，对，您多么美啊，正是这样。"他乱了套。

女人笑着走开了。乔从橱窗里看见了自己的狼狈样子。他将书夹在腋下，匆匆地往家里走。无意中，他看见司机也从书店出来了，往另一个方向走去。

"其实到了晚上，外面的世界就很精彩，你干吗总待在书房里啊？"

马丽亚似乎在抱怨他，为了什么呢？他带着这个问题又钻进了他的书房，他急于想知道作者的旧梦重温是怎么回事，同他自己多年来经营的故事之网有没有联系。因为这样一副相貌的人是决不会无缘无故地送自己的书给他的。书的开头是他的自我介绍，显得矫揉造作：

我出生在东方一个小国的山村里头。在一般人的印象中，我的国家是一个十分寒冷的国家，漫长的冬天枯燥难挨。实际情况却并非如此。我们那边的人都有极为热烈的性情，而白雪皑皑的山峦，是我们的乐园。山上有很多冰洞，这些冰洞是我们的祖祖辈辈通过顽强的劳动挖出来的。事实上，我自己就是在这样一个冰洞里出生的。

乔看到这里有种上当的感觉，而且脑子里也产生不了相应的画面。他不是说他要专门写个人的琐事吗？这种一般性的背景介绍实在是老生常谈。他放下书，变得神情恍惚起来。在这本书中有一个人，他想同世人说些什么话，于是写了这本书。那个人很像乔在北方遇到的牧场主金，但又完全不像。而他，在自己隐身的情况之下通过种种联系同乔进行了间接的交流。交流的结果是乔陷入茫然之中。乔叹了口气又拿起书来，这一次他从中间开始读。

大雪纷飞的风景是种幸福的象征，这只要看看冰洞里热火朝天的劳动氛围就明白了。什么是幸福呢？幸福就是在零下三十摄氏度的寒冬里出汗。每个人手中都有铁镐，一下一下挖在这千年的冰洞的墙上。我们在拓宽自己的空间。

乔闭上眼，感到无比的厌倦。有人到走廊上来了，是丹尼尔吗？丹尼尔知道他父亲精神上陷入了困境吗？多么敏感的小伙子！就在他脑子里的那个故事之网即将达到完美境界之时，有人在对他作出釜底抽薪似的破坏。如今，他长期以来经营的那块空间正在缩小，他的眼力也减弱了，他手里拿着一本吸引他的书籍，却根本看不进去，只有排斥的念头。他已经这么老了吗？

"爹爹，我爱你。"丹尼尔探了一下头又缩回去了。

乔听到猫在走廊上叫。"把一个家经营成这种样子的女人，该是多么了不起啊。"乔深深地感到了马丽亚身上那种尽善尽美的本质。"我也爱你，丹尼尔。"他在心里说。织机又在楼下响起来了，马丽亚已经停止编织有多长时间了啊？

丹尼尔终于进来了，他一动不动地站在墙边，细长的一条。

"你有什么苦恼吗？"

"我很幸福。"

他的回答让乔吓了一跳。他小的时候乔带他去钓鱼，鱼儿上钩时乔问他是什么感觉，他说他很痛。现在他成了园丁，过上了幸福生活。

"丹尼尔，你怎么老站在那里不动啊？"

"这屋里有个东西让我害怕。爹爹，你看见没有，你挂在墙上的那根骨头在动……那是什么骨头？是人的骨头吗？"

丹尼尔紧紧地贴着墙，乔觉得他好像要钻进墙里头去一样。

"你不要把这事放在心上，孩子。你的心事多么沉重啊！"

乔站起身，走到书架的另一头去，从这个角度就看不见丹尼尔了。这孩子让他心神不定。他坐下来，还是想理清自己的思路。但他没法理清自己的思路，对面的丹尼尔就像一个磁场干扰着他。乔听见了书页翻动的声音，是丹尼尔在看桌上那本书吗？突然，书房里响起了丹尼尔朗诵的声音：

空中的花园里没有花，只有野生的小草。谁在那种地方干活？没有人。可是当一股风儿使浓雾变得稀薄一点时，便有一顶草帽显露出来。

乔走出藏身的地方。他看见丹尼尔手中正是拿的那本书。他走到他面前，从他手中接过书。可是他怎么也找不到儿子刚才朗诵的那一句话。他问丹尼尔那个句子在哪里，丹尼尔说书中没有，是他刚才看出来的，他用力一看句子就出来了。这正是那种可以看出东西来的书，但他一般不看，因为太伤害眼睛。他希望他爹爹少读这种书。

"爹爹，干脆你也做一名园丁吧。"他说话的样子又单纯又老练。

乔回想起自己沉浸在书的世界里的那些个日日夜夜。还有他编的、快要大功告成的故事。这一切，同丹尼尔比起来是多么的微不足道啊。他又陷入郁闷之中。

"我不能做一名幸福的园丁，孩子。我这一辈子注定了只能在'古丽'工作，这是个有魔力的工作。也许有那么一天，我会出走，这是我的老板对我的期望。丹尼尔，你还怕那根骨头吗？"

"不了，爹爹。它现在一动都不动，我看出来这是一根牛骨头。我要走了，现在我更幸福了，因为你不反对我做园丁。我好几年都没摸过书了，你失望吗？"

"不，丹尼尔，你真了不起。"乔由衷地说。

门关上了。乔听见马丽亚和丹尼尔在走廊里说话，然后一齐下去了。乔想道，他有着了不起的妻子和儿子。他踱到阳台上，看见母子俩的身影如幽灵一样飘向大门外，那只猫则警惕地蹲在石磴上看着他们离开。

有一个人在他的书房里。乔回到书桌前坐下时，那个人就从书架后面走出来，踱步到乔身后，然后又回到书架后面去了。乔听见了他，但乔不愿回过头来看他一眼。

"丹尼尔，你的爸爸就要从他的茧里头出来了。你搬回来吗，宝贝？"

"不了，妈妈。这有多么好。"

马丽亚看着儿子，他在她身旁走，他那细长的身子像是在她近旁，又像是离得很远。她想起乔的故事中那些穿和服的少女，很可能在乔的眼里，那些少女就是丹尼尔的化身。乔是多么奇怪的男人啊。此刻这个儿子在她身旁，可又不在她身旁，他一定在思考着某种遥远的事物。从屋里出来的时候，丹尼尔说带她去看他设计的空中花园，可是他们已经来到了城外，这里根本就没有花园。他们沿着河堤往下走，进入了干涸的河床。丹尼尔蹲下去，用细长的指头舀着那些河沙，让它们从指间往下流。马丽亚听见了他喉咙里发出的呻吟。雾渐渐浓起来，一会儿，他们就看不清彼此的面容了。马丽亚心里有点慌。

"丹尼尔，我记不清昨天做过的事了。"

丹尼尔的回答散乱在空中，嗡嗡嗡地叫着，马丽亚无法理解这些零乱的字句。她用力呼吸，的确嗅出了木槿的馨香，花朵是看不见的，大概它们正在儿子的指间流动。丹尼尔头戴草帽在阳光下流汗的样子出现在马丽亚的想象中。她听见他的声音里头有"爹爹"两个字，但那不像丹尼尔唤他的爹爹，倒像学龄前的儿童在练习识字发出的声音。

河堤上有脚步声，马丽亚站起身，那脚步就停下了。

"是乔吗？"她高声喊道。

"是乔吗……"空气震动起来，丹尼尔的声音在应和她。

有喜鹊从他们面前飞过，向堤上飞去。

"妈妈，我们回到爹爹那里去吧。"

丹尼尔伸出手来挽住马丽亚，马丽亚看见他伸向她的手臂是一根紫荆的枝条，小花儿在上头欢快地晃动着。他们一同爬上河堤，乔却并不在那里。马丽亚的心里头冒出幸福的暖流，因为她又听到了青年时代的乔的声音，她感动得流出了眼泪。

"乔，乔……"她说。

多年以前，她和他就是从这条干涸的河床上爬上来的。这么多年来，她从未想到过会这样身临其境地重返旧梦。也许现在，她和儿子是真正走进乔那无所不包的故事里头去了。他不在河堤上，他在她的体内。她的儿子丹尼尔在这

样一个日子里身体里头长出了紫荆花。那一年她怀孕的时候，反反复复看见的正是紫荆。

乔在堤上，他的确看见了母子俩在河床里，一个站着，一个蹲着。接下来他俩又走动起来，像盲人一样摸索着，似乎相互看不见对方。乔在澄清的空气中做了两次深呼吸之后，便看见小河的对岸出现了白发的东方女人。女人身上的衣服也是白色的，有点像和服，又有点像中国古代的裙衫。她依着一棵柳树站在那里，在观察河床里的母子俩。乔目不转睛地凝视着年老的美丽的女人，简直看呆了，因为他从未见过这么好看的老年女人，他觉得自己的魂魄被勾走了。有人在他肩头拍了一下，居然是书店的老板。

"对面那人不是真的。"老板皱了皱眉头，似乎很痛苦地吐出这句话。

"我也这样感觉到了。真遗憾啊。她从哪里来？"

"她是我的前妻。"

乔吃惊地看着模样丑陋的书店老板，话都说不出来了。老板受不了乔的目光，背驼了下去，完全垮掉了的样子。乔回忆起他傲慢地坐在书店入口处的高凳上的形象，一下子明白了他心里的苦衷。河床里的母子俩一前一后上岸了，他们没有看见乔。马丽亚的腿有点瘸，从后面看，她的体态仍然像个姑娘。

"为什么不是真人呢？"乔温情脉脉地问老板。

"因为怎么走也走不到她面前去的。不信可以试一试。"

"我真的想尝试一下呢。"

马丽亚和丹尼尔上岸之后，对面的女人就转过身去了，背对着乔和老板。乔感到女人的背影像一个东方的神话。也许他自己应该去的地方是东方？老板驼着背走下河堤，他说他受不了了。他似乎一边走一边在哭。

乔下到河床里，他想穿过河床去对岸。他一边走一边怀疑自己，因为刚才老板已经说过没人能走到"她"面前。他焦急地上了岸,看见女人缓缓地转过身来了,她的衣裙白得耀眼。女人戴着眼镜,乔完全没料到她会戴着眼镜。

"你今天休假吗?"她和蔼地说。

"我完全没有料到……我多么想……啊,是我今天不愿意工作。您是住在这附近的吗?这里多么好!"

"是啊,我住在这里。我也注意到你。有人催你离开这个城市,对吗?"

乔没有回答,他明白了老板为什么要哭。在他们的上方,天空变得像水晶一样。他想问女人是不是认识金。

"你是说住在半山腰经营牧场的男子吗?当然认识,很少有人不认识他的。他不是一个真人,你感觉到了吗?"

她目光灼灼地看着乔,乔周身的血液沸腾。

"您的前夫也说您不是一个真人,为什么呢?"他鼓起勇气问道。

"一些人对于另一些人来说,是永远猜不破的谜。同这样的人住在一起的话,他就会渐渐消失。我回答了你的问题吗?如果你深夜去伊藤的书店,就会听见他在里头搏斗,书籍从架子上坠落下来。"

"同谁搏斗?"

"谁?我想是幽灵吧。他有过人的眼力。"

原来书店老板的姓是"伊藤",乔从来没注意过这一点。那么他是日本人吗?他的夫人、眼前的这位女士也是日本人吗?他们是从遥远的东方来到这里创业,然后又断然分手的吗?人心是多么可怕啊。他想问她一点什么事,可又想不起来是什么事。但是她好像已经知道了他要问什么,并且对回答感到厌倦。她说有人在叫她,必须马上离开,然后就匆匆走了。"我们不会再见了。"这是她最后一句话。

乔在心里打定了主意，一定要在深夜去伊藤的书店。这一对奇怪的离了婚的夫妇，他们同他故事中的那些穿和服的日本少女，有种什么样的联系呢？他刚才见到的白衣女人，以前好像在什么地方见过。

乔端详着马丽亚新织的挂毯上的图案，感到有点头晕。那似乎是一个不存在的图案，只有微弱的色彩层次的变化。也许连色彩的变化也只是他的幻想，这幅挂毯上头根本就没有图案。他的眼睛在观看中变得疼痛起来，连太阳穴也痛起来了。他想调转目光，挂毯里头居然像有磁力似的吸引着他。"放了我吧，马丽亚。"他在心里这样哀求道。

"乔，你瞎想些什么啊。"

马丽亚出现在门口，几只马蜂绕着她的头部盘旋，看上去很危险。马蜂使乔的记忆变得生动鲜明起来了。

"你是从金那里来吗，马丽亚？"

"就算是吧，我同司机见过面了。啊，那一片草场！我织得怎么样了？这一次我重新开始了。是重新开始。乔，你听，多么寂静啊，我是指墙壁里头。你走了以后，我和丹尼尔会想念你的。"

原来马丽亚也盼着自己离开？乔想起书店老板的前妻，她同丈夫早年来到此地的途中所经历的长途跋涉。书店晚间的昏暗和白天河堤上的澄明形成对比，使得乔自然而然地感到了分手的夫妻之间的渴望。那么乔自己，对于那女人又有一种什么样的渴望呢？马丽亚正在消失，现在她织那种让他看了头痛的挂毯，让乔的思绪悬在半空。乔在房里转了一圈，发现壁上挂了好几幅类似的挂毯，只是色彩更晦暗，层次更不分明。当他凝视其中一幅深灰色调的挂毯时，马丽亚又在他背后说：

"乔，你瞎想些什么啊。"

乔不好意思地转开脸，对马丽亚说，他越来越迟钝了。这时他听见家里的两只猫在墙头嚷春的叫声，无意中瞥见挂毯上的图案在显现，那似乎是一把斧头。马丽亚心底有种什么样的仇恨呢？

他听见马丽亚在同什么人讲话，但是房里一个人也没有。她背对他站在织机后面，声音低沉而沙哑。她似乎在使用一种乔听不懂的语言。

乔悄悄地离开机房来到花园里。花园里飞着很多马蜂。它们从哪里来？马蜂的窝在附近吗？丹尼尔也到花园里来了，一大群马蜂绕着他飞，他穿着无袖汗衫，一点都不介意这些有毒的蜂子。乔想起他的女朋友，那个身轻如燕的越南女孩，觉得他俩真是天生的一对。也许有一天丹尼尔会同她回越南去生活，在那个雨水充沛的绿色的国家，丹尼尔一定会有种回家的感觉。

"爹爹，你知道是谁引来了这些马蜂吗？"太阳下，他鼻头上的雀斑很显眼。

"谁？"

"是那位司机。他往玫瑰花里头一站，马蜂就黑压压地涌进来了。啊，多么美丽的小东西！司机真了不起，也许他爱上了母亲。你会嫉妒吗，爹爹？"

"我不知道，也许会。"他没有把握地说，"你觉得你母亲希望我离开吗？"

"母亲很爱你。"他一本正经地说，"不过这同离不离开没关系。"

乔看见马蜂在丹尼尔的头上和脸上蜇了好几下，他的脸迅速地肿起来，就连眼睛都肿成了一条缝。乔很害怕，但蜂子并不来蜇他，只是一个劲地在他耳边威胁地发出嗡嗡声。丹尼尔安静地坐在石凳上，根本没有感觉到马蜂对他的袭击，对自己的红肿也无动于衷。

"丹尼尔，我应该到哪里去呢？"

他的样子显得很无奈。他知道丹尼尔不会回答他这种问题，丹尼尔肿着半边脸，正在弯下身去研究那些玫瑰。他对乔说，玫瑰花曾让他产生过邪恶的念头。

乔听见织机的声音又在房里响起来了，与此同时，就有雨滴落在他的面颊上。多么奇怪啊，此刻正是阳光灿烂！

"丹尼尔，你感觉到下雨了吗？"

"我刚才在考虑这里的土质的问题，我想了一些关于热带雨林的事。真凑巧，爹爹，你好像可以感觉到我的思想了。妈妈说你的里面有一个广场，林荫大道一直延伸到雪山脚下。可是我为什么就感觉不到呢？"

被这样的氛围包围着，乔感到窒息。

丹尼尔将一株玫瑰拔起来，对着那根部说了些乔听不清的话，他的手在发抖。这个小时候看见鱼儿上钩都要哭泣的男孩，现在变得多么的狂暴了啊。丹尼尔一岁半的时候夜间吵闹，乔抱着他到外边悠转，他的哭声响彻大街。可是他一学会说话就成了个沉默而软弱的孩子。马丽亚不愿意丹尼尔在她自己身边长大，就自作主张将他送到了寄宿学校。为了这件事，乔有点怨恨她。而现在，乔在心里感激她。

乔需要挣破什么东西。这个肿着脸、冲着玫瑰的根须说话的男孩，还有机房里那些看了头晕的挂毯让他没法呼吸。还有那两只浑身带电的猫。他必须找一方净土藏身，谁能告诉他那种地方在哪儿呢？也许书店老板的前妻能告诉？

一大团马蜂绕着丹尼尔转，他的脸肿得不成样子了，他没有觉察，又拔出了一株玫瑰拿在手中研究。他似乎忘了乔还在他身边，太阳将他那年轻的身体晒出了汗味，弥漫在空气中。乔从织机的哒哒声中听出了不祥的意味，他忍无可忍了。

他走进屋内拿了自己的公文包，他对马丽亚说要去公司。

马丽亚从织机那边凝视了他几秒钟，点了点头。乔感到她的眼神中充满了期望。乔快走到院子里了才听见马丽亚伸出头来喊道：

"乔，亲爱的，走到街角拐弯处不要回头啊。"

乔带着一种恍若隔世的情绪穿过狭窄的街道。他看见那些玻璃门窗上头映出的自己的那张脸是陌生的，那是个长脸的、阴沉的男人，有着一头雪白的卷发。如果自己变化这么大的话，马丽亚和丹尼尔，还有别的人是凭什么认出他来的呢？清洁工正好站在街角拐弯处，黑美人显得有些疲倦，她凑近乔来打招呼，似乎有求于他的样子。乔停下了脚步，随之记起了马丽亚的话。

"我能帮助你吗？"

"黑夜茫茫，我必将掉进虎口，没人帮得了我。"黑美人狰狞地露出牙齿。

"啊，啊！"乔一边走一边呻吟，冷汗从他背上流下来。

"你不要再回来了！"美人在尖叫。

乔一进办公室就看见了马蜂。巨大的马蜂窝结在空调上面，在那里黑压压地堆挤着，但这些小东西一点声音都没有，实在反常。乔打开抽屉，拿出那本久违了的西藏的旅游书，翻到中间，那些藏文一个字都看不懂，书中也没有图，但在一个长时间内，乔总是一次又一次地翻开这本书。这本书里头有什么呢？他不知道，他只知道这里面也许有一个世界，是一个探不到底的地方。当他凝视书中的藏文之际，一只马蜂掉在书页上头，那些藏文忽然跳跃起来，像火焰一样烧着小东西，它挣扎了几秒钟就不动了。

"乔，你在做实验吗？"

进来的是丽莎。她还是那一身艳俗的装束，裙子居然短到了露出了大腿的地步。

尽管乔尴尬地将脸转向马蜂窝，丽莎还是满不在乎地走过来，拿起乔的书，让书页散开抖了几抖，乔看见地下落了一层死蜂子。

"我的老家有马蜂之乡的称呼，每个人的血液里头都注满了那种毒素，文森特不相信这种事，结果受到了巨大的创伤。"

"那么，我的书里头有什么呢？您知道吗？"

"那是你没去过的地方。"

丽莎走到空调下面，将一只手伸进马蜂当中，乔看见那只清瘦的手迅速地肿起来了。她在顽皮地笑。然后她缩回自己肿得像胡萝卜一样的指头，笑着从乔身边走过，出了门。

他刚刚将书收进抽屉顾客就进来了，他是未经通报进来的，乔对他感到恼怒，就一言不发地瞪着他。他是一个瘦骨伶仃的家伙，脸上有好几处疤痕。他说他一进来就有种回家的感觉，现在谁还在办公室里养马蜂呢？多么美好的设想啊。他龇牙咧嘴地说出这些赞美的话，一边从口袋里掏出玻璃瓶来。那里面是满满一瓶死蜂子。

"乔，我也是里根农场的职工。"他一边说一边用手背擦眼泪，因为他的一只左眼老流泪，"你们公司生产的服装，昨天又造成了两个人的死亡。"

"那同我们公司无关。"乔冷冷地说。

"真的吗？"他走近来，盯着乔看。"真的吗？"他还晃了晃手中的瓶子。

乔发现瓶子里的马蜂全都动起来了。

"我想去你们农场出一趟差，去调查职工死亡的事。"

瘦子好奇地看着乔，揉着眼问他是否是真心想了解这种事，会不会被真相吓住。他又说，如果要去的话，也不能去农场，而是应该去C国。为什么应该去C国呢？乔问道。瘦子立刻变得十分活跃，在办公室里走来走去，还跳起来用手去摘那个马蜂窝，使得蜂子满屋子乱飞。

"C国，那是你应该去的地方，我们死去的男孩就来自那里。是两个漂亮的男孩，你们的衣服像蛇一样死死地缠住他们。可是我要走了，你自己去吧，可别走错了地方啊。你要是看见葡萄树，就应该停下来等待。"

他走了之后，乔又将那本西藏的书摊开放在桌面上，他想，书里头应该有一张地形图、一张路线图，那两个男孩会不会来自高原的雪山？乔遐想联翩，不能自已。

两只湿淋淋的黑鸟停在了窗台上，是乌鸦，乔感到了死亡的气息。他怎样才能去C国呢？当然是坐飞机去。可是怎样同文森特说呢？就说去实现他的愿望，就说永远不回头？乔感到那张网终于又出现了，连通广场的大道一直通到天边，一位穿和服的少女在缓缓前行。他是不是从混乱中挣扎出来了呢？或者将要扑进更大的混乱的网中？似乎每个人都在怂恿、逼迫他出走，而最初向他显露这种意图的，却是最最离不开他的老板。看来老板文森特自己也在逼迫他自己。

文森特始终没有露面，乔在公司里四处寻找他。他没有来，没人看见他。同事们有点责怪似的瞪着乔，似乎认为他不应该这样急煎煎地寻找老板，有一个人甚至暗示说，应该"各人管好自己的事"。真见鬼，看来大家都知道他心里想些什么。乔不敢再问下去了。他像丧家狗一样溜回办公室，将自己的东西放进公文包，然后坐下来打电话给航空公司。他刚打完电话，丽莎又像幽灵一

样潜入了室内。

　　"不打招呼就要走了吗？"

　　"我找不到文森特。"

　　"他是不会在这里的，尤其是这样一个日子。看看这两只乌鸦，多么黑啊。当年我从赌城出来时孑然一身……你是多么幸运，乔，你拥有了一切！"她夸张地展开双臂，像在跳舞。

　　"实际上我已经没有了立足之地……"乔咕噜着这句话将西藏的旅游书放进包里，他记起还得回家拿衣服。他怎么啦，就像中了魔似的，非要听从一个陌生人的建议？只因为周围的氛围都在怂恿这种发狂的念头吗？那个瘦子是什么人，凭什么说他只能去C国那种遥远的、连书中也没有描述过的地方？是啊，他看了这么多书，还从未有哪一本描写过那个遥远的国度。他在书中看见过红色的宫墙和琥珀色的琉璃瓦，可他没有想到过那会是C国。乔因为业务关系经常旅行，大都是去国内的各地，有时也去过欧洲和地中海的一些国家，但是像C国这样的古老的东方国家，还只是停留在他的模糊的记忆的深处。他无端的有种直觉：也许马丽亚织的就是那个地方？也许他自己也正在同她一道，描绘那种看不见的图案？"马丽亚，马丽亚，你多么冷酷，多么不放过我啊。"他在心里说。太阳透过玻璃窗照在他身上，一只马蜂摇摇晃晃地飞来，停在他的手背上，开始蜇他。乔的头脑里变得一片空白。

　　他梦游似的回到家。马丽亚不在家，丹尼尔也没回来。乔一进屋，墙壁里就响起人的说话声，声音又急又躁，像在吵架。他将耳朵贴到客厅的墙上，却怎么也听不清那是在吵些什么。他上楼去卧室里清理自己的箱子。当他拉开卧室的窗帘时，两只湿淋淋的乌鸦赫然立在窗台上。乌鸦们并不朝他看，而是像雕塑一样一动不动。这两只的体形比一般的要大得多，好像是特殊的品种。除了衣服之外，他还应该带些什么呢？他实在拿不定主意，因为对那个国家一无所知。他曾无意间听一个现在已面目模糊的熟人说过，那里到处生长着罂粟，男男女女都爱吸鸦片，蓝色的烟雾里飘荡着梦游者。在那种地方，时间会颠倒，人可以返回自己的童年时代，并从那种时间里捡回一些从前生活的证据。因为当时听的时候无心，所以也没记住说话的人究竟是谁。他在桌上发现了马丽亚留下的便条，她说她送挂毯去了，是来的那位司机订下的。他觉得自己没必要给马丽亚留下几句话了，因为她一直就在盼望自己离开。当然，乔的心底还是微微地有点醋意——他不能确定马丽亚和那位英俊的司机之间关系的性质，但现在不是考虑这种事的时候。

他清好箱子就出门了。在他自家的大门口站着那位穿黑裙子的高个子女人，乔见过她，她有一张东方女人的脸，表情冷漠。乔同她打招呼，她仅仅点了点头。也许她是偶然站在那里的。这时那两只乌鸦突然大叫，声音响彻长空。

在街口那里他又碰见了黑美人，她一个劲地冲他笑，露出闪亮的牙齿。乔回她一个微笑，慌慌张张地想躲开她，可是她主动地让到路边去了。

他想起自己刚才那卑鄙的举动又很不安，因为他将家里的大部分存款都带走了，如果他不回来，马丽亚就只好靠变卖首饰维持生活了。不过没关系，她总有办法渡过难关。

第十三章　乔到了东方

"马丽亚，乔去飞机场了。"丽莎一进门就说。

"他带着那本书吗？"马丽亚说话时没有将目光从织机上移开，她正追随着图案深处的影像，她的脸上泛起红晕。

丽莎刚一落座就从椅子上弹起来了，她觉得马丽亚的巫术越来越高强，总有一天，这栋屋子会变成魔鬼的居所。她在房里走动之际感到踩在地上的脚板一阵阵发麻，而墙壁里头传出的人声充满了威胁。

"他带着的，那是他的地图，对吗？"

"是啊，他去罂粟花的国家了，多么美啊。但那到底是不是他心底的夙愿呢？我不太有把握。"

"他是一个性情温和的魔鬼。"

丽莎在房子里站不住了，她的心脏受到冲击。她跑到院子里，站在花丛里喘气。太阳光也发出嗡嗡的声音，而房内织机的声音仍然在均匀地响着。

马丽亚停下手中的活，看了一眼身旁的空椅子，叫了一声"丽莎"。

就在这时，那个影像浮到了表面，那是一只奔驰的黑狼。马丽亚一眨眼它就消失了，然而她果真听到了它发出的长嗥。

丽莎在窗口那里打手势说：

"我不能进去，你太严厉了，我的心脏承受不了。"

"因为我在追溯乔的旅途啊。今夜他会待在有狼的高原上。"

"啊，原来你心里对他充满了期望啊。如果徒步夜行军走到那种地方去，该会是什么样的一种情形呢？"

丽莎一抬头，看见墙壁上正在啪啪地爆出火花，她连忙后退了几步。她被一株剑兰绊倒了，砸在尖刺上，脸上渗出血来。那两只猫从她身边跑过，身上也在啪啪地放电。她的脑子里出现在高原跋涉的情景——被靴子磨出血的脚板和深沟里晃动的白色花朵。她想离开，可是听见马丽亚在房里发出尖叫。她冲到窗口那里朝里面张望，看见马丽亚正盯着没织完的挂毯发抖。

"马丽亚！马丽亚！你还行吧？"

马丽亚说不出话来。

丽莎冲进去，将双手放在她的肩上。浅棕色的挂毯上什么都没有。她听见马丽亚的牙齿在磕响，她的身体在流汗。

乔上飞机时看见那个女人也上了飞机。他看不清她的脸，因为她戴着一顶很大的草帽，又压得很低，她的黑裙在舷梯上被风吹得鼓起来。她似乎犹豫不决，居然站在梯子上不动了，后面的一位胖子愤怒地催促她，她才如梦初醒地又开始往上爬。"该死的伊林娜。"胖子说。

一进舱门那女人就不知坐到哪里去了。乔忽然想，在家门口看见的东方女人和书店老板的前妻会不会是一个人？她叫"伊林娜"吗？还是胖子将这类女人一律叫"伊林娜"呢？他隐约记得书店老板叫他的前妻什么"梅"。在他的印象中，C国女人才应该叫"梅"。丹尼尔的越南女朋友为什么也叫阿梅呢？他坐下之后，又起身到全舱巡视了一遍，还是没见到她，不过本来他就没看清她的脸，怎么找得到呢？他系好安全带，闭上了眼睛。

糟糕，有一只马蜂在他头上旋圈子，是他从办公室带来的吗？它会蜇他

吗？它果然飞近，在他眼皮上用力蜇了一下。在惊吓之中，他的整个头部全部麻木了，连眼睛都闭不上了。他用力摸摸脸，一点感觉都没有。现在他看见了黑衣女人，他想不起在哪里见过她，因为他已没法思想了。

女人站在他的上方，正在对空姐说话。

"一出机舱冻风会咬着人的脸不放。"空姐说。

"我早就习惯了。每天清晨我都要到溪边去提水。"女人说，"到中午，草地就被晒热了，妈妈在阳台那里对我说话，问我要不要喝牛奶。"

"你看这个男人，他的脸肿得多么厉害。"空姐指了指他。

乔想动一动嘴唇做出微笑，却动不了。

"他的妻子是一个叫梅的女人。"黑衣女人指着他说，"今天上午她在家里看见了狼，狼咬住她的衣服不松口。她心里一急，就喊起来。"

乔听不懂她的话。他感到整个舱里沸腾起来了，坐在里面的男人从他身上跨过去，人们纷纷在拿行李。

"地面温度零下二十摄氏度。"广播里在说。

一直到舱里头走空了，乔才拿起自己的行李往外移动，他心里很害怕。舱外果然刮着冻风，幸亏乔的脸没有感觉，只是手被冻得有点痛。下梯子时，他差点摔了下去。飞机是停在停机坪里，乔看见四周全是耀眼的雪山，被太阳照着像要燃烧起来一样。他随便选了一个门推开，向外走。

有人捉住了他的箱子，他不知不觉松了手，让他提着。提箱子的人也戴着那种草帽，乔看不见他的脸。

机场很小，一会儿就走出去了。街上有一些男男女女，这些人一点都不怕冷，穿着背部赤裸的特殊的衣服，黑红的脸上表情肃穆，头发很长。那个人始终走在他的前面，这条街快走完的时候，他把手中的箱子往地上一放，说：

"现在你自己走吧，到了这种地方就丢不了。"他说的是乔的语言。

然后他掉转头匆匆往回走去。乔站在自己的箱子旁往回看，看见来了许多小孩，小孩们追逐着，在冷冷的阳光下出着汗。突然他听见一个女孩（也是穿着背部露在外面的袍子）用他的国家的语言喊着："马丽亚！马丽亚！我快憋死了啊！"她痛苦地喘着气，突然喷出一口鲜血，蹲了下去。一大群十来岁的小孩将她团团围住。

乔突然感到很不安全，因为他看见很多孩子手里拿着匕首，一些正目光炯炯地看着他。他提起箱子，随便拐进路边一个商店，那里头是出售银饰物和银器具的。

狼很快就从马丽亚的图案里消失了，马丽亚吹着口哨想唤回它。她听见丹尼尔在园子里挖出很大的响声。

母子俩沐浴着阳光，企图回到早年的时光去。后来他们来到了乔的书房，看到所有的书架全倒在了地上，他们踩着书走进去，坐在乱糟糟的书堆里，谈论乔在家时的情景。丹尼尔随手拿起一本书，漫不经心地翻阅着，对马丽亚说出爹爹购买这本书时的心情。

"你是怎么知道的呢？"马丽亚皱着眉头问道。

"这并不困难，书里都写着呢，爹爹也同你一样，是个完美主义者。"

马丽亚想起乔在谈生意时还要沉浸于自己的故事中的事，便点了点头。

"妈妈，为什么我们家的墙壁里头会有这么多的人说话呢？我记得小时候就是这样，他们来了一拨又一拨。这些人全是我们的亲戚吗？"

"是啊，这是在原先的宅基地上盖的房嘛。你喜欢他们吗？"

"有时我真觉得幸福呢。尤其在寄宿学校，夜里睡不着，睁着眼，就自

言自语。我一说话啊，墙里头就有小孩子回应我。亲戚里头也有小孩死掉了吗？"

"很多，你爹爹快要遇见狼了。"

丹尼尔将手中的书放到鼻子跟前嗅了嗅，说："这就是狼，它不会放弃追赶的。我呀，一共见到过两次。"

马丽亚问他还记不记得在玫瑰园里喝茶时，爹爹从书房的阳台上同他们交谈的情景。马丽亚将那种谈话称为"空中交流"。

丹尼尔回答说他永生永世也忘不了，因为那一次他看见阳台上有悬空的梯子伸下来。

"只有爹爹才会有这种本领，让阳台上长出梯子来，无依无傍地竖在空中。"

"这样的人才会从我们当中彻底消失，一个人跑到古老的东方去啊。"

马丽亚说完这句话之后，感到体内产生了熟悉的骚动，方格布裙在她身上绷紧了，她的目光凝视着园子那边那张木门。木门那里站着穿黑裙子的女人，这个东方国家来的苗条女人总在这一带游荡。丹尼尔也在看那个中年女人，年轻的蓝眼睛里燃烧着情欲。丹尼尔手里的书掉到了地下，书页像受了伤似的抖动着，马丽亚看见里头有一张年代悠久的风景插画，画的是海滩，海滩上有一副张开晾晒的渔网。马丽亚伸手去捡那本书，但是书里头在放电，她的手被打开了。一声凄厉的尖叫使她的血都凝固了。却是丹尼尔在叫，他的脸都憋红了。

"丹尼尔，你很难受吗？"

"不，这才痛快呢。"他低声咕噜着走出门去了。

从阳台那里望下去，马丽亚看见丹尼尔用草帽掩住半边脸，从那女人身边擦过，跑出去了。可以听到他那有弹性的脚步声在马路上响起。女人似乎对丹尼尔没有感觉，她是在那里等人。马丽亚觉得儿子有点可怜。她关上通往阳台的门，拉上窗帘，一个人待在阴影中沉思。她想吹口哨，于是就吹起来，轻轻的，有点像黑暗中的一只蟋蟀。脚下乱七八糟摊着的书籍全都在抖动着书页，张成了扇形，但房里并没有风。马丽亚知道这里是乔的广场的发源地，他的故事就是从这里延伸出去，成为无边无际的故事之网的。现在他弃下了这一切，自己变成了那个故事。

马丽亚开始在书籍的电磁场中回忆乔和她的生活。她记得乔很害怕她爷爷，即使在爷爷死后多年也如此。由于房子建在古老的宅基地上，爷爷的影像偶尔会出现在墙上，一般来说时间总是在中午，有太阳的时候。马丽亚那时为了不吓着乔，就装作没看见，但她知道乔是看见了的。他并不要躲开，而是死盯住墙壁。马丽亚明白他是渴望那种害怕的感觉的。在她的少年时代，爷爷总是坐在里面那间房子里很少出来。有一次马丽亚闯进去，看见爷爷在随着轻柔的音乐跳舞，他那僵硬的患关节炎的腿变得十分灵活，他双臂展开，抱着想象中的女人。"爷爷，你同谁跳舞？""同她。"他简短地回答，颓然跌进躺椅里头，痛苦地喘着气。马丽亚知道"她"不是奶奶，因为奶奶从不跳舞。当然也不是另外什么女人，因为爷爷从不同女人来往。"她"究竟是谁呢？几十年来马丽亚一直在想这个问题。现在乔走了，马丽亚觉得这个问题的答案已经有了些眉目。爷爷下葬后她就一直在屋里寻找那张唱片，但始终也没有找到。也许根本没有什么唱片，那么音乐呢？只不过是他们的幻觉吗？

乔一到她家里就听见了那种音乐。那时爷爷似乎对乔很满意，但爷爷不会说出来，他反而说希望马丽亚远离这种男人。马丽亚问他为什么，他就说不为什么，还说希望她结婚后不要住在家里。"我们这种家族，渊源太古老了。"

年轻气盛的马丽亚听不懂爷爷的话，并且没过多久爷爷就去世了。

有一天夜里她和乔做爱之后很疲劳，她深深地进入了睡眠。然而在夜半时分她被吵醒，房里黑着灯，响着那种音乐。

"乔，你在跳舞吗？"马丽亚感到自己一下子心烦意乱起来。

"不，我在看呢，宝贝。你们的家族多么神奇啊。我在想，我是不是你们家族里面走丢了的那个男孩呢？"

多年以后，这个"走丢了的男孩"又一次离家出走了。此时的马丽亚既感到欣慰又隐隐地有种担心。毕竟，她和他从未去过那种地方。但她又想，乔没来之前，她不也是从不知道他的存在吗？马丽亚从书籍中站起来，心中的阴霾渐渐散去，仿佛真的回到了从前的日子似的。

"啊，先生您这么快就来了。我们这些日子可没有空。"穿长袍的小男孩从店里头走到乔站立的地方，从上到下打量乔。

乔的吃惊可想而知，小孩竟然会说他的国家的语言。

小孩笑起来，过来牵着他往里走，一边说：

"我爹爹就是你们那边的人，他总和我讲您的事呢，爹爹很寂寞的。"

后面是一间巨大的黑房子，小孩点燃了一盏油灯。乔看见宽大的雕花木床上挂着麻布蚊帐，帐子里头似乎有人躺在那里。他轻声问小孩那里头是不是他爹爹。小孩紧紧挨着乔，赤裸的背部蹭着他，似乎很害怕什么事。

"不，我爹爹在这里，您看！"

他把乔拉到桌旁，揭开一个铜香炉的盖子，用小手舀动着里头的骨灰。

"我爹爹的名字叫金，他一直在你们那边，我就是在那边长大的，我今年十三岁了。"

"他是牧场主吗？"

"是啊。我一个人就把爹爹带回来了。"他骄傲地说，"他老说，雪山的怀抱是他的家。我从没见过想家想得这么厉害的人。您要不要听一听他说话？"

乔用耳朵贴住铜香炉，可是他听见的却是帐子里头的男人的呻吟。

小男孩摇动铜香炉，帐子里面的男人呻吟得更厉害了。他越摇越猛，骨灰从香炉里溅了出来。乔问男孩帐子里头是谁，他说是一个过路的，走进来就钻进帐子里面去了。

"先生，您能帮我一个忙吗？"

"什么事？"

"那边有一个大炉子，烧着火，您抱住我，把我投进去，等我变成灰之后，您就将我舀起来，放进这个香炉里。"

他将乔牵到一扇门那里，踢开门。乔看见了熊熊燃烧的煤火，热浪袭来，他后退了，男孩刺耳地笑了起来。

"胆小鬼，胆小鬼。现在您喝花茶吧。"

他递给乔一个巨大的杯子，乔喝了一口，被呛得猛咳不停，好像喉咙被刀子割裂了一样。他好不容易才控制住咳嗽，脑子里涌现出疯狂的念头。

"您不喝花茶，怎么上雪山呢？"他做出成人的派头，声音变得忧郁起来，"我反正是要去这个炉子里了，我担心的是您，您一个人怎么办啊。"

乔不敢开口，他觉得自己一开口喉咙就会出血，他已经是满嘴血腥味。这时帐子里头的男人发怒了，开始咒骂，咆哮。男孩要乔出去，说屋里不安全，他还说既然乔帮不了他，他就只好自己完成这件事了。他要他出了门往东一直走，因为"在太阳底下不会出事"。乔经过那张大床的时候，闻到一股奇异

的香味，还有森林里的味道。他的脚步像被磁石吸住了似的，他站在那里不动了。"没想到您还有这种兴趣。"男孩说，他怂恿他到帐子里头去看看。乔撩开帐子，蘑菇和松针，还有溪水的气味扑面而来。蚊帐里躺着那个男人，确切地说，是半个男人。

他赤身裸体，他的身体逢中有一条界线，左边是正常的男子的躯体，右边却全部腐烂了，皮肤成了墨绿色，上面还有斑点，斑点上头似乎长了霉。他那巨大的生殖器勃起着，看上去尤其刺眼———一侧是黑的，一侧是红的，盛着睾丸的阴囊上面则烂了一个洞。他瞪眼看着乔，丝毫不为自己的裸体感到惭愧。乔听见他说了几句话，也许是本地语，他听不懂。男孩也爬到床上来了，他凑到乔的耳边说："他今年有一百零三岁了，他不是过路的，他是这地方的土地神呢。他的权力大得很。"

乔闻到扑鼻而来的野花的香味，感叹地说：

"真没想到，真没想到。"

那人抬起左边的好手去抓右边的腋窝，帐子里头立刻苍蝇乱飞。却原来他的腋窝处是一个溃疡，许多苍蝇伏在里头吸吮。

男孩带着狂喜的表情爬过去，轻轻地抚摸着那条腐烂的腿，从下到上，一直到阴茎那里，然后他停留在阴茎那里，痴迷地吻着阴囊上那个腐烂的洞，不断地伸出舌头去舔。帐子里隐隐地响起了泉水流动的声音。男子抚摸着小孩的赤裸的背部，很舒服地发出呻吟。

小男孩回过头来瞪了一眼乔，说：

"你快离开，油灯倒翻下来着火了！"

乔摸黑向外面那间房走，走到铺面那里时，屋内的帐子和木床已燃起了熊熊大火，他听见那男孩在床上跺着脚叫他快滚开。

街上已聚集了很多人，都是穿着背部露在外头的服装。这种衣服使他们看上去很潇洒，尤其是当风把衣服的下摆掀起时，他们就像许多鹰。现在这些人都站在街上观察着火的银器店，兴奋地伸长了脖子嗅着空气中的异香，没人注意到乔。在他们当中，有一位将一只乳房露在外面的妇女特别漂亮，她举起一只手臂，好像在同银器店里头的人打招呼。火越烧越大，毒烟涌到了街上，所有的人都开始猛咳，乔躲得远远的，避开了烟雾。他看见那些人都在弯腰往地下吐，也许是吐血。

在飞机场帮他提箱子的那个人又出现了。

"我说了你丢不了就丢不了吧！我姓金。"

他一把提起乔的箱子，晃了几下，问：

"你这箱子里放着什么？"

乔回答说是一些衣物和日常用品。

"很好。你很朴素。你同我去'王街'吧。"

乔尾随他拐进一条麻石铺成的宽街。在乔的眼里，他的背影悲怆而肃穆，他的躯体里头似乎有许多故事，这些故事都超出了乔的经验。这个地方的所有的人和事，都同他从前的故事之网，同那个广场没有任何联系。他脑子里想着事，冷不防撞在一个人的身上了。那是一个本地人，他推开乔，继续往前走。他只穿了一条薄薄的绿袍子，赤着双脚，走起路来轻飘飘的。乔再一看，麻石街上尽是本地人，都穿着薄袍，打着赤脚，缓缓地、轻飘飘地在游荡。姓金的男子回过头来对乔说：

"这些人啊，都吸了鸦片。每个人的心里都有一团火，你看见花园了吗？那里面的那些罂粟是他们的命根子。本来这种冷地方是不长罂粟的，可是花园里有一股温泉，巨大的地热改变了这一带的气温。罂粟就在这一带繁茂起来了。"

乔什么也没看见，因为马路两旁只有商铺。他想，也许这个姓金的吸了鸦片，在述说他的幻觉呢。

"你打算住什么地方？旅馆还是罂粟种植园？"

"罂粟种植园吧。"他冲口而出。

姓金的在一扇低矮的铁门旁边停下来，说："你已经到了。"

他拉开铁门，里头是一个空荡荡的院子。过了一会儿，院子右边的一张侧门打开，一个表情热切的男子朝乔走来，他伸出双手，将乔的手紧紧地握住。

那人口里吐出一串本地语，目光死死地盯住乔，像要牢牢地记住他的相貌似的。乔悲哀地想，他的样子是最无特点的，怎么记得住呢？突然，他甩开乔，走开去，在泥地上坐下了。他在沉思。

金凑在乔耳边说："这个人也是个吸鸦片者，你就同他待在这里吧。"

金出去后将院门从外面反锁了。乔顿时紧张起来。

他将自己的箱子靠墙放好，坐下来，背靠在箱子上，就从那个地方观察坐在对面的这位本地人。他有点疲乏了，一会儿他就眼前模糊起来。蒙眬中他看见那人缓慢地站起来，像游泳一样游到他面前，手里举着一束罂粟花。那人正要开口，院门一阵乱响，他眼里出现惊恐的神色，花儿扔到了地上。他似乎很忧郁，将手伸进衣服里头去摸索，就像是在抚摸疼痛的心脏区域。乔担心地观察着他。

他站在乔的面前，他在若有所思地看乔身后的院墙。乔从下面仰面看他，对他那只在衣服里头不停摸索的手很好奇。那只饱经风霜的手十分专注，又有点踌躇，好像在探索将自己的心脏扒出来的方法似的。乔等待着。

"啊，啊！"他说，他从怀里掏出来的是一把寒光闪闪的匕首。

乔看呆了。

他用大拇指试了试刀子的锋芒，然后蹲下来看着乔的眼睛，似乎在征求他的意见。乔感到自己的颈脖那里一阵酥麻的凉意，他不由自主地点了点头。他最后想到的是：吸毒者为什么还有杀人的欲望呢？可是他的判断失误了。那人扔了刀子，起身离开了他。

乔凝视着地上的血。难道是他的血？摸摸颈脖，好好的。那么是这个人的血了。他将地下的匕首捡起来打量，却没有发现刀子上头有血。有人在他上头说话。

"这种流血是不知不觉的。"

原来是姓金的又进来了。乔看见院门大敞着，门外人头涌动，那些人都在向内探视，但他们为什么不进来呢？

"你把刀子给我看看。"姓金的说。

他接过刀子就朝胸口的心脏部位扎进去。然后他跪下来，用眼睛向乔示意，要乔帮他抽出刀子。

乔的手抖得厉害，可是一旦握住刀子，立刻就获得了力量。他握住刀柄，用力搅动了一下，然后抽出刀子。金感激地望着乔，血从伤口涌出来，但一会儿就停止了。他用衣服掩住伤口。门外响起吵闹声。

"这个罂粟园是我们祖先做梦的地方，今天的人们，即使是吸了鸦片也进入不了他们的领地。像我这样心术不正的人就想通过杀戮来达到目的，可是血并不能征服那些高贵的心，这个结果是注定了的。"

乔看见金的脸变得十分苍白，充满了沉痛。他用一只手使劲抓黄泥垒成的院墙，泥块纷纷地落到墙角。吵闹声更厉害了，似乎人人都想进来，又有什么东西阻住了他们。是什么东西呢？

"刚才那人上哪里去了呢？"乔问道。

"他是一个天不怕地不怕的家伙，我亲眼见到他将刀身吞进肚子里头去。可这种做法还是徒劳。好几个月以来他就滞留在这个罂粟园里头。据他说，并没有人出来赶走他，但也没有人接纳他。鸦片的效力是神奇的，他借助它挨过了这些绝望的日子。"

"他想在这园子里头干什么呢？还是要等什么东西出来？"

"啊，不，不是这样，他只不过是要成为罂粟园里的一员，这样鸦片的来源对他就不成问题了，他赖在这里头要造成既成事实呢。多么可耻！"

乔现在可以仔细打量这位金了。这位金和那位牧场主金的外貌毫无相似之处。牧场主长着北方人那种威风的高鼻梁，这一位却是一张扁平的脸，粗略看上去，鼻子只是两个孔。但他们说起话来为什么这么相似呢？他们说起话来就像双胞胎，连手势都一模一样。乔回想起住在半山腰的朝鲜人金，从心底升起一股温暖之情。又因为这种怀念，他对眼前的这位五官扁平的金也产生了依恋。他很想对他诉衷肠。

有一个老者被门外那些叫叫嚷嚷的人推进院子里来了，这人是一个瞎子，戴着墨镜，手中拿着探路的棍子。他用手中的棍子小心翼翼地在地上点着，显得很胆怯。

"他的双眼是被雪山的光芒刺瞎的。"金的声音干巴巴的。

"他也吸了鸦片吗？"

"当然，要不怎么敢进院子里来。"

风将老头身上的气味送过来，那是一种令人头昏的恶臭。他正蹒跚着往院子尽头的围墙那里走去，他的步态像要随时摔一个大跟头一样。

老头在墙根坐下了，他的脚从袍子里头露出来，原来有一只脚是木头做的假脚。他取下墨镜，乔看见两个深眼窝。

"他为什么不愿同我们待在一起呢？"乔问道。

"这个人啊，特别爱清洁，生怕身上沾了一点臭味。刚才进来的时候，他大概嗅出这院子里有陌生人——你远道而来，又没洗澡——所以他绕开我们走到那边去了。这位老头是以洁身自好闻名的。你瞧，去了一个，又进来一个。"他指的是刚才那人走了，又来了老头。

乔一边听一边点头，忽然自惭形秽起来。他想问金，能否帮他搞到鸦片，可又觉得在这种场合不适宜提这种问题，因为他是一个外人。

"恐怕这老头眼下不会离开这里了。要是这样的话，你只好暂时出去了，他受不了你。你看他有多么不耐烦，他手里的棍子在地下刨出了坑。他呀，只想独占这个罂粟园，这样他就可以重赏雪山的美景了。"

"雪山美景？他的双眼不是被那雪山的光刺瞎的吗？"

"是，又不是。怎么说呢？他到了冰天雪地里，那种风景让他发狂。为了在脑海里永远留下那种风景，他就设法弄瞎了自己的眼睛。当然，我现在弄不清他脑子里究竟是充满了那种雪山之光呢，还是一片漆黑。你瞧他多么痛苦，这是由于我们在这里，我们只好出去了。"

金不由分说提起乔的箱子就往外走。

堵着那道门的人们纷纷给乔和金让路，一些人吓得趴到了地上。他们害怕些什么呢？他们趴在地上还要用手将脸蒙起来。

"你喜欢这里的妇女吗？"

他们在酒店门口停下，金提出这个问题。

"我不知道，我没有细看她们，而且我身上很脏，不是想这种事的时

候。"乔感到自己有点语无伦次，他不知道自己说这话的意思。

"怎么会很脏，你刚才不是在罂粟园洗过澡了吗？"

乔听不懂。他抬起头来看酒店的招牌，他不认识那些血红的文字，只觉得这种红色有点虚张声势。

"怎么这么红？"他不知不觉地说出了声。

"哼！"

他们进去了，里头没有人。

刚一坐下，就听到里间传出令人毛骨悚然的尖叫，还有抑制的哭泣声。是女人。

"是性压抑。"金举起酒碗喝了一口，"已经有一年了，所有的人都在禁欲。你要去看她吗？她等你进去呢。"

乔不好意思地"啊"了一声，脸涨红了。他看见金不屑地撇了撇嘴，便很惭愧地避开他的目光。

房门"吱呀"一响，女人出现了。这是个年轻女子，全身赤裸，长发齐腰。她的两只乳头直挺挺的，像狼眼一样看着乔。幸亏她马上进去了，要不然乔真的坐不住了。

"我真羞愧……"乔嗫嚅着，他想向金说些什么，可是金已经不见了。

乔变得活跃起来，站起身往里面走去。

女人躺在猩红色的毛毡上，正在呻吟。她在昏暗的光线中看见乔朝自己走来，便打着手势让他脱光衣服。乔照办了。那是深深的河底，群蛇乱舞，那些蛇毫无阻碍地进入他们体内，又从另一边出来。处在近于昏厥过去的状态中，乔隐隐约约地看见女人在他的上方，她将寒光闪闪的匕首递到他手中，无限柔情地将两只疯狂的乳房压下来。乔下意识地将匕首刺进了她左边那只乳房。他的最后的念头是：深深的河底怎么也会有浪？

马丽亚在织那幅最大的没有图案的挂毯，她感到某种东西即将在她的聚精会神的编织中凸现出来。丽莎已经偷偷地进来了，就站在她的背后。

"整个'古丽'公司都乱套了。"她轻轻地说。

"啊！"马丽亚闭上眼，幻觉从她脑际消失了，房里空空荡荡的。这时她闻到什么东西烧焦了，于是跳起来往厨房跑，丽莎也紧跟着她。

那只猫惨叫着跑出门，身上的毛全烧坏了。

"你瞧，它打开了煤气炉。"马丽亚忧虑地说。

她们俩一块收拾好厨房，坐下来吃烤好的巧克力饼。马丽亚腾出手来抚摸烧伤了的猫，棕色的猫毛纷纷掉落在地，猫的双眼显得很浑浊。只有马丽亚知道它有多么痛苦，因为它在想念它的非洲老家。它被人带来时，只有老鼠那么大，可是马丽亚知道它身上充满了火热的记忆。

丽莎告诉马丽亚，在昨夜的长征中，她到达了中国的西藏的铁索桥，她在桥上迈步，冷风从深渊里旋上来。当时她脑子里还出现了这个念头：如果在西藏遇见了乔，一定要为马丽亚捎话回去。可是整整一夜她被困在桥上了。

"两个梦相逢的日子仍旧离得很远吗？"她的声音滞留在厨房里。

马丽亚一抬头，看见英俊的司机神情恍惚地站在冰箱的旁边。他伸手抓了巧克力饼往口里送，一边吃一边说："这是给我吃的吗？这是给我吃的吗？我怎么吃不出味道来呢？"他把一大盘全部吃完了，饼干屑弄得他满脸都是。

"吃并不能解决他的问题。"丽莎同情地看着他说。

他听见了丽莎的话，点点头。

丹尼尔在院子里挖土，他从女朋友阿梅家弄来了罂粟，他要将每个角落里全种上它们。昨天阿梅告诉他说，在罂粟花丛中假寐，天空中就会展开一本书。丹尼尔问她是什么时候见过那本书的，她说是坐海轮来到A国的途中，还有后来，又见过两次。她还说那种书不是用来看的，因为书页上尽是旋转的莲花，眼睛绝对承受不了。丹尼尔对她描述的情景感到很神往，立刻就问她要了罂粟的种子。阿梅给他种子时嘲弄地说了一句：

"丹尼尔就要同他爹爹邂逅了。"

然后她的眼神变得蒙眬起来，进入某种幻觉。她让他傍晚去她家中。

"那时家门口的玉兰树开花，你爹爹站在树下。"

"阿梅！！"丹尼尔摇晃着她喊道。

但是她听不见，她像鱼一样从他手中滑掉了。

"六点钟的时候来。"她说。

丹尼尔停止挖掘时，浑身便战栗起来。阿梅家门口并没有玉兰树，她说的是什么样的隐喻呢？他身上的汗水在阳光下闪闪发亮，他感到自己是那么年轻，那么无知，而阿梅，身上附着古老的幽灵，早就将他看穿。

他看见母亲从厨房的窗户那里探出头来，母亲脸上布满了刀刻一般的皱纹，而她的目光散发出坟墓的气息，她同她的情人在一起，怎么会是这种样子？丹尼尔刚才见过那个情人了，那是个饕餮者，恨不得将冰箱里所有的东西全吃光。他吃东西的时候，母亲就同丽莎阿姨瑟缩着沉入到各自的冥想中去。

傍晚过了一会儿，天快黑下来时丹尼尔才去阿梅家。她家里黑灯瞎火的，门也紧闭着，好像都睡觉了一样。他站在宽大的台阶上有节奏地敲那扇木门。

门里头传出一阵恶骂，是阿梅的母亲，她以为是街上的小流氓在捣乱。

后来阿梅慌慌张张地来开门了。

"你怎么这个时候才来。真可怕，玉兰花全都枯萎了。"

她的嗓子发出陌生的声音。天刹那间就黑了，丹尼尔觉得女孩随时会在黑暗中隐身。他紧紧地跟着她向里面走。

"阿梅，阿梅，你可不要撇下我！"

他听见自己那可怜巴巴的声音。黑暗中，阿梅的家里的格局完全改变了，他跟在她身后已经走进去很深，可是阿梅还在走，丹尼尔记得，穿过客厅和一个小小的过道就是阿梅和她姐姐的卧室，现在他们走到哪里去了呢？

"丹尼尔，你闭上眼，就会看见雨林里的那盏灯。"阿梅的声音在很远的地方响起。

现在丹尼尔的周围是纯粹的黑暗了，他有点恶心，他不知道自己应该如何迈步，可是隔一会儿阿梅的声音就在前方响起，他只好追随那声音。

"现在，你到达了雨林的外围，你闻到雾的气味了吗？那也是你爹爹身上的气味呢，你一定从小就习惯了的吧。"她咯咯地笑起来。

丹尼尔听见什么地方有含糊的咒骂声，那是阿梅的父母，他们令他很不安。

"你的爹爹是从雨林里走出来的，你不知道这件事吧？那个地方在东边，那是我们俩的家乡。你听，那里又下雨了，每样东西都在生长。"

一般来说，马丽亚的脑海里总是出现画面，很少有文字。可是那天早上她躺在床上，睁眼看着抖动的窗帘时，一段文字出其不意地来到了。

"旅人站在桥头，浑黄的河水在脚下翻滚着，他听到了远去的大雁的召唤。他的衣袋里装着三枚银币，'丁零丁零丁零'，银币碰响着。这些发声

的异物令他紧张，令他身体僵硬。相持不下之时，他眼前便出现了葡萄园。'啊，大雁。'他无声地说。有人推了他一把，他弹跳起来，如同被风吹起的破布，他翻越铁栏杆，坠入河中。他在空中时还在想：'谁在推我？'三枚银币从衣袋里撒出去，消失在普照一切的温暖的阳光之中。"

她一边穿衣服一边思忖：这个"他"会是乔吗？那么桥会不会是铁索桥呢？但乔并不是去中国，而是去C国啊。自从乔买回那本只有一页的书之后，马丽亚就知道他们生活中的转折点已经来到了。当时乔将那本书放进冰箱，对她说，他要让书中沸腾的喧嚣冻结一下，要不然的话，让这本书放进书房会闹得他心神不宁的。他做这件事的时候，依然是那种很老派的样子，马丽亚却感到丈夫像个小孩。

她走到机房去看昨天织的那张挂毯。昨天她织呀织的，烦恼得差点哭起来了。织机每响一下都似乎在说："为什么看不透？"所以现在，她先闭眼半分钟，然后再突然张开眼。羊毛织出的那些纹路依然是纹路，并没有凸现出任何图案来。突然，她发现了一个小洞，她凑近去，又看见了其他两三个洞，看来是蛀虫。大概新买的毛线没有经过处理。她用手轻轻抚了一下，那些洞周围的编织纹路就开始松散。在她眼前，如同多米诺骨牌效应一样，一会儿工夫织物就还原成了一堆毛线。夹墙里头传来愤怒的尖叫声，马丽亚感到头晕。"乔，我头晕。"她往地下坐去时说。

有人帮助她坐进摇椅里头去，是丹尼尔，丹尼尔身上的气味像清晨林子里的雾。

"你从哪里来，丹尼尔？"

"阿梅和我去过越南了。我们到了'蝴蝶之乡'呢。"他兴奋地说。

他突然沉默了。过了好一会他才又说：

"我爱你，妈妈，你真了不起。"

马丽亚眼前发黑，她说：

"你是看见了我的织物吧？你可不要气馁。事情比你想的要好得多，我呀，我看见了铁索桥！"

她用手抓着那一堆乱糟糟的毛线，放到鼻子跟前去嗅，嗅了几下，毛线里头就开始冒烟。丹尼尔夺过毛线，扔到地下用力踩了几脚。

丹尼尔看见母亲的眼里游走着一些故事，这些故事又一次在他心里唤起了八月十五日的夜晚的景象。在那个夜晚，他俩靠墙站在台阶上，有呢喃的低语从墙壁里头传出来，丹尼尔手腕上的瑞士表发出铮铮震响的金属的声音，母亲结实有力的脖子歪到一边，头垂在肩膀上，桂花树下的月光在飞快地游走。有好多年，这座房子的墙将丹尼尔的心牢牢地系住了，他想要挣脱也是徒然。

无意中，马丽亚的目光扫过墙，看见墙上的那两幅挂毯在木框里头急速地变幻着，山、礁石、孤岛和大雁的图案交替出现。马丽亚的眼睛蒙眬了，里头蓄满了泪。

"你喜欢这里的妇女吗？乔？"金又一次问乔，他俩坐在可以看到雪山全景的茶楼上。

"我不知道。和我早先预想的很不同。她叫什么名字？"

"希玛美莲，这里所有的女人都叫希玛美莲。"

"在家里的时候，我见过一个特别美丽的东方女人，她是不是来自这里呢？"

楼下有人在唤金，金侧耳细听，显得有点紧张。

那人一边唤着一边就上楼来了，是卖银饰物的老汉。老汉站在桌旁，怨恨地瞟着正在喝茶的乔，将那些胸饰捣出悦耳的响声。

金凑近老汉，两人说着本地语。

忽然，乔感到那座雪山的光特别耀眼，源源不断地流向他所在的阴暗的小茶楼，屋里的这两个人变成了白光中两个淡淡的影子。

"这是希玛美莲的父亲啊。"其中一个影子对乔说，头部一伸一曲的，看起来很滑稽，又有点伤感的意味。

"我的眼睛怎么啦？"乔挣扎着说出这句话。

银饰物还在响着，乔感到小楼正在消失，自己的脚下也抽空了，他成了浮在空中的人。而那两条影子，也在向远处飘走。

"希玛美莲，希玛美莲！"金说，似乎在虚张声势地威吓乔。

然而他的声音飘远了。现在，乔已经面对雪山。当他迈步时，雪在他的脚底下喳喳地响。除了雪山，他的眼前再没有其他的颜色和形象。他一下子就体会到了"压垮"的滋味。他被压垮了，他的身体消失了。他想用手去摸脸，可是没有手，也没有脸。那么，这是谁的听觉呢？隆隆而来的雪崩当中，谁是目击者呢？

"谁？？"他说。

"希玛美莲！"金在远处应和着他。

他想朝金所在的地方迈步，但又不敢，他觉得那是深渊，他的小腹紧缩，欲望不合时宜地使器官变硬了。金到底是从哪里来的呢？他的外貌是一个地道的本地人，却说着乔的国家的语言。他想起了有牧场主金的肖像的那本书，想起了他那条街上的书店老板。他忽然明白了那本只有一页的书原来就是雪山！老板之所以不卖给他，是因为不愿出卖心中的秘密。他的念头又从这两本书移开去，去回想以前读过的那些书，他心潮起伏，脑海里闪闪发光。现在他脑海里出现的不再是广场和路旁栽着法国梧桐的大道了，疯狂的大雪掩盖了一切，一切都在厚厚的雪层下面窃窃私语。他会心地微笑起来：原来这就是那些蚁巢啊！多少年过去了，勤劳的工蚁在那下面制造的宫殿，已经没有人可以看透了，这究竟应该悲哀还是喜悦呢？书是存在的，小小的书店的老板守护着它们，乔也曾守护着它们。纸张也许会遭到虫蛀，会散落各方，但书中的故事却进入了头脑，一代一代传下来，在秘密的处所保存着。

现在乔的脸贴在冰上头了，也许是雪山在同他接吻。多么奇特啊，他感到全身都被刺骨的寒冷穿透，身体抖个不停。而欲望依旧。

雪山倾向他的身体，似乎压在他身上，可是并不沉重。乔眯缝着眼，看到冰雪中有蝴蝶飞出，一群又一群的彩蝶，同雪花混在一起。乔的器官被冰雪冻住，他呻吟着，于心醉神迷中达到了高潮。

"希玛美莲！"金在远方说道。

第十四章 埃达回到农场

埃达像一条受伤的鱼一样在痛苦中游动。湖底有微光，还有很多影子。过了一会儿她才看出来，那些影子原来是植物的影子。埃达以前也经常来湖底，却从未见过这些植物。看来此地发生了很大的变化。这是一些什么样的植物呢？似乎是一些爬藤植物，硕大的卵形的叶匍匐在淤泥之上，像数不清的小兽。现在是里根来钓鱼的时候，她伏在那些叶片上，听见了临近的脚步声。里根的脚步充满了踌躇，他并没有停下来，而是像中了邪的人一样在原地绕圈子。埃达想，莫非他听见了自己在水底弄出的响动？有很多小鱼停在她的裸体上休息，尤其是背部最为密集。当她游动时，这些小动物就轻轻地咬她的背和肩胛骨，令她的痛苦转移。

她听到了地面发出的巨响，是里根栽倒在一个水洼里头，也许他受到了蛇的袭击。那些蛇原来是同他很友好的，怎么会这样疯狂地攻击他呢？埃达感到了某种慰藉。

里根的确是在同蛇搏斗。凶猛的小家伙们不但将毒汁注进他体内，还钻进他的腹腔在里头搅动，使他一阵阵死过去又活过来。他心里想："死了吧，死了吧。"但怎么也死不了。这个时候，有一条剧毒的家伙从他脚心那里进去了，他终于晕过去。他最后看见的形象是天空中正在爆炸的一颗红星。

他醒来时听到了埃达的哭声，埃达蹲在离他有五米远的地方，很像一只猩猩。她的长长的双臂撑在地上，双眼在夜光中居然变成了红色。里根脑子里的念头在极度的虚弱中聚拢起来："这个女人是在猩猩群中长大的吗？"

"埃——达。"他困难地说出这两个字。

"多么好啊。"埃达由衷地说，"刚才飞过的是夜莺呢。"

"你过来。"

"不。我已经不习惯了。我想寄住在农场里。可以吗？"

"可以啊，埃达。"

里根感到自己的躯体正在希望幻灭中消失。

埃达慢慢地离开，里根看见她是爬着走开的。她一下一下地向前爬。里根很想哭，但眼里没有泪。

天亮之前那段漫长的时间，里根一动不动地坐在水洼里。毒汁已经流遍了他的全身，剧痛却慢慢地给他带来了欢快。他感到惊奇的是，那些蛇怎么一下子消失得无影无踪了呢？周围是如此的静谧，所有的小生物全都蛰伏不动。湖里传来若有似无的歌声，是一个女人，幽幽怨怨的，当然绝不是埃达，埃达已经朝相反的方向走掉了。那么是谁？他不想动，他的脑海里在闪电，一道一道的电光将那些最隐蔽的角落照得雪亮，白马和火狐，还有金钱豹，全都像彗星一样从空中划过，滚地雷在夹着黑风涌动。也许是疼痛令他的想象变得如此的清晰，里根感到自己的生活变得意想不到的脉络分明。他的思路从幽暗的湖面延伸过去，自由自在地滑行着。这时，他也忍不住像埃达那样叹道："多么好啊！"他看见的不是夜莺，而是自己脑海中的金钱豹、白马和火狐。他不愿意脱离这剧痛，这种新奇体验令他流连忘返。他每甩一下脑袋，里面就发生更为强烈的闪电，隐蔽的角落里就会跑出更为不可思议的动物。中国古代的麒麟啦，龙啦等等。

埃达爬了很远才直起身来，她走得很慢，她要回到自己原来住的公寓里去，那是榕树林中的一排房子。

但是那排房子倒塌了，断垣残壁里头坐着她的女伴劳拉和良。

埃达走到有半截墙的瓦砾堆那里，看见了她们那小小的、铺着洁白床单的单人床。这两个女孩都是孤儿，埃达知道无论发生任何事都不会让她们吃惊的。里根的农场有个别名叫"孤儿院"，因为农场里的大部分职工都是孤儿。

"埃达回来了，"劳拉抬起头来说，"你瞧，现在只能睡在露天里头了。我和良已经适应了，你能不能适应呢？房子是里根先生弄垮的，他自己的屋也垮了。"

"他是怎样弄垮的呢？"

"不太清楚。我们坐在房里，一个炸雷将我们炸到了楼下的地上，房子就在我们面前向后倒去。大家都听见了老板在雷声中的吼叫。我们觉得，他是为了追求更美好的生活。我们应该有耐心。"

只有劳拉一个人在说话，良弯着腰，站在床头摆弄床上的几只小老鼠，似乎在训练它们用后腿立起来，她嘴里发出"咝咝"的声音，像蛇一样。

"它们是劫后余生，良想让它们创造奇迹。"劳拉在一旁说明道，"下雨的时候，我们撑起小小的帆布篷……"

埃达感到当她说"撑起小小的帆布篷"时，声音里头充满了某种辛酸的记忆。老鼠"吱吱"地叫了起来，似乎在应和她的这番话。

"埃达，你坐下来吧。"良在唤她。

埃达坐在良的床上，看见那些老鼠都钻到良的怀里去了。四周黑乎乎的，好在埃达的眼睛在黑暗里什么都看得清。但是这两位女伴并不具有她这种特殊眼力。埃达想：在这黑咕隆咚的世界里，她们多么寂寞啊。

"劳拉，我们的同事们都到哪里去了呢？"

"她们到山坡上去了，那里修了一排木屋。里根先生要我们留在这里。"

"留下来干什么呢？"

"等你回来嘛。你看，那边还有一张行军床，是你的床。"

埃达随着她指的方向看过去，果然看见了一个小白点，她大大吃惊了。

"你走了之后，里根先生每天来替你换床单。我们都讥笑他，但他不生气。"

埃达向那张行军床走去。她的床紧靠着大榕树的树干，当她摊开被子，将头靠着枕头躺下去时，榕树的树冠便垂下来护卫着她。她闭上眼，看见了平和美丽的沙滩、海，还有海鸥。和风吹着，死去的女伴一脸严肃地出现在浅海区，她仍然穿着那身衣服，她在解胸前的扣子，那些扣子解都解不完，她那细长灵活的手指急速地上下移动。埃达叹道："唉，里根啊里根，你怎么为我们定做了这种倒霉的制服呢？"大群的海鸥飞起来，然后又落在那位女伴的周围。她还在解那些扣子，在她的上方，骄阳如火。良还在那边逗那些老鼠，现在她发出了欢快的笑声，劳拉也在旁边尖叫着。埃达的心境变得平和起来，好多日子以来她第一次进入了深睡。

她梦见了橡胶树。橡胶树不知怎么长在山坡上，而农场是未开发之前的模样。湖里有莲蓬，野鸭子在游荡，而太阳，居然是黑的。"橡胶树如果移栽的话，成活率大概很低。"她对里根先生说。里根先生正在她体内喘着气。她在梦里睁开眼，看见久违了的乌鸦又布满了天空，它们扇动着翅膀，水珠落到她的脸上，是那些湿淋淋的鸟儿，它们穿越时间，飞到了从前。细小地、一点一点地，她的欲望化为远古的记忆，正在复活。这种欲望失去了先前的暴烈性质，变得像蚕儿吐丝一样迷乱又清晰。现在她到了里根先生体内的最深处。

"谁在哭？"埃达问道。

"我。"里根在黑暗中说。

里根站在树干后面，埃达同他隔着树干说话。

"我和阿丽现在住在一艘船上，是海轮。在梦里，我们的船到了世界各地。有一天，我看见阿丽在吃榴梿，我问她从哪里弄来的，她说马来西亚。她还反问我说：'昨夜我们从那里下船，在一个三角形的花园里待了那么久，你都忘了？'"

"这些日子我住在酒吧的空中楼阁里面。那里面有两间卧室，我和老板的女儿一人一间，下面有乐队整天在演奏乡村民乐。没有楼梯通到下面，我们全凭意念上上下下。那真是难忘的日子啊。"

天还没亮，所以埃达还是躺着，她拼命地想回到梦境中去，同里根在梦中交谈。她集中意念想着那扇小小的黑门，盼望听到"吱呀"一声轻响。由于过分的努力，到后来她已无法确定自己究竟有没有入梦了。她觉得自己口中老在发出"啊，啊，啊"的声音，无论她说出什么话，都转化成了那种声音，而那扇小黑门，就在她面前不远的地方，半开着，有美丽的孔雀在出出进进。

"和风的夜里，我躺在甲板上听鲸鱼游动。有一条鲨鱼是那里的居民，它一到来那些鲸鱼就骚动起来了。岸上有人在说：'这里是水果之乡吗？'然后一阵跑动的脚步声。"

"我们，我和那老板的女儿，后来到了不要起床的地步，我们就睡在空气里头。慢慢地，楼下的音乐变成了哀乐，满屋子全是穿丧服的妇女和老人。有一次，居然还有人牵来一条汪汪乱叫的狗。"

里根看见埃达说话时一动不动，他看不清被子下面的人脸，他不断地怀疑埃达的身体已经消失了，因为他听到的声音很像录音机里头发出来的。是不是埃达来了，天就不亮了呢？劳拉和良在那边点亮了油灯，里根觉得这两个女孩有点紧张，觉得她们在等待什么事发生。榕树的那些气根在他上面"咯咯"地摆动起来，很像解剖室里的骨骼发出的声音。他想，也许埃达醒来之后，就不会再记得她与自己的交谈了。这种阴错阳差将是他们今后交往的格局。

里根不记得自己是从哪一天开始变成一个衣衫褴褛的流浪汉的。他穿着散发出汗酸气的衣服，在密集的乌鸦当中穿行。这些湿淋淋的鸟儿有时也会袭击他，将鸟粪拉得他满身全是，但他已经不在乎这些事了。在农场里看见任何一位陌生的姑娘，他就要上前盘问，直到别人感到厌恶为止。

美丽的埃达就躺在榕树下面，而他，躲在粗大的树干后边，浑身散发着臭气。他们被分隔在两个世界，进行这种古怪的交合。里根觉得，这个女人带走了他体内的所有元气和重量，他现在轻得如一只蜉蝣，身体随气流起伏着。

"变成鸟好呢，还是变成树好？"劳拉在那边高声发问。

良发出清脆的笑声，在黑暗中逗那些老鼠。

里根从树干后面出来，朝那两位姑娘走去，他感到自己在游动，大地对他的引力在减少，直到变得少而又少。

"姑娘们，姑娘们！"他虚弱地说，他的声音像蝉鸣。

"变成鸟好呢，还是变成树好？"劳拉用这个问题来回应他。

他走不动了，他就地坐了下来。他听到有一截断壁垮下来了，但却不是一下子垮下来，而是一块砖一块砖地往下落，像有人在敲打似的。他怀疑自己是不是坐在地上，因为摸不到泥土，只摸到一把一把的枯叶。他变得多么轻了啊，枯叶居然没有在他的身体下面碎裂。

"他就是那个强权人物、我们的老板吗？他的身体像瓦片一样碎裂了啊。"

还是劳拉在说，她那讽刺的语调令里根无地自容。他想，她怎么可以这样对待自己的老板呢？她多么尖刻啊。他不由自主地摸了摸身体，确定自己并没有碎裂。

良还在笑，不知是笑他还是笑劳拉，也许她的笑同两人都无关。

暴风雨将这座楼房摧垮的那天，里根看到良在断垣残壁中搜寻老鼠。她的动作如天上的闪电，一旦她的手触到那些小动物，它们就乖乖地不动了，于是她将它们一只一只拎进自己的围裙里头。当时的情形令里根十分感动，他想，他要嘉奖这个姑娘，可是后来他就忘了这事，因为忙于安置这些失去住所的人去了。农场里老鼠很多，但里根的注意力很少放在这些游来游去的隐士们身上，看来良是一个有心的人，也许她的心计是很深的吧。这里的每个人心计都很深，包括淹死的那一位。

"姑娘们，姑娘们。"他的声音变得有气无力。

"我的老鼠，我的老鼠啊！"一直没说话的良突然叫了起来，然后发出了撕心裂肺的哀号，那声音彻底地划破了夜空的寂静。

里根垂下头，对自己默念道："消失吧，消失吧。"他看见了那条船，还有黑色的河流，于是他上船，进舱，在狭小的舱里躺下去……他的手伸向身体下面探了几探，抓到一把一把的枯叶，那是他没法捻碎的枯叶。良的声音越来越远，终于听不到了，河面上刮着方向不定的乱风。

天亮时两个姑娘才过来，她们看见里根的身体被埋在厚厚的树叶层里头，口里也塞满了树叶。他的形象很像一具尸体。

"老板在追求精神享乐呢。"劳拉说，"瞧他多么惬意。我有个爷爷，身体终年嵌在土墙里头，别人以为他在受苦，其实他在享乐。"

埃达夜间睡在榕树下面，白天就在农场里游荡。有一天夜里她睡不着起来走，不知不觉地走到东边的山坡那里。山坡上有一栋倒塌了半边的木屋，埃达知道那里住着经理金夏一家人，埃达早就知道他们的房子被白蚁蛀空了，现在看来终于倒下了一边。没有倒塌的那几间房里亮着灯，传来压抑的狼嗥。有两个人影在窗前蹿动。这一家人在深夜忙乎些什么呢？

那条狼猛然高声嗥叫起来，声音之大，振聋发聩。埃达感到脚下的地都在微微发抖。接着窗户打开了，一个黑影从窗户里头飞出来，稳稳地落到地上。埃达简直看呆了。那人是金夏的大儿子，养狼的那一个。男孩来到埃达面前。

"他们要杀人。"他指着窗口对埃达说，"狼是用铁链拴着的，但是拴不住。妈妈迁怒于我，现在全家人要杀我。"

"你跑到哪里去呢？"埃达忧愁地说。

"是啊，我跑到哪里去呢？"

少年绞扭着双手，眼里射出令埃达胆寒的绿光。埃达感到他虽然害羞，却有点像铁链拴住的狼。莫非是他也变成了狼，他家里人才要杀他的？她再看那窗口时，灯已经熄了，里面悄无声息的。

"你怎么办呢？"埃达问他。

"嗨，"他忽然变得轻松了，"我就睡在这附近的树林里，我都已经习惯了。是爹爹叫我养狼的，我来农场不久就养上了。到头来他们却要赶我走。我们家的那一边房子就是被我的狼撞垮的，我有罪。可是我担心的是弟弟。爹爹又会叫他养狼了，弟弟很软弱，这一下非完蛋不可。"

"你不要太操心，他会变的。"埃达安慰他道。

"也许吧。有什么好担心的。"少年突然不耐烦了，独自往灌木后面走去。

风吹着，埃达继续往山上爬，什么东西绊了她一下，使她差点摔倒。

"经理！您怎么在这里？"

"我在找我儿子，想把他抓回去，这小子破坏力很大，怕要出事。"

"我看不会吧，刚才他还好好的呢。"

现在埃达和金夏并排立在那块突出地面的岩石旁了。月亮躲在云彩后面，四周黑乎乎的，金夏用打火机点燃了烟卷。

"金夏先生，您认为您的儿子应该像狼一样长大，是吗？"

"是啊，不过要用铁链拴牢呢。"

"太残忍了。"

金夏刺耳地笑起来，眼里闪出那种绿光。

"这里的人，都这样，不是吗？"

埃达一低头眼泪就落下来了。她闷闷不乐地离开他，往下面走去。

天开始蒙蒙亮了，湖水在远处发出白光，坡上有鸟在叫。埃达的心中有什么东西也在渐渐苏醒。这是她生活过的农场吗？为什么人们都不工作了呢？这些天来，她在橡胶林里看不到一个人。仅仅有一天，远远地看到穿黑裙子的东方女人在林子里寂寞地行走。她听说工友们都住在山坡上，她去了那里，却并没有看到任何房子，也没有帐篷。她也曾经去过里根先生的家，房子并没有倒，但看上去好像里头没人，停在门口的吉普车上落了厚厚一层灰，车子的颜色都看不出了。上个月，埃达还曾试图下决心到这栋房子里头来过夜呢。本来她已打定主意半夜从后门进去，可是里根先生又改变了主意，他对她说，他的家并不适合于她，如果她来了，他会很伤心的。现在他自己好像也不要这个家了。

她听人说起过农场的地界，似乎是已经扩张到周围几个县了。而作为中心的他们农场，却内部一片死气沉沉，唯一活跃的就是那些湿淋淋的乌鸦，埃达不管走到哪里都会遇见它们。也有可能农场已经解散了，工友们都回家了，埃达想到这里时，未来就变成了一片荒凉的沙滩，一直延伸到天边。劳拉曾对她说，工友们都住在山坡上，她大概是为了给自己壮胆才这么说的吧。离她们睡觉的地方不远倒是的确有个食堂，有一名黑人厨师在那里做饭，她们三个都去那地方吃饭，但并没有遇见别的工友，一次也没有。食堂后面有厕所和澡堂，似乎都是刚建好不久的，那里还有一名负责卫生的仆役。食堂、厕所和澡堂，构成了小小的文明世界。里根先生为什么要为她安排这种奇怪的生活呢？

"是因为爱。"劳拉对她说，"现在他的内心一片荒芜。"

埃达在芦苇丛中惊骇地发现了一窝死蛇，有大有小，一共十来条，是那种农场最常见的青花蛇。现场并没有杀戮的痕迹，很可能是中毒而亡。她在旁边站了一会儿脑袋就"嗡嗡"地响起来了，有人在她耳边不住地说着什么。湖水变得那么亮，那么阴险。她朝着湖水中自己的面容注视了片刻，那张年轻的脸令她想起死去的母亲，尤其是眉眼之间。她想，她流落到此地很可能是她母亲的心愿。乌鸦飞过，它们扇起的风使水面起了涟漪，她的面容溃散了。

"埃达小姐，你没有家吗？"

有人在水里对她说话，是个孩子。她用目光仔细搜寻，却并没有看到水里有人。那人原来在她后面，是金夏的大儿子。

"小东西，你干吗跟着我啊。"

埃达看着孩子那炯炯有神的狼眼，笑了起来。

"你有家，可是你却不回家。"埃达又说。

少年忸怩地站在那里，眼睛望着地下的水洼，似乎要说什么又犹豫不决。

"埃达小姐，你告诉我，我爸爸会杀死我的小狼吗？"他终于说。

"不会吧，为什么？"

"去年，我看见他磨刀，然后跺掉了小狼一只脚爪，是左后脚。小狼整整叫了三天三夜，弄得房里到处是血。后来我爸爸也哭了，我也哭了。他一边哭一边对我说，这一来，小狼就跑不掉了。你知道吗，小狼总想跑呢。"

他郁闷地蹲在水洼边，用一根棍子去搅水中那些蚂蟥。埃达从上面注视着他那火红的、婴儿一般细软的头发，内心的震动无法形容。

有人将芦苇弄得沙沙作响，又是那东方女人，她闪了一下就不见了。

少年头也不抬地说：

"那个女人没有家，我们叫她'疯子'，她真可怜。有一回，她将一只鞋遗落在我家门口了，就那么赤着脚跑，当时可能是我家的小狼吓着她了。"

"你叫什么名字？"埃达这时才想起来问他。

"我叫小狼，我爸爸说，我们家里有两条小狼。"

"真好听。"埃达由衷地说。

小狼突然发怒了，他站起来，恨恨地说："你这个女人，干吗称赞我？我才不要你来说我的好话呢。"他将棍子一扔，撇下她钻进芦苇。

埃达想，也许金夏经理一家人都是这么凶，里根先生既然找了他来做经理，必定是他身上的某种气质打动了他吧。住在被白蚁蛀空的木板房里，养着狼的这一家人，实际上对任何人都不构成威胁，只除了他们自己相互之间。里根先生从哪里把这个人找来的呢？想着这一家人的事，埃达的痛苦竟然不知不觉在减轻，真是灵丹妙药呢。她伸了伸长长的手臂，跳了两跳，感到肺里边充满了新鲜的空气。里根先生让她住在树下这一着真高明。

埃达停止了游荡，她感到自己想做些事了。

很久以前，当埃达还在老家的时候，她经常观看老家的人们用一种黄色的黏土做成砖，在烈日下晒干，然后盖房子。现在她所在的树林旁正好有这种土。她动手做了一个砖模，开始了辛勤的劳作。她的汗水滴在那些土砖里头，双手变得十分粗糙。每一天，在夕阳里头，她都听见山洪从她耳边呼啸而过。

"埃达，你不喜欢四处为家，住在露天里头吗？"劳拉问她。

"我是一只蜂嘛，你一定见过蜂是怎样做巢的。"

墙垒起来的时候，里根隔得远远地看着，心潮起伏。埃达的动作是那样协调，那样富于音乐性，好像天生就是熟练的建筑工人。原来的一截断墙现在成了她的新房的后墙，她的新房共有两间，一前一后。劳拉也参与了她的工作，劳拉做过木工，现在正在帮她做屋架，她们准备在屋顶盖杉木皮呢。

就这样，里根眼看着埃达将行军床搬进了自己盖的小屋。他知道简陋的小屋里没有电灯也没有自来水，连个窗户也没有，只有一张低矮的木门。中午，金夏的大儿子，那"狼孩"，总是来到小屋面前敲门。埃达伸出头来，发出热烈的欢迎的声音。但狼孩并不进去，他们在门口聊天，然后狼孩就蹦蹦跳跳地离开了。里根将这一切都看在眼里。里根的家并不像他说的那样在轮船上，而是在一辆废弃的拖车里头。阿丽每天为他送去简单的食物和水。

"埃达为什么一定要住在房子里头呢？"他问金夏。

"她要成为农场的见证人吧。农场不断扩张，边界变了又变，她心里对这事没底呢。"金夏说这些的时候，显出心满意足的表情。

里根看见金夏的妻子端着一篮子衣服从摇摇晃晃的楼梯上下来，她是到后院去晒衣服。她那紫胀的双脚步履蹒跚，似乎健康状况不妙。金夏陪里根站在那棵树下，他一根接一根地抽烟，眯缝着狭长的眼睛在心里头策划什么事情。里根心头掠过一丝不安，他想起关于金夏的某个流言。"不管怎么说，这个人的勃勃野心并不威胁任何人。"里根想道。

金夏的妻子在后院晒完衣服出来了。她上楼的时候，里根看见她的赤脚在流水，一步一个湿印印在楼梯上。

"我和妻子每天都在屋里妄想，她对我说，我们农场的领地有可能占据大半个国家，她要我发展多种经营。"

"我担心白蚁。"里根冲口而出，又有点懊悔。

拖车里头弥漫着一种令人恶心的味道，像是腐烂的海里的动物，里根不知道这种味道是从哪里散发出来的。他躺在沙发床上，在黑暗中张着眼，等待东方女人的到来。现在她改变了方式，她不再同他纠缠在一起了，她站在车窗外面，将头伸进来，用力呼吸着，发出陶醉的声音，原来她是喜欢车内的臭味。里根记起来，女人成天在烈日下走来走去，衣服上灰尘很多，但他同她纠缠在一起的时候，从未闻到过她身上有不好的气味。可以说，她身上什么气味也没有，连体味都闻不到。那么她身上是什么东西令自己冲动起来的呢？里根同她在一起时，没有获得过清醒的判断。她的肉体像海里的鱼，清爽而柔滑，但在关键时分总是缺少质感。有一次，当里根被高潮冲昏了头脑之际，女人的身体竟然消失了。他的全身迅速地萎靡下去，只觉得很恐惧。幸亏那种情形只延续了几秒钟，她复又现身，他又同她开始了那种饥渴的缠绵。她很少讲话，仅仅有一次，她告诉他自己来自太平洋上一个不知名的小岛，叫黄果岛什么的，里根没听说过的名字。而其他时候，她的话总是只有两三个字，"啊呀"，"想不到"，"看"，"爱情"，"走下去"等等，带着浓浓的外国口音，而且话里的意思里根猜不透，就仿佛她在练习，将那些词语说着好玩一样。

"海底，海底！"女人在窗口对他说，边说边用嘴吹气。

"亲爱的，到这里来！"里根呼唤着。

徒劳的渴望折磨着他，车内恶心的味道更浓了。里根感到诧异：像她这样素净、轻灵的女人，怎么会喜欢车内的这种气味呢？她停留在那里，似乎仅仅是为这种气味所吸引呢。里根的脑海里出现一个巨大的鲸鱼的骨架，那骨架上沾着一些腐肉，海啸在推动着这个道具旋转。

他用力坐了起来，看见女人离开窗口往树林那边走去，那片树林则在冒烟。

"埃达。"他吃力地说出这两个字，回到沙发床上。

农场的领地在黑暗中向远方延伸，规模之巨大令里根疯狂。现在他进入了金夏那种发狂的思路，变成一只乌鸦在黄土地的上空盘旋，无法降落。他想确定一个边界，但那个念头成了痴心妄想。渴、饥饿、恐惧，他做圆圈飞行，做对角线的飞行，然后又做螺旋线的下降。他想，也许他停留在某一点上没有动。有一刻他瞥见一段防波堤，以为那是边界，但防波堤的后面不是海，却是一望无际的玉米地——金夏开展多种经营的实验地。

天色微明时，他听见金夏在同人交谈。那人似乎是一名警察，在讯问金夏关于买土地的事。金夏吞吞吐吐，声音打战，说了什么又马上否认，里根估计他已是脸色苍白，头上冒汗了。

里根走到窗前向外一瞧，发现只有金夏一个人站在树下发呆。

"金夏，你刚才同谁说话？"

"啊，没有谁。是我在自言自语呢。"他不好意思地说。

"自言自语？那外面的流言是怎么回事？说你受贿的事。"

"里根先生，告诉你吧，那是我自己放出去的流言。"

"啊！"

　　里根大吃一惊，半天无言。乌鸦在树上忽然一叫，他脑子里一片空白。拖车里头的恶臭已经消失了，可是他紧张的神经还是没有放松下来，金夏说的情况太超出他的意料了。他想起了他家养着的那条狼，还有被白蚁蛀空而倒塌的半边楼房，浮肿流水的妻子，像野狼一样游荡的大儿子……里根走出拖车，他要和金夏谈一谈。

　　"金夏，你从老家出来多少年了啊？"

　　"我？啊，告诉你吧，我没有老家。我是出生在路上的，后来也一直在路上，是行军的队伍里……你看我的样子，像是有老家的人吗？"

　　他说话时目光一直盯着远方，里根朝他的视野看过去，看见那只鹰歪歪斜斜地从空中往下坠，开始还勉强可以维持平稳，后来就一头栽进了湖中。

　　"我没有老家。"他又说，"你的司机马丁知道这个情况。"

　　"马丁？"

　　"是啊。我是在野餐会上认识马丁的——一个服装考究的小伙子，风度翩翩，是他建议我到你的农场来。当时我在那边事业上正春风得意。马丁说我要到这里来才有用武之地，他还将你的农场称作'荒原'。聪明的小伙子。这里风景特别美丽，尤其是绿色的夜空，让我大开眼界。"

　　过了一会儿，金夏对里根说他要走了。

　　"回家去吗？"

　　"不，四海为家。我们一家人要趁夜色离开。我已经找好了替代我的人，他原先是一名僧侣。"

　　"我太吃惊了。"

　　里根又度过了一个不眠之夜。他在湖边，坐在那张小凳上钓鱼，那男孩坐在他旁边的地下。

"小狼，你要走了啊？"

"是啊，里根叔叔，我这不是在和它们说再见吗？"

"谁啊？"

"水洼里头的蚂蟥们。我同它们是好朋友，每个星期，我让它们在我腿上吸一次血。你看！"

他捋起裤腿，让里根看那微肿发炎的小腿。

"我爱你，小狼，你真的要走吗？"

"我真的要走，里根叔叔。爸爸说再也不回来了。现在我的心已经飞到了那个地方，那是很远很远的一个地方，山里，听说房屋都悬在峭壁上呢。我的爸爸是英雄，对吗？"

"是这样。你的狼也一起去吗？"

"嗯。"

他的情绪低落下来，他用脚不停地踢里根坐的小凳，踢得他都没法钓鱼了。里根不知道他为什么事不高兴，也许自己刚才不该提起那条狼？他始终不理解金夏为什么要把那条狼的腿弄瘸。他收起钓竿，同孩子一道坐在地上，拿过来他的小手，想同他谈谈。孩子的手十分枯瘦，令里根产生一种异样的感觉。他记起这个孩子这些日子里一直在风餐露宿。

"里根叔叔，我会死吗？"

"不，不会，你是一个小孩子呢。"

"小孩子也会死。我正在想，房子悬在峭壁上，我们的狼一吼叫起来，房子就会掉下去。上一次我们家垮掉大半边，就是我们的狼弄的，根本不是什么暴风雨。我爸爸对外面说是暴风雨，他在骗人。里根叔叔，你看我该不该走？

我想同我的狼留在农场里，我已经在那边树林里看好了一个地方，我可以在那里搭一间房和它住在一起，再不住那个白蚁巢了。可是呢，我又想，住在峭壁上不是更有意思吗，只要不掉下去。我想来想去打不定主意。我还是一个小孩子，我可不想死。我爸爸是一位英雄。"

里根怜惜地搓着孩子的小手，虽然心里明白这孩子一点也不需要怜惜。

"小狼，你也可以不走的。你可以同我一道住在树林里，你看怎么样？将来你长大了，你就像你爸爸一样，来帮我管理这个农场。"

"这里当然很好，可是我又想去那峭壁上住。里根叔叔，你说我怎么办呢？"他严肃地看着里根问道。

在月光下，里根觉得他的眼睛像两个深洞，就像眼眶内没有眼球似的。里根心里掠过一阵寒意，一时说不出话来，有人在湖里游过来，哗哗地弄出水响，里根听出来不是埃达，是另一个人。埃达是有节奏的，那个人却是胡乱拍打，像在故意赌气一样。"是守林人。"小狼告诉他说。

守林人一丝不挂地上岸了，他的衣服放在堤上，他走过去穿衣。老头的侧影显得很矫健，完全不像白天看到的那副潦倒相。里根心里想：也许守林人认为这湖、这农场都是属于他自己的？瞧他多么自信啊，他的动作多么有风度啊。小狼一下子跑过去，搂着守林人，他俩亲热地说着悄悄话走开了。

里根不眨眼地看着那一老一小离开的背影，心里升起某种遗憾。不知怎么，他觉得守林人才是真正的地主，此地的一草一木大概都在他的梦里，而这个小孩则是一只飞来飞去的自由的鸟儿。据说守林人一家在这里住了好几代了，从前这里是真正的野地。忽然，他的视野里面出现了鹿的侧影，鹿在对岸的堤上，有一大群。以前他可从未听说过这山里有鹿。金夏叫来了一个什么样的僧侣替自己管理这么大一个农场呢？看着对岸这些忽然从地底下钻出来似的鹿，里根感到前途茫茫。此时，金夏可能已经收拾好行李了吧。

他无精打采地回到拖车里头躺下，在臭烘烘的气味里闭上眼。

"里根先生，我今天要上任了。"守林人的声音在车内响起。

"你？"

"啊，一定是金夏这家伙没同您说，这个家伙！"他将车窗拍得直响。

"他说的是一位僧侣。"

"我原来就是僧侣嘛。这个家伙，故弄玄虚！"

"你进来谈谈吧。"

"不，我要去工作了。里根先生，昨天我梦见我们的农场扩展到了东海岸，金夏是个很有气势的人呢。"

又闭目想象了好久，里根还是不能将守林人想成一位农场的经理。这些年来，大家都将他看作一个肮脏的古怪老头，独自住在那片荒地里。在以往的那些年头里，有无数次他曾萌发了想同他谈话的冲动，但一走到他的门口就被恐惧慑住了。难道他里根不是一个掠夺者吗？这块地原来是野地，守林人的家人世世代代住在此地，而守林人自己，是那个家族唯一的后裔，他理所当然地是将这片土地看作了他的。现在里根将土地改造成了农场，让他做守林人，他心中还不知怀着什么样的歹毒的怨恨呢。从那张敞开的破门那里望进去，里根总是发现桌子上摆着一把雪亮的三角刮刀。

多少年来，也许这个老头在同他暗中角力？有好多次，里根曾听人说他快死了，他奄奄一息了，看来这全是烟幕。这个怪人，就像是从大地深处控制着此地，他终于一点一点地蚕食过来，夺回了属于他的东西。金夏的虚假的扩张只不过是转移了里根的注意力而已。该死的金夏，他是从哪里来的、干了些什么？里根思来想去的，但他同金夏第一次会面的情景总是一片空白，什么也回

忆不起来了。那似乎是在B城的某个地下人行道；又似乎是在家中的厨房里，在半夜时分，当他去厨房取白兰地酒的时候。是他邀请他来农场工作的，还是金夏自己要来的？或是某个第三者介绍他来的？现在他一点印象都没有了。鲜明的记忆都是从金夏来农场之后开始的，都同山坡上被白蚁蛀空的木板房连在一起。现在判断起来这很有可能是一个阴谋，是早就策划、串通了的阴谋，同某些古老的再也难以追溯的夙愿有关，就连他的司机，那小伙子，也在这事件中充当角色，从一开始便如此……那么阿丽呢？想到这里，里根觉得自己成了溺水的人，像那个姑娘一样，只不过他没有穿制服，可以隔一会儿到水面呼吸一次。

阿丽悄悄地到车上来了，她在帮他准备早餐。里根心存侥幸地想：或许什么也没发生过？她是多么安详啊！

"新的经理不打算搬家，还是住在他原来的小屋里。"

阿丽终于说出了这个可怕的事实。怎么会是这样？！

他必须张开眼，必须起床，世界没有从他面前消失。他看见一只湿淋淋的乌鸦从窗口冲进他的车内，掉在洗脸盆里头。一股湿热的、动物的气味在车内弥漫。鸟儿半睁着眼，就像在凝视他。阿丽小心翼翼地捧起受伤的鸟（也许没受伤），下车走向草丛，将它放进草里头。她口里不停地说："小家伙，小家伙，你多么莽撞啊！"

"里根先生，你应该振作！"她在离开时这样说。

当他从窗口探出头时，暴烈的阳光使他发生了短暂的失明。

埃达走出自己的小屋，来到那个地方，现在，她清清楚楚地看见了他。他已经完全不是农场主的样子了，只不过是一个落魄的男人。他瘦得那么厉害，那套旧衣服穿在他身上显得空空荡荡的。他的身后是那辆拖车，黑衣女人的裙子在拖车后面闪动着，那女人躲在那里干什么呢？早两天埃达看到，金夏的那栋木板房完全倒塌了，几只野狗在废墟里头钻来钻去的，那一家人不知上哪里去了。

她想道："今天的天空是绿色的。太奇怪了，怎么一大早天空就是绿色的呢？"她来这里的路上经过橡胶园，园里一个工人也没有。

里根先生显然看见她了，但是他的眼神那么空洞，他沉溺在一种恍惚的境界之中。"里根先生！"埃达试探性地叫了一声，车后的那女人不见了。埃达跑过去一看，车后根本没有人，再往车里头一瞧，只看见阿丽在打扫卫生。

"埃达，你看什么呢？现在一切都改变了。"阿丽头也不抬地说。

"我还不习惯，您能教我吗，妈妈？"

"你才不用我来教呢，这不是你一直盼望的吗，姑娘？你再试着叫一叫他，我想他会回答的。刚才他也回答了你，但你听不见。"

埃达冲着里根所在的方向又叫了一声，声音很凄厉。她突然感到无地自容，就抱着头跑起来。她跑到湖边，又跑过了小树林，直跑得两眼发黑倒在地上，她隐约记得自己是倒在一块空地上的。

"跑来跑去还在这块地方。姑娘的心是早晨的露水。"

埃达听见守林老头在她耳边讲话。他还是穿着那身衣服，打着绑腿，他怀里抱着一只野山鸡。

"里根先生将农场交给我了。我要把这里变成黑夜的领地，埃达，你的眼力在夜里那么好，你会大有用武之地了。"

他的声音从胡子里头嗡嗡地透出来，原来他已经蓄了胡子。

"我一大早就看见埃达朝我跑来，心里真是感动啊。"雪白崭新的胡子抖

动着。

"但是我并没有……啊，今天早上的天空多么好看啊。我们的车队到哪里去了呢？平时不总在这路上来来往往的吗？"

有什么东西在她心里复活，她觉得自己急切地要做一件什么事。她站起来，伸展着身体，打量着守林人的小屋。

守林人爽朗地笑起来，大声说：

"车队！车队……不会有车队了，亲爱的，只会有狼群在野地里奔跑。"

但是到中午的时候，工人们一大群一大群地出现在马路上。有一辆修路的推土机在南边推土，守林人站在机器下面指挥。埃达知道他要修一条新路出来了。原来这就是他说的狼群——那些工人。工人里头有新人也有旧人。埃达问其中一个小伙子他们住在哪里，他回答说是海边，睡在露天沙滩上。他还说现在的生活方式"意想不到的好"。埃达见他怀里抱着一只山鸡，就问他干什么去，他说驯养山鸡。"所有的人都要改行了，这是新经理说的。"

埃达想到里根的处境，她一会儿觉得是末日，一会儿又觉得是契机。她恍恍惚惚地来到海边。轻风吹着，海水的腥气令她兴奋起来。沙滩那里有很多人将身体埋在沙里头，只露一个头在外面。她走近他们，自己也选了一块沙地坐下来，开始掩埋自己。旁边的中年女人对她说，这样躺着就可以躲开山崩的灾祸，还可以直接同先人对话。"你压着我的手了。"她抱怨道。埃达感到奇怪，因为女人离她有两米多远，她的手怎么会在她的身子下面呢？

天上有好几只鹰在虎视眈眈，但它们不敢贸然行动，也许它们认为这些只剩下脑袋的人有些异样，说不定下面藏着什么陷阱。在长久的犹豫不决的盘旋之后，有一只灰色的大家伙朝一个少年猛扎下去。扭打和挣扎开始了，所有的人都在屏气凝神地旁观。埃达也想看，可是沙子迷了她的眼，她什么都看不见了。她听见那女人在唤她。

"埃达，埃达，我是你妈妈呀！"

"妈妈，妈妈！我的眼睛看不见了呀！"埃达哭起来。

"不要紧，傻孩子，那一点都不要紧的。那一次山洪暴发的时候你也看不见，还不是逃出来了吗？看不见还更好呢。真惨，真惨，那孩子将老鹰的翅膀折断了，那么多的血。"

有什么东西在下面，在埃达的背部那里往上拱，拱得她很难受。她想坐起来，可又动不了。旁边的女人说，下面是一个人，是里根先生，埃达压住了他，他就出不来了，他再怎么努力也是白费力气。埃达感到自己的眼睛在流血，那几粒沙像针一样刺着眼球。"里根先生，我爱你。"她说。于是那人就不再用力拱了。

"多么好啊，埃达找到了心上人！"那女人刺耳地说，"他还是个庄园主。"

埃达记起，里根先生的农场已经无偿地送给守林人了，现在他什么也没有了。可是这是谁告诉她的呢？他自己吗？

埃达在难以忍受的刺痛中开始思考。

第十五章 文森特和五龙塔

乔已经在这样多的东方国家旅行过，现在他已经记不起自己身在何处了。他站在这座石塔的前面，石塔在高原上，在他的身旁，有一条本地的黄狗跟着他。他在一个小镇上住了一夜，这条黄狗就跟着他到处走了。也许它想为他领路，但是乔并没有目的地，他只是乱走，而黄狗也似乎很高兴这种方式，到一个地方就汪汪地叫一阵，很激动。

石塔内部有螺旋上升的、用来攀援的石阶，因为年代久远，石阶有的地方缺掉了，如果要上去的话看起来很危险。黄狗叫个不停，敦促乔赶快攀登。乔抬头向上看去，看见高高的顶部有很多圆洞，是为了让人可以从那里将身体探出塔外而设的。他估计这个石塔大约有三十多米高，那令人胆寒的石阶看上去也很不结实。他踌躇了一阵，决定离开。黄狗愤怒地在他身后叫了好久，他感到很歉疚。

夜里他歇在小镇的旅馆里头。这是一家比较高档的旅馆，房间是落地窗，挂着竹帘，窗外有自然的山泉流进院子里来。可是这里蚊子很多，即使关了窗，房内的蚊子还是不少，且载歌载舞，弄得乔很烦躁。由于不能入睡，他打开门，走到院子里去。院子很大，栽满了罗汉松和木槿。他走了没多远就听到有人说话，是一男一女坐在罗汉松下面，他们一点都不怕蚊子咬，他们所谈的话题似乎十分重大。

"文森特就这么来了，他是怎么打听到我的住处的呢？"男的说。

"你是他的哥哥，他当然要尽力打听，你能躲到哪里去呢？"女的轻轻地笑起来，她说话慢悠悠的，显得很惬意。

　　乔的心在胸膛里猛跳起来，他瞪着自己投在草地上的模糊的身影，徒劳地想回忆起自己究竟身在何处。这一路的旅途，飞机啦，木帆船啦，火车啦，长途汽车啦，他从一种交通工具换到另一种，从一个国家转入另一个国家，那些疆界在他脑海里逐渐消融，以致他完全都不去理会了。旧的故事已在他内部消散，他两眼空空，他的视野里只有那只在地平线尽头奔跑的黄狗。这些日子他已经习惯了独自一人在地球上旅行的生活，现在忽然听到熟悉的名字，那就像是另一个世界传来的噩耗。

　　"有人看到他爬到'五龙塔'顶上去过，就在昨天。"男的又说。

　　"在这个世界最高点，什么都有可能发生。俗话不是说嘛，'站得高，看得远'。"女人的声音低了下去，似乎陷入了沉思。

　　"真可怕啊。当初，我们不该到这里来呢。"

　　"你后悔了吗？"

　　"不，永远不。"

　　蚊子咬得厉害，乔只好离开。他脱下上衣，包住自己的头，然后将双手插进衣袋来回地走。山泉穿过假山沙沙地发出响声，从花园一直望出去可以看到外面，那里有星星点点的光芒浮游在黑暗中。这个地方会是"世界屋脊"吗？乔不能相信。他记得"世界屋脊"是在中国。他在心里打定主意明天要再去"五龙塔"，爬上去看看。

　　旅馆的楼里面忽然喧闹起来，所有的灯全亮了，有人在叫"着火了"。人们都拥到花园里来，竟然会有这么多的人。乔被人们挟带着往外冲去，大家冲到了街上。乔回首一望，那栋五层小楼已处在熊熊火光之中。周围的人全在七

嘴八舌地说话。"真险啊！"大家异口同声发出感叹。"会不会是阴谋？"一个男人提出这个问题，周围的喧哗又淹没了他的声音。这时乔才想起自己的行李，那里面有几本随身携带的书籍，其中最重要的是关于西藏的那本。幸亏他还有些现钱带在身上，要不这一下可就糟了。小楼还在燃烧，人们渐渐散去，乔不知他们去什么地方了。街上变得冷冷清清。有一条狗从街头向乔冲过来，原来是一直追随他的那条黄狗。

黄狗到了他跟前，用嘴衔住他的裤腿将他往左边拖。乔只好跟着它走。他们来到一个采石场，那里有一些工人在黑暗中干活。黄狗绕到采石场后面的工棚里，乔看见工棚的门开着，里头有一盏油灯，桌前坐着一个人，用双手紧抱着脑袋，桌上堆着一大堆什么东西。

"乔，你来了，你坐下吧。"那人居然是文森特。

乔现在看清了，桌上堆着的原来是人的骸骨。

"这是丽莎呢。"文森特抬起头来，似乎在笑，"丽莎沿着红军长征的路到达此地，掉进了大峡谷。真想不到。"

乔的身子一阵阵发抖，他不敢在桌边坐下，就站在那里。那条狗伏在他脚下发出"呜呜"的声音，似乎在哭。

"文森特，我们又会合了。"乔说，他的牙齿磕碰着。

文森特拿起一块骨头贴住自己的脸，显出陶醉的神情。

乔感觉到有一伙人正在包围这个工棚，他们在黑暗中潜行，激动地小声说话。

"有人。"乔说。

"这种地方总是这样，强盗们来来往往。"

文森特吹灭了油灯，他要乔讲一讲他这些日子的奇遇。乔说没有什么记得住的事，无非是漫游。因为文森特一定要听，乔就瞎编了一个在高原种植罂粟的故事，乔认为自己的叙述平淡无味。他在叙说的当中就听见那伙人已经围拢来了，开始敲窗子了。他相信自己看见了刀刃在月光下闪烁。但文森特催促他讲下去，不要停。

"我很想抽鸦片，但是人们都不让我抽。我在那里是个外人。"乔委屈地说。

"你本来就是个外人，你是从西方来的。这样才有意思。你看看丽莎，这才叫走火入魔呢。她可是全力以赴。"

乔说不出话来了，因为两条黑影已经潜入了屋内。乔惴惴不安地计算着自己的钱包里还有多少钱。他看见这两个黑影也在桌边坐下了。就这样，他们四个人一人占了桌子的一方，文森特还在若无其事地说起丽莎的事，说起妻子长期以来的追求。但是乔听不进去，因为右边的那个人在踩他的脚，踩得特别重，他忍不住"哎哟"一声叫出来。他想，他的骨头要被踩断了，他该不该送钱给这个人呢？他不能确定这个家伙是要钱还是要他的命，也许都要。这时左边那人在用打火机点烟了，火苗升起的一刹那，乔看到了一张亡命之徒的脸。

文森特也在抽烟，说起话来慢条斯理的。看来他早把生死置之度外了。

"高原地区强盗一帮一帮的，家常便饭了，五龙塔里头就住着好多，其实也是这附近的居民，不愿好好劳动，也可能是觉得寂寞，就来干这个了。不过丽莎不是他们谋害的，丽莎是自己要冒险，走火入魔。从年轻的时候她就这样了，本性难移吧。我后悔没同她一块走，我太迟钝了，总慢一步。乔，这两位老兄并不想要你的命，你如果想走，就可以走的。"

乔试着站起身，又试着走出工棚，他们果然没有来拦他。他看见黄狗站在工地那边等他，几个鬼怪一样的工人在抬石头。乔没有走远，他停下来，又想回去。在工地那盏灯下面，出现了一张脸，是希玛美莲，他在旅行的第一站邂逅的土著女人。乔想过去同她相会，但是黄狗死死咬住他的裤腿不放，这时乔便意识到了什么。他停止挣扎，站在原地呆呆地望着女人。

女人身后有一个黑影，女人那美丽的脸被黑影遮住了半边，所以乔只能看见她的一只眼睛。那只细长的眼睛里还是燃烧着先前他见过的欲火。她举起一只手，似乎在招呼乔过去。这时黑影慢慢笼罩了她，乔看不见她了。乔想叫她的名字，却不知道怎样发音。再一看，黑影已被周围的黑暗吸收，工地那盏孤灯静静地照耀着。乔伤感地回忆起了那条河。

在工棚里面，文森特在用一根木棍敲打桌上的那些骨骸，这是他在五龙塔内捡到的狼或狗的骨骸。他也不知道为什么自己要说是丽莎的骨骸，也许是为了让自己有种寄托吧。他为了追寻丽莎的足迹千里迢迢走过了这么多地方，越走心里反而越没有底了。万里长征却原来只不过是长征，文森特现在深深地体会到了这一点。失踪的丽莎再也没有现身过。有一次，在一个庙宇里头，文森特看见一名样子很像丽莎的妇女，待他走到面前，却发现是一名异族的妇女。虽然找不到丽莎，文森特从来没有觉得自己的心像现在这样同她贴得这么紧。是的，他觉得自己已经变成了丽莎。他心中涌动着渴望，从一个地方跋涉到另一个地方，他的灵魂融化在眼前异质的、东方世界的景物之中。

丽莎是在人群中从他身边消失的。当时他俩一道从城里最大的百货店出来，丽莎让他等她一会儿，因为她看见了一位故乡的姑娘。她从人缝里钻过去，一会儿就消失了。文森特左等右等等她不来。最后，等来了黑人姑娘乔伊娜，乔伊娜告诉他说，在火车站那边看见了丽莎，她正匆匆忙忙地要去赶火车呢。前一天夜里，丽莎曾对他说，她要做一个实地考察，将那支长征队伍构成的成分弄清。文森特问她是不是要去东方国家旅行，她含含糊糊地没有回答。

　　文森特第二天才踏上旅途。他明白了，丽莎是在用她的行动给自己指出一个方向——去一个从未去过，没有任何感性知识的地方。所以他的初衷也并不是追寻丽莎，那几乎是不可能的事，因为完全没有线索。他的初衷是，撇开现有的一切，去过丽莎向他暗示的、另外一种生活。当然他并不打算抛弃他的服装公司，他只是想通过这趟远行让自己"迷路"，变成另外一个人，然后再回来。他想，丽莎大概也是如此吧。他在车上经过那栋高楼时，那东方女人正站在楼门口，她脸上那种无限空洞的表情令他又一次深深地震惊。

　　他为自己的第一站选择的交通工具是飞机，而不是火车。他想到高空中去回忆丽莎早年的样子，他认为自己从前忽视了很多关键性的事实，这些事实在早年已多次向他显露过。到了高空，他才发现自己的这种企图落空了。原来人是不可能通过回忆来返回过去的。他不但想不出过去生活的种种细节，连丽莎早年的形象也根本唤不回来了，似乎他认识她的时候她就是半老徐娘。他变得很忧郁，停止了回忆的努力。后来，他走的地方越多，丽莎的脸在他的脑海里就越模糊，不要说早年生活中的她，就是她近期的形象也在被他渐渐遗忘。他为这一点既焦虑又懊恼不已。

　　有一天他睡在一个农家大院里，睡到半夜，他被那些反反复复叫了又叫的公鸡吵醒了。他走到禾场上，在水天一色的稻田风景里看到了那些影子。当时月光很亮，空中一片繁忙景象，很像他那些日子多次见到的东方集市，但是只有形象，没有声音。仔细地辨认后，他看出那些影子都在企图进入一个类似赌场的建筑物，但那建筑物的门口两边各站着一只猛虎。在建筑物的圆顶上面，一只巨大的鹰威严地俯视着下面的影子。所有那些影子似的人全被老虎拦在了门外。他还要细看，但是名叫肖（有人这样唤他）的老农从屋里走来了，

肖抽着烟斗，两只多褶的老眼神采奕奕。他说着文森特听不懂的异国语言，似乎很激动。他说呀说的，双手还比画着做出种种手势。忽然，文森特的脑子开了窍，因为他盯着这位老人的脸的时候，竟然领悟了他的话里的含义。老人的话的大意是说，不要去观看半空的那种风景，那种事非常可怕，天天都要死人。他用手画了一个大圈，表示眼前的稻田里埋的全是人的尸体。在他说话间半空的幻景已消失了，四周变得鬼气森森。肖猛地对文森特大喝一声。文森特听出他说的是："你究竟来这里干什么？！"

文森特转身往屋里跑，他看见大院里的人们都起来了，大家都站在房门口望着他，厅屋和过道里到处点着松明火把。他找不着自己睡觉的那间房子了。每一间房子都变得一模一样，他钻进去又退出来，不断地被人嘲笑。后来有一个男孩走到他面前，打着手势要给他领路。他跟在他后面走，他们拐了一个弯又拐一个弯，最后到达的是一个很大的鸡舍，里头喂养的全是公鸡。文森特一出现那些公鸡就集体开始了啼鸣，简直震耳欲聋，小男孩则跑掉了。文森特又累又害怕，干脆待在鸡舍里了。屋角上不知怎么有张旧沙发，他就往那沙发上一倒睡起觉来。有一种极细小的蚊子咬得皮肤生疼，可他顾不了这些了。在梦里，他在炮声中英勇地行军，弹片弄得他满脸是血，血流到眼睛里，眼睛什么都看不见。

在海边的渔村里，他遇到了自己国家的人。那是一位老年游客，头上像本地人一样包着白头巾。这个人每天都坐在沙滩上的一把藤椅里头，他们面向着远处的海浪谈话。

"这里到处是我们自己国家的人，我看这不是什么巧遇。"老头说。

"我并没仔细想就来这里了。"文森特有点惭愧地说，"那么您，您住在这里了吗？不打算回去了吗？"

"我要在这个小渔村里度过我一生中最后的日子。"

老人的脸上露出微笑。在文森特看来，他脸上的表情似乎在向他表示，只有他才知道渔村的生活方式的奥秘，可他并不打算传达给文森特。

文森特感到很沮丧，因为他在这个乏味的小地方思想已经完全冻结了。白天里，人们都出海捕鱼去了，村里只留下一些小孩和老人，还有四五个妇女。而夜里，人们早早上床，月亮一出来村里就没有动静了，一片黑幽幽的。那老头倒是很适应这种简单得近乎原始的生活，他每天都去海滩上待着。文森特看见他有时在同海鸥说话，有时候向着海发出一声感叹，但大部分时候，他只是一声不响地坐在藤椅里头打瞌睡。文森特没法离开，这里同外界不通音信，长途汽车要一个月才来一次，他只能静下心来打发日子。有时候，他感到自己什么也记不起，也想不清了，就仿佛他是渔村里一个土生土长的、吃闲饭的人一样。他还能隐隐地记得自己过去的繁忙生活，记得丽莎是自己的妻子，可是生活的细节就如断了线的风筝，怎么也回忆不起来了。在一个无聊的日子里，他问老人，他来了这么久，怎么还没有他们国家的人到这里来呢？老人回答他说：

"那是因为你在这里啊。"

文森特回到旅馆的房间后将老人这句话想了又想，忽然明白了。于是，余下的日子他不再四处溜达，而是也像老人一样搬了张藤椅坐在海边。太阳一出来他俩就到海边去，一直坐到出海打鱼的人们归来。中途由旅馆的工人给他们送饭。

当他们枯坐之际，老人话很少。文森特从每天寥寥数语中弄清了，老人是A国北方的人，在一个伐木厂做了几十年工，现在退休了。他家里有妻子，还有儿孙等一大堆人。他说他是接到邀请来这个渔村的，他的一个舅舅从这里写信给他叫他来旅游，虽然全家反对，他还是来了。他到达的前一天舅舅患病去世了，他正好赶上葬礼。他还记得当自己到达此地时的激动心情。他已在渔村住了两年了，因为没法同外界联系，家人可能已经将他忘记了。他觉得这对家人来说是件好事。有时候，文森特想同老人谈谈A国的生活，但每次要开口之前，他都发觉自己脑海里一片空白，什么都想不起来。而老人，立刻就看出了这一点，他总是对他说：

"那种事，没什么可说的，就不要说它了。"

刮大风时，他们只好待在旅馆里，可是老头心里有什么事放不下，他一轮又一轮地跑到外面去看海。

"会有一个陌生人来找我，这是一个本地人，我担心错过了。"他对文森特说这句话时，文森特就想起了他在海滩的等待。

有一天半夜老头焦急地敲着他的房门，文森特打开门，看见他穿着睡衣站在门外。

"你能做我的见证人吗？"

"什么事？"文森特已经隐隐约约地感到了。

"我需要一个见证人，我像怕死一样怕被别人遗忘呢。"

"你容我想一想。"

"那么，你打不定主意。我得等你打定主意。"

他显得有点失望，文森特不知道要如何安慰他。

天亮以后，当他们又一次在海滩那里坐在一起时，老头对文森特说，夜里的事只不过是一时的冲动，现在他的情绪已经调整过来了。他不应该迫不及待，他必须"水到渠成"。那一天来了一艘船。船来的时候，老人用蒙眬的睡眼瞥了它一眼，然后低下了头，口里嘀咕了一句什么。文森特猜出了老人所说的那句话。他觉得自己的心同这位老头贴得越来越紧了。

渔村的氛围很像是在促成某件事尽快发生。日复一日，没有人来注意他们，村里人至多也就是站得远远地观望，谁也不曾表现出过分的兴趣。而外界的消息根本到达不了这里。海里的那些船也总是匆匆开过去，不可能看清甲板上的那些人。当海风吹动着老人头上的白发时，文森特注意到那张脸上越来越缺乏表情了，就像一个面具似的。文森特不由得想道：也许那件事正在老人体内发生？

他来了，他是中午时分来的，划着小木船从珊瑚岛那边过来的。男子大约四十多岁，长着一张有点像蜘蛛的脸。他手里拿着一个皮囊，他用文森特国家的语言介绍说，皮囊里头盛着"珍贵的血"。老人从藤椅里头起身，文森特注意到了他那如释重负的姿势，文森特想，老人要解放自己了。

他们要动身了，老头用疑问的目光目不转睛地看着文森特。文森特开口说：

"是的，我看到了，我记住了。"

阳光下的渔村沸腾起来了，因为传来了有人遇难的消息。

老人走后文森特就一个人留在了渔村。他每天都去海滩，面对海水、天空和吹过的风。他也不知不觉地思考起"见证人"的事情来。谁会是他的见证人呢？完全不知情的村民们能够算数吗？那名死去了丈夫的本地妇女能算数吗？在海滩那边捡螃蟹的小男孩能算数吗？没有真正的见证人就说明他的时辰还未到。文森特开始焦急地盼望长途车来接他了。

那辆车是星期三来的。整个渔村的男女老少都站在路边看他离开。妇女们抱着孩子，微张着口朝车里头探视，她们寻找什么呢？司机冷冷地一点头示意文森特上车，然后，头也不回地问：

"准备好了吗？"

文森特心里乱糟糟的，他绝望地冲司机挥着手喊道：

"走吧！走吧！"

车子一发动，在渔村的日日夜夜就如同电影一般在他脑海中复活了。原来这一个月并不是他所认为的那样过得那么沉闷。他记起了同老人的深夜出游，他俩在遇难的渔民的墓旁看到的那些鬼火；还有珊瑚岛上的探险，他和老人在一个深洞里发现很多睡着了的人，他俩点着松明坐在那里，同那些人交谈了很长时间，那些做梦的人几乎是有问必答，会各国语言，思维也特别活跃；还有他俩对一个渔民家的访问——那一家人患有一种隐疾，每个人的寿命都是四十一岁，但他们并没有成为赌徒或吸毒者，他们对付死亡威胁的办法是取消睡眠。所以文森特看到他们家没有床，那些兄弟姐妹在深夜各干各的活儿，他们的父母则坐在桌旁就着一盏小小的豆油灯记账；他和老人还参加过村里的狂欢舞会，所有的人都到沙滩上去，在月光下起舞，鼓声激烈地响着，要一直跳到跳不动，昏死在地为止……还有许许多多的事件，文森特全都记起来了。然而在渔村里，他忘了这些事。为什么呢？大概因为这些事发生在深夜，经过睡眠，到了第二天，他就把这些事忘了个干干净净。现在一回忆，文森特一下子明白了，原来老人是进入到另一种他所向往的生活中去了——他向往了几十年的那种生活。好多年以前，当他在深山老林里头伐木的时候，当他听见那些树发出长长的叹息声倒在他面前时，那种生活就被他设想过无数次了。那位神秘的舅舅帮助他实现了自己的心愿。但舅舅到底是不是实有其人呢？为什么后来老人一次都没提到过他的事呢？他们俩曾一起去看过村里的墓地，那里头并没有埋葬任何外乡人。而根据他先前的讲述，他舅舅是埋在此地的。很有可能他舅舅也在那个珊瑚岛的深洞里面。长途车在沿途又上来了很多旅客，这些人的相貌都很相似，表情都是既疲倦，又活跃，文森特觉得他们全来自同一个地方，那个他在心里将其称之为"梦之乡"的地方。他无端地确信那是自己旅途的终点。也许老人在海边向他允诺过这件事？

"我们到了吗，爹爹？为什么沿途的景色这么悲伤？"

"那是快乐的小鸭子在湖里游呢，孩子，你要用力看。"

文森特用力听，居然听懂了这些异乡的语言。

文森特从工棚出来时，天已经亮了。他又一次来到五龙塔。

乔也在那里，乔的眼里布满了血丝，看来通宵未眠。走进塔内，两人都感到了里面旋转着一股阴风，于是一齐仰头向上望去。那顶上一片白光，圆洞已无法辨认了。在塔的半腰上，有一个人正在攀登，是一名白发飘飘的老者。

"他来自恒河边，他在村里饲养过一只狮子。"乔对文森特说，"后来他发疯了。那是一个多么美丽的村子啊，站在河旁，可以听到祖先在星空中说话呢。"

"那地方真的是恒河吗？"文森特问道。

"我不知道，我走的地方太多，早就弄混了，但我愿意这样想。多么宽的河啊，大象屹立在船头。恒河，恒河。"

"可是这里头真冷啊。"文森特接连打了几个喷嚏。

那老者已爬到了顶上，消失在那一片白光之中。

"他生前的职业是箍桶匠，饲养狮子是他的秘密职业。他用猎获的山鸡来做这项工作。狮子藏在林子里，半夜才出现在村头，他和它保持着不为人知的关系。他是骑在狮子背上出走的，那一天，树林里头喧闹不休，恒河的水在两岸泛滥。大象，大象……"

他说不下去了，因为听到了一声猛烈的巨响，像是石头砸在地上。莫非是石阶掉下来了？但地上并没有痕迹。

"你说的是这位老人吗？"

"是啊，我认识他。"

"可是刚才他掉下来了。想想看，一个人的灵魂有多么重。"

那一天，他们没有爬上去，他们站在塔下面的阴影里，看着头顶的那一片光，谈论着那些不着边际的事。下午时分，他们一起去小饭馆吃了饭，又回到五龙塔继续谈论。时光悄悄地溜走，黑夜又要降临了。乔觉得文森特似乎在等什么东西，他三番五次地起身到门口去张望。终于，那个女人出现了，乔在她一步步走近时看清了，这个人是书店老板那上了年纪的、美丽的前妻。可是在文森特的眼里，她是B城24层楼房里面那位没有重量的女子。就是刚才，文森特隐约地记起了他同她曾约定了在此地见面。

女人走进来，熟稔地朝两人点点头，说道：

"黄昏的时候雾这么大，我差点认不出到这里的路了。"

文森特和乔几乎是异口同声地向对方说道：

"原来你们约好了在这里见面啊。"

说完后两人都很尴尬。女人却并不尴尬，她走过来握住他俩的手，有力地摇了几下。乔看见她那有着卷曲的白发的雅致的头部后面有一个影像，是那种罕见的白色的老虎，在幽暗的光线中，虎的两眼成了两盏灯。

很快，他们三个人就看不见彼此的面容了。

乔捏了捏女人的手，那只手丝毫也不能给他实在的感觉，他想起了一件事。

"您说过，我们不会再见面了，不是吗？"

"是的，我说过那种话。这就像是命……要是伊藤在这里的话……"

她的声音那么缥缈，乔觉得她在上空游荡。可是她那只修长的手还握在乔自己的手里，只不过那只手变得冰冷了。乔想要用自己温暖的手使它恢复温度，就加上自己的另外一只手去握住它。

"乔，为什么我看不见我要看的东西呢？"黑暗中传来文森特沮丧的声音，"我用力看，可是沙滩上只有一只被海水冲上岸的靴子。"

文森特似乎在哭，乔心里想，他的眼泪大概掉在女人另一只手的掌心里了，因为他用两只手握着的这只手渐渐地有了温度。女人抽回她的手，快步向门外走去，乔听见她的声音留在塔内。

"书店里的活儿一天天多起来，伊藤老了。"

那只白老虎行走在她身后的黑夜里。

乔很想追上去，但是文森特拦在了门口，文森特说：

"她一年四季都穿着那套黑裙衫。"

"啊，"乔吃了一惊，"她刚才不是穿着白色的和服吗？她是书店老板的前妻，我同她见过面的。"

"我们俩见的是同一个人。"文森特陷入某种思维的纠缠之中。

有人从塔上下来了，然后又从侧门走掉了，他们看不见那个人，也许那不是一个人，因为响起的脚步声像马蹄声。

"乔，你先走吧，我今夜就睡在塔里面，这里有一块毡子。他们都说这里是世界最高点呢。"

乔一离开，文森特就将沉重的门关上了。乔一边走一边想象文森特在里面攀登的样子，他觉得文森特是想独自攀登，他才不会睡觉呢。

外面没有灯火，天上也没有星星，是深沉的夜。隐约能看见那只白老虎在

周围出没。好些日子以来第一次，乔记起了马丽亚，记起了自己是个有妻子、有家庭的人。在如此遥远的东方的某个高原上，他那失去的记忆模模糊糊地显出了一部分。他记起了他和马丽亚在B城过着繁忙而充实的小日子。他俩经营着一个饭馆，饭馆里供应西部特色菜。他们的儿子是长途卡车司机，长年奔驰在外省的高速路上。乔自言自语道："多么美妙的家庭生活啊。"他看见厨房里蒸气腾腾，外面的餐厅里坐满了客人，到处都有浓浓的炸虾的味儿。马丽亚弯着腰在食品橱里找什么，然后她直起身来走到乔面前，问道：

"乔，你把虾的调料弄好了吗？"

这句话的话音一落，白老虎就从眼前闪过。乔像小孩一样哭出了声。

他回到旅馆里，在有些霉味的被窝里躺下，心情平和地入梦。

中途他醒来一次，看着旅馆墙上发黄的壁纸，脑子里短暂地闪过这个问题：那家书店的营业额真的上升了吗？然后他很快又睡着了。

文森特在塔内，黑得伸手不见五指，他听见那人在往下走。那人大概是一个台阶一个台阶地摸索，走得很费力。文森特想象着他内心的恐惧，不知不觉地将拳头握得咯咯作响。有一阵子他停下了，很可能是有一节阶级松动了，文森特记起先前塔内的那一声巨响。或许那一节东西已经掉下了，阶级与阶级之间有了一个大的空当。会不会白发老人的体力已经耗尽了呢？他看上去那么虚弱，他的确很苍老。然而他又开始行动了，他的脚步越来越近了，难道他有翅膀，飞过了那个空当？还是根本不存在空当呢？

脚步声就在眼前，但老头始终没与他晤面。也许这脚步是响在自己心里？那顶上的白光里头究竟有些什么呢？文森特没有上去过，因为在梦里，渔村的老头清清楚楚地对他说过："塔顶不可去。"上星期，有一只美丽的小狼死在塔内。文森特觉得小狼是累死的，它显得很安详，身体上也没有任何伤处。它的皮毛的颜色很淡很淡，几乎是淡黄色，它正处在梦幻的年龄。但是谁搬走了它的尸体呢？

文森特用脚探到地上的那块毡子，他想睡下来。正在这时，外面有人敲塔门了。文森特过去开了门，那人带进来一股露水的气味。

"旅馆里面都住满了，我只好回到这里。"

原来是黑衣女人。

文森特和她一同在毡子上躺下来。他问她听到有人下来的脚步声没有，女人笑着说："那就是我呀，我上去过，又下来了。凡是上去过的人都失去了重量，你看我是不是轻飘飘的啊？"文森特想，她还真是轻飘飘的。文森特又问她塔顶有些什么。"十个圆洞，你都看到了。从那圆洞里将身子探出去……"她不说了。"有些什么啊？"文森特催她快说。"我不知道。"她说，"我没有那样做，随即我就下来了。"

文森特紧紧地搂住她进入了梦乡。在梦里，他在A国的家中过圣诞节。窗外大雪纷飞，丽莎在壁炉前弄那些木柴，熊熊的大火将她的脸映得像熟透的苹果一样。她把脸转向他，问道：

"文森特，你打算什么时候出发？"

"明天吧。"他冲口而出，"要不然我就太老了。"

早上醒来时，他的眼睛被上面那一片强烈的阳光晃得睁不开，他伸手去摸旁边的女人，女人不在。当他再抬头看那上面时，发现那一片白光正在往下移动，也许不是移动，而是在扩张。啊，真的是在扩张！一会儿工夫，整个塔内都变得亮晃晃的，文森特的眼睛就像正好对着太阳一样，什么都看不见。他感到热，他开始流汗了。他的耳旁响起本地人说话的声音，含糊得很。他试着伸

出手去，便摸到了刀锋，于是马上又缩了回来。有人在拉他的手，他捉住那只手，他感觉出来那是一只苍老的男人的手，手上有潮湿的冷汗。

"昨天还是出太阳，今天大雪就把路封死了，想回也回不去。五龙塔顶上的生活就相当于死里逃生。"他说道。他大概是文森特的国家的人。

"那么我呢？我在塔下面的生活相当于什么呢？"

"你的生活相当于看戏。"

他干笑了几声，随即甩开文森特的手，转身去攀登那些石阶去了。

文森特摸索着出了塔门。他的视力立刻恢复了。高原上一片澄明的风景，绿的草，树叶泛红的树，奔跑的灰狼，树林后面有茅屋。但这些风景不像真的。文森特设想，只要他用力一跺脚，眼前的一切就会消失。现在他置身于美丽的、不怀好意的风景里头了，他深深地感到，只有他身后的五龙塔是这一片景色里唯一坚固的，不会垮掉的景致——而他离开了它。

他沿着草地上一条被过往行人踏出的路往前走。他心里想，高原变起脸来真快啊。本来这些日子他已对这一带十分熟悉了的，可是现在，一草一木都完全改变了。这是不是某种力量的作用呢？是不是为了让来此地的人们对五龙塔怀着更大的虔诚呢？他转身看去，那座高塔已成了一个灰色的小三角形，就像他儿时玩过的积木中的那一块。也许它本就是那块积木？

文森特惴惴地在这虚假的风景里头迈步，他的腿有点发抖，他想，也许是由于太饿了吧。他问自己，他打定主意了吗？

很久以前，在海滩上，看着远处的珊瑚岛，他想过了那个问题。实际上那是一个没有办法思考的问题，那么他是怎样去思考的呢？应该说，他没有思考那个问题本身，他只是围绕着那个问题开辟了很多通道，布下了埋伏。

这几句话出现在文森特的脑海中时，他感到周身在微微发热，能量正在从他那瘦削而疲惫的体内生出来。他的脚步在逐渐变得稳实，他不再对四周虚假的风景感到恶心了。

　　林子边上有一个老头正在用长长的钩子钩树上的枯枝，他是在打柴。文森特从他身旁走过去之后，他才冲着文森特的背影喊了一句本地话。文森特一下子听懂了，他喊的是："坐船还是坐飞机？"文森特返回到他面前，可是他垂着眼用一根藤捆他的柴，好像什么都未发生过似的。老头那骨骼粗大的、能干的双手看着很眼熟，文森特感到有些什么东西在自己内部飞快地死去了，但马上又有另外一些东西长出来了。

　　老头挑着那担柴走向林子的深处，文森特朝着同他相反的那条路迈步。

第十六章　丽莎和马丽亚两人的苦征

　　马丽亚是第一次到丽莎的家来，她很谨慎地四处张望。丽莎没有请她坐在宽敞的客厅，却邀她一块上楼，走进文森特和她的卧室。马丽亚看见丽莎他们的卧室比自己的要简陋多了，里头除了一张木床之外就没什么其他的陈设了。墙壁上光秃秃的，一张画也没挂，同这套高级住宅很不相配。最奇怪的是那些窗户。两个窗户又小，处的位置又高，这使得光线难以进到屋内来。

　　"我们这间卧房是我亲自设计的，你觉得怎么样？"

　　"啊！"

　　"在夜间，我需要一间牢房把自己关起来，最初我就是这么想的。文森特也赞成我的想法。因为我不是一个人住进来的，我带着一大群。他们通常在你现在站的这个角落里活动。我喜欢让长征在一个相对封闭的空间里展开。"

　　丽莎说话时在房里走过来走过去的，双手不停地从胸前往外推，似乎要推开什么东西，而那些东西又不断涌向她，决不让她推开。马丽亚看到房里似乎有薄薄的烟雾升起。

　　"那么文森特呢？文森特夜间到哪里去了？"马丽亚问道。

　　"我不知道。也许坐在窗台上吧。窗台那么高，是观战的好处所。"

　　"最近的情况怎么样了？"

　　"你是指他走了以后吗？哈，他天天都来这里了。他总在队伍当中，只要我耐心一点，就能同他会面。昨天夜里他还让我见了他新结识的朋友，那是一位退休的伐木工，一位很善于冲锋陷阵的老战士。"

有人敲门，丽莎说是她的司机。她压低了嗓音告诉马丽亚说，她不能让司机知道文森特离开了，不然自己就会受到这个青年的诱惑。马丽亚问她如何做得到这一点，她说只要将长征进行得轰轰烈烈，小伙子就没法进屋。

果然外面那人只是轻轻地敲，既不叫喊也不推门。

马丽亚忍不住想笑。

"他自卑得厉害。"丽莎这样评价道，"不过先前他可不是这样的，先前他猖狂极了，一点都不将我放在眼里，文森特一离开，这栋大房子就成了欲望的空城。你听，有两个人，另一个是厨师阿炳。厨师因为思乡之情的折磨已经变得半疯了。这两个可怜的孤儿，我多么想将他们揽在怀里！"

在这套市中心的住宅里，马丽亚惊骇地看到了文森特夫妇那荒芜的内心世界。这是一栋被主人逐步地忽视和遗忘的住宅。她在丽莎的陪伴之下绕着这处物业走了一圈。虽然丽莎一直在用热情的、兴奋的语气介绍她这个家，回顾着往日的浪漫情怀，但马丽亚从每一处设施，每一个角落看到了那种无可挽救的、死去的东西。一切都是属于过去了的、激情的残骸，这个回归自然的、完全无人打理的花园；这个抽干了水的游泳池；这个油漆剥落的木亭子；这栋大房子里头那些长年锁住的房间，它们在马丽亚的眼里都属于一时心血来潮的产物。而现在，这些东西全都隐没在人心的深深的黑暗之中了。

巨大的游泳池里，厨师阿炳正在清理那些鸟巢。不知道为什么那些鸟要将巢筑在那种地方，好像一切都乱套了。阿炳的动作里面好像充满了仇恨，马丽亚看到有零零星星的鸟蛋撒在地上。

"阿炳！阿炳！"丽莎的声音里头透着沉痛。

阿炳愣了一下，扔了手中的大扫帚爬上来。他站在丽莎面前，翻着眼，脸上挂着无赖的笑容。马丽亚很生气。

"到了夜里，这个游泳池里头就像地狱一样热闹。"他说。

"阿炳，你年纪已经不小了，怎么还是这么喜欢意气用事。你既然住在这里，就得安排好自己的生活。你心里怀着那么大的仇恨，又怎么能安排好生活……"

"我的生活安排得很好。"阿炳不耐烦地打断丽莎，"人各有志嘛。每次您都没有发现我也在长征的队伍里。"

丽莎在他面前变得窘迫起来，就默默地低下头，拉着马丽亚走开去了。

马丽亚和丽莎坐在宽大的厨房里，吃着阿炳做的美味的土豆糕饼。丽莎说阿炳是"无价之宝"，还说假如他身上没有那些仇恨的冲动的话，说不定是一个"要做出丰功伟绩"的人。马丽亚笑着回答说，也许厨师一点都不想做出丰功伟绩，他把世界上的事都看穿了嘛。

"就像文森特一样吗？"丽莎用调皮的口气问。

"不，文森特永远不会看穿，他旅行到各地看呀看的，这种事没个完。"

两人都大笑起来，她们好久没有这样畅快地笑过了。阿炳阴沉地走过来收拾盘子，故意将杯盘弄得一阵乱响。

"他经常对我大发脾气，这个家里啊，好像他才是主人呢。"丽莎说，"你看，他走了，他不愿同我们说话。"

马丽亚看着厨师那黑熊一样的身影从台阶下到院子里，他的确显得气呼呼的，为了什么呢？

"马丽亚，我想做一个实验。我们俩今天夜里在那个床上一块做梦好吗？

看看相互能不能在梦里沟通。然后我们一道去找乔和文森特。"

　　然而熄了灯之后，住宅就成了一大片墓地。那些坟都是用泥土随意堆起来的土包，丽莎双手抱膝坐在一个土包上，马丽亚站在一旁，天上既没有月亮也没有星星。有一个人打着灯笼从远处过来了，走一走，又停一停，灯光照在土包的茅草上头。马丽亚转过身去，又看见一个人，也是打着灯笼，也是在那些坟茔间找什么东西。再一看，又一个，正从马路那边赶过来，也是手提灯笼，而他的身后还有第四个人。

　　"墓地里真热闹啊。"马丽亚说。

　　她说话时那人已到了面前。那人将手中的灯笼高高举起，给马丽亚一种十分怪异的感觉。丽莎拉着马丽亚坐下，悄悄地对她说：

　　"他这是在发出信号。你还没看出来吗？大队人马就要来了。过一会儿这里就成了兵营。我坐的这个地方啊，其实是文森特的墓。"

　　"文森特在这土包里头吗？"

　　"还没有，他还在外头游荡呢。我坐在这上头心里特别踏实。"

　　马丽亚抬起头来，看到周围已经有七八个灯笼了，这些人看着都面熟，她认出其中一个是自己的街坊。又过了一会儿，她看见丹尼尔和热妮娅也来了。

　　"马丽亚在这儿！"热妮娅高兴地对丹尼尔说，"我看啊，你们家里的人特别能沉得住气！你妈妈坐在那里的样子很端庄。"

　　马丽亚看不清丹尼尔的面部，他的身躯则像一长条布片。

　　"丹尼尔啊！"马丽亚心疼地喊出来。

　　墓地里吹着风，丹尼尔的声音像从一个瓮里头发出来的一样，没法听清他到底在说什么。马丽亚看见儿子在使劲摇头。

"丹尼尔，你要对我说什么？"马丽亚失神地问。

"他在说他爹爹的事。"热尼娅代他回答，"他老在说，连我都被他感染，差不多爱上你的乔了。"

马丽亚伸出手臂搂住丹尼尔那细长的腰身，但是她吓了一跳，因为儿子的背后鼓起了一个大包。

"这是什么？！"她的声音在发抖。

"这是乔。"热尼娅说，"你儿子如今将爹爹带在身上到处走。你看丹尼尔是不是壮实多了啊，他是个成熟的男子汉了。"

马丽亚掀开儿子的衬衫，抚摸着他那畸形的腰背，脑子里出现一些疯狂的念头。丽莎则在一旁安慰她说："好事情啊，你看你儿子有多么优秀。"丹尼尔又咕噜了一句什么。

"他说是爹爹在他里头说话，所以他的话就听不清了。"热尼娅又为他解释。

马丽亚一松手，丹尼尔立刻就躲到热尼娅的背后去了，这使得马丽亚有点惆怅。

墓地里已经聚集了不少人，马丽亚隐隐地闻到了马匹的气味，甚至还有硝烟的气味。这些人打着灯笼像是来赶庙会，怎么会散发出那种气味呢？热尼娅和丹尼尔一会儿就隐没在黑暗里了。丽莎说她要到队伍里头去找一个人，让马丽亚代替她在这坟头上坐一会儿，免得错过一些事。她说着就走开去了。

现在是马丽亚一个人孤零零地坐在坟头了。有什么小动物在她的脚下拱动，啊，是她的非洲猫！那只棕色斑纹的。她在微光中发现猫的爪子湿淋淋的，受了伤，右前脚都差点要断了。它完全不能放电了。马丽亚十分焦急，她想将猫儿带回家去疗伤，但是她又不能违背对丽莎的承诺。她眼巴巴地等着丽莎出现。墓地里此刻已是人头涌动，到处是点点灯火。又有一位街坊打着灯笼从马丽亚身旁经过。她叫住了这位老太婆：

"凯伦，您能帮我找一找丽莎吗？我有急事。"

"哈，是乔的太太在这里啊。"凯伦的老脸笑开了，"你怎么会有空闲坐在这里的，我们一个个都急得要命呢。我们啊，遇到最后的机会了，时辰到了！"

她将手中的灯笼举到马丽亚面前来打量她，马丽亚觉得这位老太婆的眼睛很像鹰眼，便害怕地往后退缩。而她怀里的猫虽然受了伤，却在用力往外挣脱。马丽亚一急，就给了猫一巴掌，猫这才不动了。

"你就死了心吧，"凯伦嘴巴一撇一撇的，"这样的夜里，谁找得到谁？"

老太婆弓着背走远了。马丽亚看见有七八名妇女好奇地围住她看，大概是她刚才同凯伦的对话吸引了这些人。

"这是乔的太太吗？我的天啊！"

"可怜的乔，一去不复返。"

"他才不傻呢。他很会为自己盘算的啊，高利贷者嘛。"

"他是一只真正的穿山甲！"

女人们交头接耳了一阵，又一窝蜂地散去。

马丽亚心里生出一种预感，她觉得乔身上发生什么事情了。那是什么事情呢？也许他快回家了？他是不是在这里也有一个墓呢？正在这时候，丽莎回来了。丽莎手中挑着一个黄色的灯笼，老远就在欢喜地喊着：

"马丽亚！马丽亚，亲爱的！乔回来了，你听，你听啊！"

丽莎的脑袋与马丽亚的凑在一块，她俩仔细地倾听着。果然，周围的每个

人都在说："乔，乔，乔……"放眼望去，马丽亚看见那些人一个一个都蹲在坟堆上，他们的灯笼则放在墓碑上，这个坟地似乎无边无际。丽莎说，他们每个人都是蹲在自己那位"亲爱的"的坟头。

"我要回家了，我的猫儿出问题了。"马丽亚说。

马丽亚抱着猫儿在坟堆间穿行，她听见人们还在说："乔，乔，乔……"一股温暖从她那荒凉的心底升起，她隐隐地闻到了烟草的味儿，还有铁索桥上的铁链的锈味。

"长征的形式多种多样。"丽莎坐在马丽亚的玫瑰园里这样说。

马丽亚看着丽莎精神抖擞的样子，想起夜间的事，心神一阵恍惚。

"丹尼尔！丹尼尔！你不要把爹爹的书踩坏了啊！"她站起身来喊道。

丹尼尔的声音从阳台那里传下来，闷闷的，他似乎被什么东西掐住了喉咙。书房的窗户震颤着。

马丽亚颓然坐在椅子上，对丽莎谈起丹尼尔的中学生活。说话间三条腿的非洲猫跳到了她的膝头上。"那是幸福还是痛苦呢？那是幸福还是痛苦……"她反反复复地说着这句话，猫儿紧张地在她膝间颤抖着。

"那是一只黄蝴蝶。"她终于回忆起来了，"中午时分，丹尼尔从学校回来，四周静悄悄的。可是乔为什么会在那个时候回家来呢？我盯着那只黄蝴蝶，心头洋溢着幸运之情。乔大张着口在喊我，但他发不出声音。他指着前额流血的丹尼尔，他的表情十分疯狂。黄蝴蝶旋着圈子，停在灶台上。你瞧，丽莎，有一个儿子是多么麻烦的事啊。"

在她说话间，那另一只黄白两色的猫也过来了。丽莎感到自己的小腿被它麻了一下，触电似的。

"那么长征，可以在这里进行吗？"马丽亚迟疑地问。

"当然。丹尼尔已经开始了。"

那天夜里，马丽亚因为睡不着去了书房。虽然她没有开灯，但是她看见乔的书房成了黑黝黝的书的森林。那些书长大起来，一本一本地从地上竖立着，书页一张一合的。她摸不到房间的墙了，因此也就不知道灯在哪里。她的声音变得有点阴森，她喊道："乔？！你在哪里？！"接着她就不喊了。她感到乔就在附近，在一本书的后面坐着，他的身旁有一条小溪，他正脱了鞋将赤脚伸到黑色的溪水里头去。马丽亚想，乔再也不会离开她了，多么好啊。就在她的祖先的宅基地上，她，丹尼尔，还有乔，他们一家人开始他们自己的长征，去复活那些久远的故事，这该是一件多么美妙的事！可是丈夫的身体恐怕是永远从家里消失了，丹尼尔因为找不到爹爹而有点自暴自弃，是他推倒了所有的书架。现在他是不是也坐在一本书的后面呢？

"妈妈，我在这里呢。"

"丹尼尔，你怎样看待这种事？"

"我真幸福啊，妈妈。我们快到桥头了，你听到河的咆哮了吗？"

马丽亚看不见丹尼尔，她知道他也在附近。黑夜里的相互寻找与追逐使马丽亚心中泛起阵阵暖流。多少年来，她第一次体会到，亲人之间的确是靠血缘联系在一起的。马丽亚用发抖的指头摸着那些巨大的书页，她摸到了一个一个凸出纸面的字母，那些字母还微微地跳跃，发出电流。猛然间，她领悟了这本书中的内容。书里头说到一片古老荒凉的海滩，有一个人从海里上岸，海鸟不祥地在空中叫个不停。"那个人就是乔。"马丽亚轻轻地说出了声。然后她的指头就摸到了"乔"这个词。"乔，是你吗？"她问。

"当然是爹爹。你怎么不相信呢？"丹尼尔在黑暗中说，"你再摸摸，那书里头什么都有。"

接着马丽亚又摸到了关于她的非洲猫的描述，书里说的不是她的两只猫现在的事，而是很久以前它们在非洲的事。那时它们刚刚生出来，是两只小猫咪，非洲大陆的太阳刺得它们睁不开眼。但是淡棕色的那一只为什么只有三条腿呢？它可是在墓地里才失去一条腿的啊。

"本来就只有三条腿，你没注意到罢了。"丹尼尔的声音又响起来。

"丹尼尔，你不能过来吗？"

"不能，妈妈。"

马丽亚又摸到另外一本书面前，那本书里头画着一条条的小蛇，她的手摸上去，那些蛇就开始蠕动。马丽亚害怕自己体内的欲望，就绕到这本书的后面去，背对着书脊。她想，她的乔是在几十年不间断的阅读中开辟出这片森林的，他并没有将她排除在外，所以她一进来便融入了这个地方。在那些书页发出的簌簌响声中，马丽亚的脑海里出现了文字的世界。她感到，她多年来所编织的，就是这些文字。多么熟悉，多么惬意啊，这就是幸福吗？她开始走，她从一本书走到另一本书，枯叶在她脚下发出响声，她的脚触到了几块小石子，她甚至听到了夜莺的叫声，是在那本最大的书的书页里头，叫一声又停顿一会儿。

"妈妈你对爹爹说话吧，广场上有他的耳朵在倾听呢。挂在树上的那只耳朵因为渴望而扇动不休呢。"

"乔，你的故事回来了。"

"好极了妈妈，爹爹听了很满足啊。"

"丹尼尔，如果一个人花费一生的精力将自己变成一片故事的森林，那么这个人还属于我们吗？"

"他不属于我们了，但是天天和我们在一起。"

"谢谢你，儿子。"

"但是妈妈，你自己也不属于我和爹爹了。我看见你在林子里走，你的身影那么细长，虚幻，你浑身带电。"

书的森林中有微光，当马丽亚抬头望去时，却看不到天空。那么，究竟有不有天空呢？这里有草，有石头，有小路，还听得到泉水流动的响声。但空中弥漫着陈年旧书的美好的气味。这是乔的故事，这故事属于她，永远。马丽亚心里充满了感激。她竖着耳朵在等待那夜莺的下一声啼叫。她终于等到了，但不是一声，而是许许多多，许许多多。此起彼伏。

丽莎从马丽亚的玫瑰园出来后，并没有回家。她拐进了那条狭窄的街道，在清洁工乔伊娜的花店的门前站住了。店里面有人在向她招手，但是很黑，看不清是谁。待她的眼睛适应了黑暗之后，她才看见了乔伊娜。不过这个乔伊娜已经不是原来的乔伊娜了，除了脸相还隐约有点熟悉感之外，她变得实在太厉害——成了个肥胖的中年妇女。最主要的是，她行动不便。她费力地在藤椅上坐下，置身于郁金香花丛中，周围的阴暗令她的脸更显得苍白。

"你是来见文森特的吗？"乔伊娜厉声问道。

"是啊，我在找他呢。"

丽莎感到头晕，因为屋内突然暗下来，什么都看不见了。

"这是荷兰来的郁金香，你右边是黄玫瑰，还有紫罗兰。你是来见文森特的吗？"她又问，语气更严厉了。

"是啊。文森特……他会在这里吗？"

"你从我身上踩过去，就可以看见他，你要用力踩，来，抬起脚来！！"

好几盏雪亮的大灯泡一下子就亮了，照着丽莎的眼睛，所以她仍旧什么也看不见。她觉得自己已经置身于一个广场上了，也许是一个运动比赛场，无论她朝哪个方向走都不会碰倒什么东西。她应不应该走呢？当她这样想的时候，她已经抬起了脚。

"文森特，我要对你说话！"丽莎喊道，兴奋得脸上泛红。

四周变成了光波的海洋，她的声音长久地回响着。她仍旧什么都看不见，她在往前走，但她连自己的脚都看不见。她突然想到，也许此地正是雪山？好久以前，文森特对她说过，让雪山的光芒变成自己眼睛里的光，那必定是十分有趣的。丽莎此刻很想对他谈谈自己的"盲目"的感觉。乔伊娜没有骗她，文森特就在附近，她在这光波中看到了他的心底。这光是冷光，然而她的眼睛是多么适应这一切啊。

"文森特，我要对你说话！"她又喊了一声。

她深深地感到，文森特化为了这些光波，此刻正抚摸着她的脖子、她的眼球。她回忆起刚刚发生的事，她不是在离办公室不远的这家花店里同黑女人乔伊娜相遇，然后来到这里的吗？丽莎并不爱花，也不种花，她是为什么事到花店里来的呢？

"世界上的每一个角落里都隐藏着那种故事。"

她脑海里清晰地出现了这行字。

在光的海洋的尽头出现了一些影子，像是大群的人，又像是兽。丽莎感到自己腹部的黑暗处有一只号角吹响了。她的脚绊在一个什么东西上头，她差点跌倒却又没有倒，她展开双臂像一只大鸟一样企图维持身体的平衡，然后就这样蹒跚着往前扑去。她越着急，前进得越慢。但她分明看见，远处的影子的队伍是越来越壮大了，并且在逐渐朝她这边扩张过来。她甚至隐隐约约地看到了红旗的一角，还有枪支和担架，硝烟徐徐地升向空中。童年的记忆在一瞬间复活了。在肃穆的深宅大院之中，她和母亲正在奋勇地追击一只泥蛙，母亲扑进那口池塘，又水淋淋地爬了上来。她让丽莎倾听骤然响起的鼓点声，那是军鼓，她们的家因而变得格外阴森。

2004年12月20日于北京金榜园。

附录：残雪与爱的困难

约翰·多纳蒂奇/文

柳闻/译

"在今天的社会中，现代人仍然可以爱吗？"

对于我来说这似乎是残雪作品中提出的中心问题。不过，得知一位如此严格地坚持着小说的实验性，奉行不容松懈的高标准的作家，却又被这样一种个人化的关怀所纠缠，这也许会令人吃惊。但或许这样狭隘地来理解"爱"，是误读了它在残雪作品中的地位。

"爱上"这个短语在这里是特别能动的，它不仅仅意味着坠入激情，也意味着失去天恩的犯罪。在《创世纪》①这本书中，当亚当饱享了夏娃的苹果，躲在那对他来说在劫难逃的伊甸园的树丛中时，是上帝在对他大声喊道："你在哪里？"上帝是孤独的。而亚当，是一个人，一个躲藏着的男孩。他永远只能是那个样。他的受苦是对受苦的躲避——由于不知情。他是一种不断的失望。他所遭受的痛苦就是那快乐。他不能拥有他的苹果，吃这个苹果。当亚当发明了欺骗的时候，他因此就发明了自我。他奠定了我们的个人叙事的基调，这就是寻求避免受苦，以及我们始终做不到这一点这个可怕的、不变的真实。自我，因而成了亚当居住的地方，那是他出于经验去避难的地方。他唯一救赎的希望，是从自我坠落，掉进另一个避难所。

---

① 《创世纪》为《旧约圣经》第1卷。

而在残雪的《最后的情人》这部长篇中，角色们与其说是坠入不如说是他们推动着自己进入爱情。虽然他们的绝望并不比这些向欲望投降的人们少，但这些心怀渴望的情人们迅猛向前。情人们在诱惑中是否如愿以偿是无关紧要的，此处残雪向我们发出的挑战，是促使我们在爱的全身心的努力中；在保持满足之前的渴求状态中；以及停留在爱的召唤之后的处境中去认识自己。

我有幸成了残雪的两部长篇小说英文版的出版者，这就是《五香街》和《最后的情人》。后者的故事发生在一个未命名的、虚构的西方国家，这同卡夫卡的《美国》有点相似。A国的B城。由于其宇宙性的视野，这本书与那些国际化和全球化性质的小说相比，具有一种不一样的冲击力。虽然书中的众多角色来自不同的国家，但他们并不认为自己有特指身份，他们的身份是超国界、去族裔化的。此处，在这部小说的强化的散文式抒情中，文化的身份似乎显得陈腐，那些过于武断的心理学意识也如此。我们每个人只是去构成一个欲望的体系，也就是那个叫地球村的微观宇宙。我们自己的整个存在像原子的冲动，但又归于一个更大的进程中。

说这部小说探讨了它的角色们的内在心理生活是种误读，因为这种读法并未能证实他们的存在。残雪想要探讨的是这样的真相：这些人的生活是多么的不可能投入进去和加以控制。她寻求一种更加不及物的与灵魂的关系，这就是以一种既是照亮又是启蒙的方式来解放自己，表白自己。

乔，一家服装公司的经理，用贪婪的阅读消耗着他周围的现实。他不能区分他周围的世界与他的书本里的现实。在某种程度上，这位乔是作者向我们发出的挑战，激励我们像他那样进行狂热的、深度的阅读。

乔的妻子马丽亚在家编织挂毯，还对家里的猫和玫瑰花丛进行神秘的实验。里根，橡胶农场的老板，指责乔，说他的那些服装要为橡胶厂工人的溺水事故负责。这位老板同埃达有绯闻。埃达是一位难民，不久前她的国家因泥石流滑坡已经消失了。文森特，一家有竞争力的服装公司的老板，追寻着一位穿黑衣的、不断消失的女人。

地震、泥石流、细菌感染、火山爆发。这个世界的混乱只能由描写它的精确性来进行固定。表面的现实不断地被颠覆，但是将残雪的叙事称为"非线性的"却是太简单化了。从一开始这叙事就要求读者要具有对于直线的信念。

关于这本书残雪写道："在我努力创造的这个世界里，太阳像大火一样燃烧，人的动作总是出人意料，他们中的每一个都在用奇特的表演来逼退死亡，他们都在奔向自己理想中的极地的途中。"阅读残雪论述自己小说的文章同读她的小说相比是一种极为不同的体验，那种方式更像是一位哲学家在思考自己的作品——有系统的，自我反思性的，朝着一个封闭的体系发出威胁。

将残雪的审美观称为超现实同样不恰当。即使那风景地图上找不到，它却是我们很容易熟悉的；即使故事情节扎根于街谈巷议，我们也决不能相信讲述者。我们彼此认识的方式，在我们看来也许是舒服的，但却是不可靠的。

还有人将她的作品同梦相比较。但我们怎能将做梦者和梦分开？我读残雪时并不觉得我在做梦，因为我绝对没法入睡。如果说阅读时发生了什么的话，那就是我变得超级清醒，意识极为敏锐了。所以还不如说，这好像是现实已像一个梦一样暴露出来了。

残雪自己同样声称她的作品是小说也是哲学，她的小说世界里面是有严密的逻辑规律的。然而她的读者必须敏感于生命在生存中、在存在之流的质感中的感觉方式。残雪的生存姿态处在理性主义和经验主义两种经典哲学思想模式之间，她在西方理解自我的这一对模式之间进行一种精神性的平衡运动。

虽然到目前为止，我援引的都是西方（实际上是古希腊）哲学，但毫无疑问，残雪的作品只能是中国的。残雪改写了中国的物质性和对物质事物的爱，将它同西方哲学的抽象性结合起来。让我们翻开《易经》①，看看这部中国经典的开头吧。这开头同音乐相连，是吟出的诗歌，画出的线条，是一种还未被句法干扰的美的事物。让我们读第一行：

元

亨

利

贞

这第一个句子没有建构一种现实，而只是使自然中的元素毗连，勾勒出一条曲线，描述了一个简单的开端，一种变化的持续过程。在这里，上帝和存在都没有必要，对于我们来说，神话和神学都不如描述这么恰当。你别无选择，只能进入思维的这种方式。

那文本教导我们，拥抱这开端的思想吧。迈步向前，超越我们思想的封地；超越我们的设定物。向后退，以便使眼前的景象更清晰。

在近年文学翻译的"短暂繁荣"中，中国作家还是出现得很少，尤其是中国女性作家。我们杰出的译者安纳莉丝·芬尼根·瓦斯曼深深地为这部作品所吸引。残雪自己是这样描述两种语言翻译之间的挑战的："中文抽象、简洁而深奥；英文清晰、流畅而直接。"

我第一次在北京见到残雪大概是十年以前。我们在一家高档装修的宾馆餐厅里吃饭。我看得出来她对这种高档场所有些微质疑。我不会中文，而她的英

---

① 《易经》（英文版）威廉·理查德，卡里·F.贝恩斯合译。普林斯顿大学出版社，1967年第3版。

文，用她自己的话来说是"结结巴巴"的。我好奇地想知道谈话接下来会怎么进行。我们坐了下来，点菜……等我想起来看时间时，四个小时已经过去了。我们谈到了我们最喜爱的作家：卡夫卡，卡尔维诺，博尔赫斯，罗伯特·穆齐尔[①]，尼采，柏拉图，康德。说到她的写作习惯，她说她每天早上写作，一口气写完，几乎不做修改。她在整个过程中充满喜悦。然后她去进行一次"惩罚性的跑步，特别是在雨中。"一天里头剩下的时间她用来读书。

我们一直保持着经常性的电子邮件通信。她是一位杰出而慷慨的读者，她将那些感动她的句子发给我分享。最近，她读了《没有个性的人》，发给我这些引起了她的共鸣的穆齐尔的句子：

"艺术是颠覆性的，因为艺术是爱。它用爱来美化它的对象。在这个世界上，如果你要美化一件事物或一个人，别无他法，只能爱上他（它）……即使我们的爱仅仅由一些碎片组成，美也能以强化和对比的方式在它们上面显现。而只有在爱的海洋中，超越了一切强化的善的概念才会同美的概念融合。而美的概念则是依仗于强化的。"[②]

这应该是接近残雪的正确的语境。

从表面判断，《最后的情人》是一部难懂的小说。虽然它确实有线性的描述和行文的连贯，但它却是伴随着一种垂直的或反重力的驱动来建构小说的，这就逃避了理性主义的引力的驱动。

所以我想，我应该对这些认为残雪的作品难懂的读者说，阅读残雪的困难之处在于你对于自己的抵制心理的克服；在于你对于自己那种渴望引人入胜的

---

① 罗伯特·穆齐尔（Robert Musil），1880—1942，奥地利作家。他未完成的小说《没有个性的人》，常被认为是最重要的现代主义小说之一。

② 罗伯特·穆齐尔的《没有个性的人》的英文版第二卷。该书由蓝登书屋的分部 Vintage Books 于1995年在美国出版。英译者：Sophie Wilkins 和 Burton Pike。中文译文由译者翻译。

描述的舒适感的战胜；在于你必须克服那种作为"文学读者"所受到的训练；在于你要克服对于讲故事的固定模式的期待；在于你要克服对易懂的描述的嗜好；最后，在于你要消除对于隐秘的、潜意识的力量的盲目，因为其实是这些力量给予了看得见的我们称之为现实的领域以轮廓。

所以我们应该在阅读时将残雪的挑战看作慷慨而不是困难。残雪对她的读者有很大的期待。我们是她的合谋者、合作者、共居者，也是她的共同创作者。她在我们的意识和我们的灵魂之间搭建了一座桥梁，阅读她便是去同她在那座桥上相遇。残雪是一位本质主义者，她相信灵魂之间的接触是可能的。

这就是残雪所说的"爱"的意思。

2015年8月于纽黑文

作者系耶鲁大学出版社社长，美国优秀长篇小说家

图书在版编目(CIP)数据

最后的情人 / 残雪著. — 长沙:湖南文艺出版社,2016.7(2023.11重印)
(走向世界的中国作家丛书)
ISBN 978-7-5404-7662-5

Ⅰ.①最… Ⅱ.①残… Ⅲ.①长篇小说–中国–当代
Ⅳ.①I247.5

中国版本图书馆CIP数据核字(2016)第148124号

ZUIHOU DE QINGREN
书　　名:最后的情人

著　　者:残　雪
责任编辑:陈小真

出　　版:湖南文艺出版社
社　　址:长沙市雨花区东二环一段508号　　邮编/410014
发　　行:湖南省新华书店
印　　刷:长沙鸿和印务有限公司
邮购热线:0731-85983015

开　　本:710mm×970mm　　1/16
印　　张:21.5
字　　数:272千
版　　次:2016年7月第1次
印　　次:2023年11月第4次
书　　号:ISBN 978-7-5404-7662-5
定　　价:38.00元

凡购本社图书发现印装错误,请与本社联系调换。服务热线:0731-85983029